ENVERS ET CONTRE TOUT

ENVERS
ET CONTRE TOUT

Tom & Estéban

Angelina G

Édition 2022
Nouvelle-Aquitaine
Imprimé à la demande
ISBN numérique : 978-2-9569943-2-9
ISBN imprimé : 978-2-9569943-3-6
Dépôt légal : janvier 2021

Couverture, Mise en page et Co-Autoédition :
autoediterunlivre.com avec Emilie Varrier

AVERTISSEMENT

Ce livre est une fiction. Toute référence à des évènements historiques, des comportements des personnes ou des lieux réels serait utilisée de façon fictive. Les autres noms, personnages, lieux et évènements sont issus de l'imagination de l'auteur. Toute ressemblance avec des personnes vivantes ou ayant existé serait totalement fortuite.

Ce livre comporte des scènes érotiques explicites entre plusieurs hommes, pouvant heurter la sensibilité des jeunes lecteurs.

Âge minimum conseillé : 18 ans

DÉDICACE

Mario e Isaac

Os dedico este libro porque no creo en la literatura de sexos ni tampoco en la de géneros. Solo en la que no puede dejar indiferente.

Puede haber millones de personas en el mundo, pero las personas más importantes no se buscan, la vida te las presenta.

Ojalá, tengáis la misma suerte que los protagonistas de este romance, es lo que deseáis y es lo que os falta…

(Je vous dédie ce livre parce que je n'ai jamais cru en une littérature qui se définit par le sexe ou par le genre, mais seulement en celle qui ne peut pas laisser indifférents. Il peut y avoir des milliers de personnes dans ce monde, mais les plus importantes, c'est la vie qui nous les présente.

Que la vie vous offre le même cadeau qu'aux personnages de ce roman, c'est ce que vous souhaitez, et la seule chose qui vous manque…)

PROLOGUE

Quelques mois plus tôt…

Confortablement installé sur ma chaise, je rêvasse en attendant l'arrivée de Mattias pour le dîner. Je ne peux m'empêcher de me remémorer les derniers mois qui se sont écoulés. Des mois de douleur et d'ennuis accumulés. Tout me revient en mémoire...

D'abord, Jax et Liam. Quand je pense au chemin parcouru, depuis leur rencontre au Warehouse, ça me fait froid dans le dos. Aujourd'hui, ils peuvent se regarder sereinement. Leurs yeux pétillent de bonheur, de cet amour qu'ils ont tant mérité.

Jax a tué sa mère à l'âge de seize ans, en la poussant dans les escaliers, pour éviter le coup de couteau qu'elle tentait de lui donner. Cette femme était droguée, alcoolique et prostituée et a tenté de le vendre à l'un de ses clients. Bien que ce fût de la légitime défense, et les années de misères qu'elle lui a fait subir, l'affaire n'a pas été jugée comme telle, il a fait huit ans de prison pour cela. Puis, Liam est apparu dans sa vie et ils sont tombés amoureux l'un de l'autre. Jax a tout fait pour éloigner Liam, faisant preuve d'une abnégation sans failles, pour préserver de son passé l'homme qu'il aimait.

Liam, flic de métier a été menacé par sa hiérarchie… un flic amoureux d'un ex-taulard, c'était incompatible. Le soir où Zack, mon propre frère, nous attaqués dans une ruelle, c'est Liam qui en a payé les conséquences, en venant à notre secours. Blessé par balle, il en a perdu un rein. Nous n'avons pas pu lui rendre visite, car Jude, son collègue et ami nous a tenu Jax et moi à l'écart. Mais Liam a fait passer Jax avant tout, il a démissionné, s'est associé à Mattias, un géant magnifique et adorable, avec lequel ils ont créé leur propre société « L.A Protection & Security ». C'est Mattias, qui lui a sauvé la vie, le soir où il a été blessé. Mattias, l'homme à qui je voue une admiration sans bornes, c'est mon ami.

Quand je pense à ce qu'ils ont traversé, pour en arriver là ! Mais l'amour gagne toujours. Depuis deux mois, ils vivent ensemble dans leur nouvel appartement.

Brad et Orlando, les deux tatoueurs, amis et colocataires, le gay et l'hétéro. Ils sont bizarres depuis qu'ils ont eu la bonne idée, de faire un pari idiot... sans commentaires ! Ce sont mes amis depuis longtemps, eux aussi. Ils m'ont bien aidé, m'hébergeant chez eux pour me protéger de Zack, avant son arrestation.

Et il y a moi… Tom Kolinski, gogo danseur au Warehouse. Vingt-huit ans, célibataire et heureux de l'être !

TOM

La crémaillère… ce soir, c'est la fête chez Jax et Liam. Ils organisent la crémaillère du bel appartement, dans lequel ils vivent depuis deux mois. Depuis qu'ils ont ouvert les yeux, se sont rendu compte, que l'amour qu'ils ressentaient l'un pour l'autre, ils ne pouvaient pas le laisser filer.

Ils sont heureux comme jamais, et moi, si Jax, mon meilleur ami, celui que je considère comme mon frère est heureux, alors je le suis aussi !

La sonnette de la porte me tire de ma rêverie, brouillant mes pensées, et les souvenirs qui défilent dans mon cerveau en examinant mes amis, un à un. Liam aussi a invité les siens, Jude, Matt et Will. Toutes les personnes installées autour de cette table, représentent à mes yeux ce qui se rapproche le plus d'une famille. Il y a encore quelques mois, Jax et moi étions seuls au monde. Nous nous sommes reproduits comme des lapins, en passant de deux à neuf !

– Entre Mattias, c'est ouvert !

Le brouhaha que nous faisons, à vouloir parler tous en même temps, moi surtout, cesse à l'instant, où la voix rauque de Liam s'élève. Debout, contre le buffet bas, une main enroulée à celle de Jax, ils nous regardent, avec un sourire à faire fondre tous les glaciers de la banquise. Ils sont collés l'un à l'autre, comme une tique sur un chien, c'est… pathétique ! J'ai faim ! Je me redresse, pour tenter de piocher discrètement un tapas au chorizo, qui me fait de l'œil dans une assiette, et que je lorgne depuis un moment. J'avance ma main lentement, tout en zieutant en direction de l'entrée, afin d'interpeller Mattias à la seconde où il va se montrer. Je le veux assis près de moi. Impossible de le louper devant l'encadrement de la porte. D'abord, parce qu'il est superbe dans son costume gris perle, et sa chemise blanche. Les trois premiers boutons ouverts, laissent apparaître son cou puissant et le haut de son thorax tatoué que je zieute fixement. Mes pupilles sont aimantées par l'encre qui recouvre sa peau. Il avance tranquillement, de sa démarche de prédateur, envahissant l'espace avant de se décaler. Mes yeux s'arrondissent devant la silhouette qui se dévoile devant moi, auparavant cachée par son imposante stature. Le sang quitte mon visage. Adieu l'envie de tapas ! Mes fesses décollent de la chaise, comme si j'étais assis sur un ressort.

– Estéban ?

Au bord de l'évanouissement, mon regard passe de Mathias, à l'homme qui se tient auprès de lui. Des lunettes de soleil dernier cri cachent son regard vert d'eau, que je sais magnifique. Mais pas le reste de son visage, que je reconnaîtrais entre mille. Grand, racé, viril, avec cette peau naturellement mate, due à ses origines hispaniques. Pommettes hautes, lèvres charnues, nez droit et cheveux d'un noir corbeau coupés, courts sur les côtés, bien plus longs sur le dessus. La mèche rebelle qui balaie constamment son front, est toujours là. Tout comme sa barbe de trois jours, qu'il a toujours si bien entretenue, il est beau, simplement beau. Habillé d'un jean noir, qui moule ses jambes longues et musclées et d'un tee-shirt, noir lui aussi. J'ai brutalement l'impression de revenir trois ans en arrière, de le revoir jour après jour, habillé de vêtements toujours sombres, ne portant que rarement des tee-shirts colorés. Comme si le noir pouvait le faire passer inaperçu. La chaise sur laquelle je suis assis, bascule brutalement en claquant contre les carreaux. Les regards de toutes les personnes présentes, se tournent dans ma direction avec étonnement.

– Tom ?

Sa voix est restée la même, son air figé semble aussi ahuri que le mien. Les visages des personnes installées autour du buffet, affichent une expression de surprise. Elle me ferait presque sourire, si mon esprit n'était aussi égaré. Les jambes tremblantes, j'agrippe le rebord de la table avec le talon de mes mains, pour me soutenir et éviter de tomber. C'est une chose de le voir à travers un écran, mais après trois ans d'absence, c'est autre chose de l'avoir face à moi. Estéban lève la main pour ôter ses lunettes en plongeant ses yeux verts dans les miens. À cet instant, ils doivent ressembler à des soucoupes, sous l'effet de la surprise. Liam délaisse Jax qui reste scotché, aussi statufié que moi, pour les rejoindre la main tendue.

– Bonsoir Mattias, bienvenue !

Mattias serre sa main avec chaleur, en se décalant, pour laisser à Estéban la place d'avancer.

– Liam, je te présente Estéban Blake. Tu m'as dit que je pouvais passer avec lui, donc, nous voilà !

Venir avec lui ? Liam savait qu'il viendrait, accompagné d'Estéban Blake ? Putain ! Et Jax, il savait, lui aussi ? Mon cerveau tente d'analyser la situation, Jax ne m'aurait jamais fait un coup pareil sans me prévenir. Non, pas Jax !

– Bien sûr que oui, pas de soucis. Vous êtes bienvenus tous les deux, n'est-ce pas Jax ?

Mon ami se tourne vers moi, pour me fixer quelques secondes les sourcils relevés, me faisant comprendre qu'il est aussi surpris que moi. Il se reprend aussitôt pour rejoindre Liam et les deux arrivants, un grand sourire au bord des lèvres.

– Bien sûr, bonjour Estéban, je suis content de te revoir, viens là que je t'embrasse, lance-t-il en le prenant dans ses bras, le gratifiant d'une franche accolade. Comment vas-tu ? Je suppose que vous savez tous de qui il s'agit ? demande-t-il en se tournant vers nous.

Tous les regards sont focalisés sur le chanteur. Si les dix paires d'yeux qui le fixent, pouvaient sortir de leurs orbites, le salon ressemblerait à la voie lactée, tellement leurs iris étincellent. Ce n'est qu'un homme, merde !

– Merci Jax, je vais bien, lui répond Estéban l'air gêné et intimidé. Mattias va rester, j'appelle un taxi pour rentrer, je suis fatigué. Il ne m'a pas prévenu qu'il devait passer chez vous, je n'ai pas reconnu la rue en arrivant de nuit, je suis désolé.

Le regard d'Esté devient incendiaire en se posant sur Mattias. Ce dernier se contente de lui renvoyer un sourire narquois, sans tenir compte de son air renfrogné.

– Non, tu restes, continue Jax. C'est idiot que tu partes maintenant que tu es là, allez.

– Merci, mais… ce n'est pas une bonne idée.

Tu as raison, ce n'est pas une bonne idée !

– Moi je crois que si, au contraire, lui assure Jax en lui serrant affectueusement le bras.

Je soupire, dépité, comprenant que Jax est au pied du mur, et se montrerait impoli en le laissant partir. Je sais aussi, que Jax et Estéban s'appréciaient, autrefois.

– Merci.

Putain de bordel de merde !

Jax lui assène une tape sur l'épaule, pendant qu'Estéban le remercie d'un sourire à faire tomber. Putain quel traitre ce Jax, il va m'entendre ! Nos amis se lèvent un par un, pour lui serrer la main et faire une accolade à Mattias, qui ne lâche pas mon regard. Je le foudroierais sur place si je le pouvais ! Je me redresse pour quitter mon coin de table, et filer vers la salle de bains, en marmonnant une excuse. Incapable de soutenir plus longtemps, les œillades en coin de mes amis, mais surtout, leur incompréhension. Je n'ai jamais parlé d'Estéban à quiconque, seul Jax, connaît notre histoire... enfin, Mattias aussi, je pense !

Estéban est un chanteur célèbre, auteur, compositeur et interprète. Un chanteur qui a réussi ce qu'il voulait, être connu et reconnu, mais surtout vivre de sa passion, la musique. Personne autour de cette table, n'a eu vent de la relation que j'ai entretenue avec lui, pendant deux ans. Pas mêmes Brad et Orlando, avec lesquels, je n'avais pas les mêmes affinités que j'ai aujourd'hui. Estéban, je l'ai aimé comme un fou. Pas tout de suite, j'ai pris mon temps pour le connaître, mais quand mon cœur s'est ouvert, je lui ai tout donné de moi, certain que nous deux, c'était pour la vie. Deux ans plus tard, il m'a largué comme une merde, à cause de mon job de gogo-danseur, minable à ses yeux. Il m'a considéré comme une pute, me laissant démuni, anéanti, détruit. Comme si j'avais eu le choix ! D'ailleurs, je n'ai toujours pas le choix. J'ai obtenu mon diplôme de graphiste, mais aucun poste dans ce domaine, malgré le nombre incalculable de CV, que j'ai déposés un peu partout.

Alors, trois soirs par semaine, je continue à danser, et à servir derrière le bar du Warehouse. Un club gay, sélect et de bonne réputation dans le milieu. J'avais besoin de cet emploi, pour vivre et payer mes études, c'est d'ailleurs dans ce club, que je l'ai connu, j'y dansais déjà. Lui, c'était encore un inconnu, ses concerts se limitaient à quelques bars, où il avait son public, il n'avait rien, encore moins que moi. Il m'a dragué durant des semaines, jusqu'à ce que je cède. Il m'a plu au premier regard, mais j'ai toujours eu peur, que les hommes ne s'intéressent à moi que pour ma supposée, « belle apparence ». Tous les jours, il me répétait qu'il m'aimait, que jamais, il ne pourrait aimer un autre homme comme il m'aimait, moi. Que nous deux, c'était pour la vie… et je l'ai cru ! Le jour où un producteur l'a remarqué, en lui offrant un contrat mirobolant, je suppose, tout a changé. Je suis devenu un moins que rien, il m'a balancé qu'il ne m'aimait plus, et s'est barré ! Je me souviens de l'expression de son visage quand il m'a planté là ! J'en ai souffert… j'en souffre encore. Oh, pas de son absence, celle-là, c'est comme lorsqu'on perd un être cher. Avec le temps, le sentiment de manque s'atténue peu à peu, jusqu'à ne plus laisser qu'une marque indélébile. Une marque qui se réveille de temps en temps, pour titiller votre esprit, en vous rappelant que la personne n'est plus là. La douleur devient moins forte, au fur et à mesure, que les mois défilent, moins sournoise, ne laissant derrière elle, que les souvenirs. Moi, Esté, ne m'a laissé que ça, des souvenirs. Ce ne sont pas les meilleurs, qui me reviennent en mémoire, lorsque je pense à lui. Il me reste le pire, celui du dernier jour. L'expression de dégoût sur son visage, celui qui m'a mis à terre, celui qui me rappelle à chaque instant, que je préfère être seul que mal accompagné. J'ai fait confiance, je me suis planté, voilà !

Depuis, j'abuse de tout, sans retenue, quand l'envie me prend. Je fais aussi des *lap-dance* privées, pour les clients qui me demandent, pour me remplir les poches, et ce ne sont pas les propositions qui manquent ! C'est peut-être une forme de prostitution, mais je n'en ai rien à foutre. Mais personne ne me touche, interdit ! Moi seul, pose mes mains ou ma bouche sur eux, pour une branlette, ou une pipe, parce que c'est très bien payé. Depuis que Jax est parti vivre avec Liam dans leur appartement, je me suis senti seul chez moi, alors, presque tous les soirs, après leur avoir rendu visite, j'avais pris la mauvaise habitude de sortir. Je me démontais la tronche à coups de *shots* de vodka, et je baisais sans retenue à droite et à gauche, souvent avec deux hommes, dans la même soirée. C'est arrivé aux oreilles de Jax, qui, atterré par mon inconscience, a hurlé. Il m'a rappelé les risques que je prenais en entrant saoul et vulnérable dans une alcôve, à la merci de certains tarés, qui en profitent pour baiser sans protection. Ce qui m'a fait le plus de mal, n'est pas qu'il ait gueulé comme un putois, c'est la tristesse que j'ai vue dans son regard. Il m'a mis face à mes conneries, ne disant que la vérité, mais ça m'a écorché, blessé. Il m'a fallu cet affrontement pour me rendre compte que je m'empêtrais dans un cercle vicieux, et qu'il avait raison.

Depuis, j'ai retrouvé ma dignité, j'ai arrêté de me donner au premier venu, m'éloignant de cette vie dissolue que j'ai menée, merci Jax ! J'ai fait les tests de dépistage, la peur au ventre, soulagé, quand les résultats négatifs sont arrivés. Ce soir, je suis dans la merde, le revoir me fait mal, ravive les plaies que je croyais guéries, sans compter qu'il a foutu en l'air, toute la joie que je me faisais de cette soirée. Mattias va devoir m'expliquer, pourquoi il a omis de me parler du chanteur, et des liens qu'il a avec lui. Je veux bien que chacun ait sa vie privée, mais il sait des choses, qui ne concernent qu'Esté et moi, ça me fait chier !

ESTÉBAN

Mattias, ce grand couillon… parlons-en ! Me faire un coup pareil, sous prétexte que son téléphone n'avait plus de batterie pour prévenir ses amis, sans me préciser de qui il s'agissait. Il a mentionné Liam et son compagnon, point. Je lui ai proposé mon portable, mais évidemment, il m'a convaincu, que c'était plus poli de s'arrêter au passage, pour les avertir. Me dire qu'il allait être en retard à leur dîner, pour me mettre face à la personne, que je croyais ne jamais revoir de ma vie. Oh… je n'y vois plus très bien de loin, et sur les côtés, plus du tout, mais j'ai reconnu sa voix et j'ai pu diriger mon regard vers lui pour qu'il ne s'aperçoive de rien. Tom, l'amour de ma vie. Encore plus beau qu'avant, si c'est possible. Celui que j'ai abandonné pour faire carrière et assurer mon avenir financier, avant que la cécité définitive ne me laisse dans les ténèbres. Je croyais que les médecins s'étaient peut-être trompés, sur leur diagnostic, malheureusement non.

Je ne voulais pas devenir un boulet, ni pour lui ni pour personne. Alors je lui ai reproché son job, je l'ai insulté, c'est tout ce que j'ai trouvé pour le laisser derrière moi. J'ai fait en sorte qu'il me déteste, je crois avoir réussi, vu la lueur mauvaise qui trouble son regard, quand il croise le mien. J'ai honte de l'avoir blessé, rabaissé, parce que je sais que Tom est sensible. Il doit tellement m'en vouloir, mais je n'ai trouvé aucune autre solution pour partir, sans qu'il ne tente de me faire changer d'avis. Mais le pire, c'est que je n'ai jamais cessé de l'aimer, chaque parole, chaque note de mes chansons, je les ai créées pour lui, pour ce mec sublime. Il a été ma muse, mon plus beau souvenir. Il est toujours là, dans mon cœur, incrusté à m'en faire pleurer. J'en ai versé des larmes, mais je pense les avoir méritées.

À cette distance, je distingue encore suffisamment, pour reconnaître le mec assis à gauche, à condition de regarder, bien en face de moi. C'est lui, qui m'a tatoué l'épaule, et le bras droit, il y a quelques mois. Orlando je crois, et je reconnais l'autre, aussi, son collègue Brad. Je ne connais pas les trois suivants ni le très beau géant qui nous a accueillis, Liam. Mais je sais qu'il est l'associé de Mattias, et comme il ne quitte pas Jax d'un millimètre, pas de doute, c'est son compagnon. Je suis heureux, de savoir que Jax a trouvé chaussure à son pied. Je connais quelques bribes de son passé, suffisamment, pour savoir qu'il a souffert, mais ce soir, il a l'air tellement heureux. Ces deux-là s'aiment comme des fous, ou alors, je n'y connais vraiment rien, ma vue n'est plus très nette, mais j'entends et j'ai du flair. Ils se lèvent tous, avec un sourire jovial pour me serrer la main. Ça fait du bien, d'être entouré de personnes qui ne vous sautent pas dessus, juste parce que vous êtes connu. Tous, sauf Tom qui fait demi-tour, pour sortir de la pièce. Merde !

Je m'installe à table, aidé par Mattias qui prend mon bras, en tirant une chaise vers moi pour m'aider, aussi discrètement qu'il le peut. Bon sang, je suis gêné. Il sait, que je ne veux pas que mon handicap transparaisse aux yeux des gens, tant qu'il me sera possible de le cacher.

– Merci Mattias.

M'adressant un clin d'œil, il se pose à mes côtés en penchant la tête, pour me chuchoter à l'oreille.

– Détend-toi Esté, il n'y a que des mecs sympas ici.

– Oui, mais Tom est parti.

Je regarde Jax, d'un l'air désolé. J'ai l'impression de leur gâcher la soirée. Jax s'est montré adorable, quand il m'a aperçu derrière Mattias, mais se retrouve pris entre deux feux. Tom, qu'il couve comme un père, alors qu'ils ont le même âge et moi, qu'il doit se coltiner par politesse. Même si je devine, que ma présence ne le dérange pas le moins du monde.

– Je vais le chercher, me dit-il en délaissant la main de Liam. Celui-ci le retient par le poignet, en tapotant sa bouche d'un doigt, pour quémander un baiser.

– Qu'est-ce que vous fêtez ? Je demande à son compagnon.

– Notre vie dans cet appartement, me répond Liam en souriant jusqu'aux oreilles.

– C'est bon, je suis là, excusez-moi !

La voix de Tom, qui revient dans la salle à manger, me fait relever la tête. Jax le force à avancer, en le tirant par la manche de son tee-shirt. Il n'a pas changé, toujours aussi beau, aussi fier. Je sais qu'il fait de l'humour, pour masquer sa détresse, en se faufilant dignement dans une armure blindée. Celle où il se réfugie, à chaque fois, que quelque chose le perturbe. Ce soir, ce quelque chose, c'est moi, et ça me fait mal de lui faire de la peine. Mais est-ce de la peine, ou plutôt du dégoût qu'il ressent, de me savoir dans la même pièce que lui ? Suis-je suis devenu tellement imbu de moi-même, que j'imagine encore, être dans ses pensées ?

– Allez, viens t'installer, regarde, tu es tout décoiffé, l'apostrophe Jax, en tirant sur l'élastique qui retient son chignon, le décoiffant, encore un peu plus.

– Arrête avec mes cheveux, merde, tu sais bien que je n'aime pas qu'on me décoiffe !

Il se trémousse dans tous les sens pour se libérer, en râlant.

– Vient-là chéri, lance Liam, on va trinquer.

Jax ne se le fait pas dire deux fois, et s'approche de Liam, pour s'installer contre de lui, et l'enlacer par la taille. Nous nous levons tous, bras en l'air, avec les coupes de champagne, que Matt et Will se sont empressés de remplir.

– Nous sommes heureux de vous avoir avec nous, ce soir, commence Liam. Je ne suis pas doué avec les mots, mais j'en ai quelques-uns, à dire à mon homme. Jax, lui dit-il, en posant le verre sur la table pour encadrer son visage de ses mains. Tu as changé ma vie, et fait de moi l'homme le plus heureux de la terre. Ça n'a pas été facile, pour nous, mais aujourd'hui, tu es avec moi, dans notre maison, et c'est tout ce qui compte. Merci de m'avoir laissé la chance de t'aimer, de pouvoir te prouver tous les jours, que l'amour que j'ai pour toi est plus fort que tout. Je t'aime. Profitez bien de ma bonne volonté, je ne ferais plus ce genre de déclaration en public, souffle-t-il, avant de poser rapidement les lèvres sur celles de son compagnon, et de se tourner vers nous, en souriant pour reprendre son verre.

Jax l'enlace la larme à l'œil, dépose un baiser sur son cou, lui chuchotant à l'oreille, des paroles que l'on n'entend pas. Tom essuie discrètement ses joues. C'est bien lui ça ! En voyant son manège, pour ne pas se faire remarquer, mes yeux s'embuent derrière mes lunettes, brouillant ce qui me reste de clarté. J'ai mal, voir Tom pleurer, m'est difficilement supportable, j'imagine aisément, les larmes qu'il a dû verser par ma faute. J'ai mal aussi, parce que je souffre de ma situation. Seuls Mattias, Ana ma femme de ménage, Silas et Lucas, mes deux associés, du studio d'enregistrement et « Blake Records », sont au courant de ma maladie. Je me sers, pour faire comme les autres, qui commencent à remplir leurs assiettes. Des tapas, typiques de chez moi, comme un fait exprès, mais délicieuses. Le repas a été formidable, entouré de gars discrets et sympathiques, aucun d'entre eux ne s'est montré intrusif, en me harcelant de questions, sur ma carrière. Nous avons simplement discuté, de choses et d'autres, comme si je faisais partie de la bande. Pour la première fois depuis longtemps, malgré l'impression d'être un intrus, je me suis senti à l'aise. Mattias m'a regardé plusieurs fois, en hochant la tête, d'un air de dire, « tu vois, je te l'avais dit que ces gars sont sympas » ! Tous, sauf un… Tom.

TOM

La soirée aurait été agréable, si la grosse épine que je porte plantée dans mon cœur, depuis trois ans, ne s'était pas manifestée, avec l'arrivée d'Estéban Blake. Non… pas une épine, un poteau ! La déclaration d'amour, de Liam à Jax, m'a faite pleurer. Entendre ce mec bourru, se dévoiler devant nous tous, ça m'a ému, parce que c'était beau, ce n'est pas son genre de se dévoiler ainsi. Comme je n'ai pas le cœur à rire, ce sont aussi des larmes d'amertume, que je contiens comme je peux. Depuis qu'il a franchi la porte, et que mes yeux se sont posés sur lui. Jax et Liam sont tellement heureux, que je ne peux pas leur gâcher la soirée, avec mes états d'âme. Alors je prends sur moi, pour cacher ma tristesse. Jusqu'à ce petit discours de Liam, qui je l'avoue, m'a bien servi pour pouvoir me lâcher, enfin ! Malgré tout, j'ai fait honneur à quelques délicieuses tapas, j'ai même dansé, en me tenant éloigné d'Esté. J'ai bien vu, les coups d'œil inquisiteurs, que Jax m'a lancé toute la soirée. Il était aux premières loges, il sait combien j'ai souffert. Je sens son inquiétude, même s'il ne montre rien. Mais j'ai tenu bon, heureusement ! Ma vie n'a pas été triste, je ne peux pas dire ça. J'ai toujours avancé la tête haute, sans me poser de questions, toujours regardé devant moi, me disant que c'était bien pire ailleurs. La seule chose qui me bloque, c'est mon incapacité, à me détacher des gens que j'aime, sans chercher à faire ma vie, autrement qu'avec eux. Je veux parler de la vie de couple, que je suis en droit d'attendre, avec un homme gentil et simple, mais que je ne cherche pas.

– Tom ? La voix d'Estéban me fait sursauter, il se rapproche de moi, prenant place avec nonchalance, sur le bras du grand canapé blanc, dans lequel je suis installé. Sa jambe, repliée sur le rebord, frôle mon bras.

– comment vas-tu ?

– Je vais bien, je constate que toi aussi… tu n'as pas changé.

– Un peu, tu es toujours aussi... écoute… euh… Mattias tient à vous accompagner au club, avant de rentrer, il se gratte la tête, en faisant une grimace. Je ne veux pas te gêner, je peux prendre un taxi et rentrer, si ça t'embête.

Le sang quitte mon cerveau, il ne manquait plus que ça, qu'il vienne me regarder danser ! Mais ce serait lui accorder une importance, qu'il n'a plus, de le lui dire.

– Non, fais ce tu veux, je vais faire mon *show*, que tu sois là ou pas ! Comme la bonne pute que je suis, tu te souviens ?

Mon ton est bas, mais mon regard doit refléter toute la rage qui l'anime, en cet instant.

– Arrête Tom ! Mes paroles ont dépassé mes pensées, ce jour-là ! Excuse-moi, j'ai été horrible, je m'en veux, putain ! Jamais, je n'ai pensé ça !

– Oh que si, tu l'as pensé, c'est ce que tu m'as dit ! Que tu ne pouvais pas te permettre de fréquenter une pute, qui pourrait entacher ta carrière, et que tu ne m'aimais plus. N'essaie pas de dire aujourd'hui, que tu ne le pensais pas ! Sinon, tu aurais fait demi-tour ce jour-là, pour t'excuser, au lieu de te barrer, après avoir déversé ton fiel ! Le pire dans tout ça, c'est que j'aurais été foutu de te pardonner, alors tu as bien fait de ne pas revenir. Ne t'approche plus de moi, tu entends ? Je n'en supporterais pas plus !

Le ton que j'emploie est tranchant, acéré. Je tords nerveusement mes mains, pour ne pas lui envoyer mon poing dans la gueule. Je me reprends, avant de craquer pour de bon. Le besoin irrépressible de me soulager, de lui jeter à la figure, tout ce que j'ai gardé au fond de moi, à cause de sa lâcheté, me consume. Mes yeux papillonnent, pour contenir les larmes qui menacent de jaillir. Mais devant lui, pas question ! Je ne veux pas qu'il se rende compte, à quel point, l'avoir devant moi, me fais du mal, me rends malade. Tom, l'homme sensible est de retour. Certains, pensent, qu'un homme qui pleure, est une lopette. Alors, peut-être que j'en suis une ! Quand quelque chose touche mon cœur, je pleure, c'est comme ça ! Je me souviens mot pour mot, de tout ce qu'il m'a balancé. Mattias apparaît devant nous, juste à ce moment-là.

– Tu commences à quelle heure ? Me demande-t-il.

– Minuit.

Mattias éclate de rire, en voyant l'air renfrogné que j'affiche, je suis furieux !

– Quelque chose te fait rire ? Pas moi ! Approche crétin, je lui fais signe en pliant mon index, il rapproche l'oreille de ma bouche, toujours souriant, montrant sa dentition parfaite. On dirait le mec de la pub du dentifrice, Ultra-Brite, il ne lui manque que la fleur rouge, entre les dents ! Je lui lance en chuchotant. Puisque tu m'as fait un tour de con, assure-toi de laisser la meilleure place à Esté, bien en face de moi, pendant mon show. Reste devant l'estrade, toi aussi. Histoire que je puisse constater, si l'épaisseur que tu as devant, entre les jambes, est proportionnelle à ta stature, quand elle va déformer ton pantalon de costard. Sache, que tu vas devoir m'expliquer certaines choses, aussi !

Son rire tonitruant fait tourner toutes les têtes, dans notre direction. C'est contagieux, ou alors ils sont tous cons ? Ils ricanent comme des malades, y compris le chanteur de mes deux. Mattias est plié en deux, les mains posées sur ses cuisses impressionnantes, les épaules secouées de spasmes. Tous, sauf moi, qui ne ris pas du tout. Enfoirés ! Pourquoi, quand je dis quelque chose, je ne suis pas crédible ? J'ai la certitude, qu'il sait tout de mon passé avec Estéban et qu'il a fait exprès de l'emmener, ici, ce soir. Je vais le tuer ! Non content de ça, il l'embarque avec nous au club, lui promettant de le ramener plus tard. Je vais me le faire ! Au sens figuré, parce que si j'essaie de lui monter dessus, avec le gabarit qu'il a… c'est plutôt moi qui risque d'en bouffer, de la saucisse !

– Mattias, on rit comme des cons rien qu'à te regarder, lui lance Orlando. Qu'est-ce qu'il a dit encore ?

– Je ne vais pas tout dire. Mais sachez qu'il m'a donné l'ordre de me mettre face au podium, ce soir !

Les rires reprennent de plus belle, à mes dépens. Je les dévisage en secouant la tête, dépité, peiné qu'ils se moquent de moi, sans se rendre compte du mal qu'ils me font. Tellement de questions se bousculent dans ma tête, que j'ai l'impression, que la quasi-totalité de mes neurones a foutu le camp.

***

Une heure plus tard, je me dirige vers les vestiaires, pour enfiler ma tenue, un short. Souriant, je sélectionne le plus petit et le plus moulant que je possède. Le noir en cuir ultra fin, qui s'adapte comme une seconde peau, sans rien cacher de ce qui se trouve dans mon entrejambe. Il m'a traité de pute, eh bien ce soir, je peux garantir, que le spectacle va être plus sexy que d'habitude, rien que pour lui ! Je vais le faire bander comme un taureau, il ne lui restera plus qu'à aller se soulager, rien à foutre avec qui ! Je vais le faire éjaculer dans son caleçon, et l'autre chèvre de Mattias, avec, parole de Tom ! Je pouffe, seul dans mon coin, en contemplant le morceau d'étoffe insignifiant.

– Tu mets ce short, ce soir ? Et sans string ? Houlà, quelqu'un t'a tapé dans l'œil ?

– Je ne mets jamais de string ! Je réponds en gloussant.

Brian et Lenny, mes collègues de pole dance, me regardent enfiler directement mon short moule bites, morts de rire. Je me retourne, le sourire au coin des lèvres, en apercevant Lenny lever le pouce, pour approuver mon choix.

– Ce soir, je fais une *lap-dance*, en public.

– Oh putain, il t'a vraiment tapé dans l'œil ! Vous vous souvenez, celle que j'ai faite il y a trois semaines ? Eh bien, depuis, le mec ne me lâche plus ! Il revient tous les vendredis, les samedis et les dimanches soir ! Il se plante devant la scène pour me mater, avec des yeux de merlan frit. Ensuite, il prend place sur un tabouret, au bar, pour me lorgner jusqu'à ce que je parte. Bref, vendredi dernier j'en ai eu assez, alors je suis allé le voir, pour lui demander s'il attendait quelque chose de moi.

– Merde, fait gaffe Lenny, c'est peut-être un obsédé !

– Non, explique-t-il avec un sourire. Il est un peu timide, j'ai passé la soirée avec lui, et croyez-moi, je n'ai aucun regret.

– Tu comptes le revoir ? Lui lance Brian, avec un clin d'œil. Il revient, ce soir ?

– Oui, je l'ai revu tous les jours, depuis vendredi dernier. Il est canon, gentil, son air rêveur me fait sourire. Il me plaît, voilà !

Je m'arrête devant lui, posant ma main sur son épaule nue, pour le mettre en garde. Nous sommes exposés avec ce job. Certains mecs pensent que, comme nous dansons à moitié nus, ils ont tous les droits, alors nous prenons soin les uns des autres.

– Content pour toi Lenny, fais attention quand même, ok ?

Il acquiesce d'un clignement de paupières, en me serrant dans ses bras.

– Je suis prudent, ne t'inquiète pas.

– On y va, la salle est blindée de mecs chauds comme la braise, lance Brian en se dirigeant vers la salle principale.

Je les suis, en tortillant les fesses, bien décidé à faire Péter les braguettes. Surtout, celles des deux autres cons.

Je m'installe à la barre de gauche. Celle qui se trouve, pile-poil, face au box, dans lequel mes potes sont confortablement installés, devant une bouteille de vodka, déjà bien entamée. Le box VIP, que j'ai réservé pour eux, le week-end précédent. Jax, assis contre Liam, me regarde m'installer, les yeux ronds comme des soucoupes. Je lui adresse un clin d'œil, auquel il répond en me fixant d'un air mécontent, les sourcils froncés, en signe d'incompréhension, puis, ses traits se détendent en esquissant un sourire moqueur. C'est bon, il a pigé ! Mattias et Estéban, quant à eux, sont installés côte à côte, au bord de la banquette, bien devant moi. Mattias rit en me regardant, je le comprends en voyant ses épaules qui tressautent. Bouffon ! Quant à Estéban, il vient juste de s'apercevoir que je me tiens, juste devant lui, à deux mètres à peine. Je jubile, quand sa bouche s'ouvre d'un air ébahi, et qu'un pli soucieux barre son front. Sa tête penche en direction de Mattias, pour lui dire quelque chose, avant de se retourner une nouvelle fois vers moi. Je ne peux pas voir ses yeux, planqués derrière les lunettes de soleil, qu'il porte toujours. Mais derrière les verres teintés, je devine son regard vert, qui accroche le mien quelques secondes, avant que sa tête bouge légèrement, de haut en bas, pour faire un scan en balayant mon corps, lentement. Ses lèvres bougent, comme s'il se parlait à lui-même.

À nous deux… ou plutôt, à nous trois !

J'agrippe fermement la barre en inox. La musique, entrainante, s'insinue lentement à l'intérieur de moi, la première danse va être rythmée, comme d'habitude. Plus rien n'a d'importance. Je déconnecte, pour plonger dans l'ambiance surchauffée de la salle, où, les hommes au regard lubrique, nous bouffent des yeux, d'un air satisfait. J'adore faire le spectacle ! Voir tous ces mecs autour de moi, me regarder avec cette lueur d'envie au fond des yeux, provoque en moi, une montée d'adrénaline. Mon bassin se balance, ondule nonchalamment, sensuellement. Je m'accroche à la barre, pour me retourner d'une poussée, la tête en bas, jambes écartées, au rythme de la musique. Mes cheveux détachés balaient la scène, pendant que, le dos arqué, je tourne autour du piquet, à la force de mes bras. Je suis essoufflé, mais la deuxième chanson, beaucoup plus lente, va me permettre de récupérer. Les trois minutes cinquante que dure la chanson, « Unstoppable », de Sia, je me contorsionne, avec rapidité, comme j'aime le faire.

Quand la voix fabuleuse, de Lewis Capaldi, s'élève, avec la chanson, « Someone You Loved », mon regard ne lâche plus celui du chanteur, qui a retiré ses lunettes, pour me fixer les yeux brillants. J'y entrevois, une lueur de… désir, de tristesse ? Peut-être de la tristesse. Cette chanson-là, est tout à fait appropriée. Quand je l'écoute, seul chez moi, parfois je pleure, tant les paroles me touchent. Je penche la tête en arrière, les yeux fermés, pour reprendre la danse lentement ? Imitant l'acte sexuel, en faisant des mouvements de va-et-vient, ondulant des hanches, en frottant mon entrejambe contre la barre. Je bande les muscles de mes bras, pour m'y agripper, en montant un peu plus haut, et tourner le dos arqué. La musique me porte, les paroles s'infiltrent dans mon esprit, je suis seul au monde. Après plusieurs mouvements érotiques, mille fois répétés, je me redresse pour poser mes pieds au sol, avec grâce. Je caresse lentement, amoureusement la barre en inox, en frottant mon sexe contre elle, mimant une scène de sexe explicite, les jambes écartées, la tête en arrière. Les murmures dans la salle, se font de plus en plus bruyants. Quelques propos salaces, et des sifflements se font entendre. Dans ma transe, je sens des mains agripper la ceinture de mon short, pour y glisser des billets. J'arrête de trémousser mon cul quelques secondes, délaissant lascivement la barre, pour m'avancer vers le bord de l'estrade. Mes mains se promènent sensuellement, sur mon torse et sur mon ventre, avant de s'arrêter plus bas, pour caresser mon sexe, à travers le tissu.

Je descends du podium avec élégance pour me rapprocher d'Estéban et d'un Mattias qui, surpris, me regarde les yeux exorbités. Le chanteur, je ne sais pas, ses yeux sont à nouveau masqués par les lunettes. Des propos salaces, fusent autour de moi, pour attirer mon attention, et être l'heureux élu. Je promène mon regard lentement, de gauche à droite, faisant mine de choisir l'homme, auquel je vais accorder mon attention. Aujourd'hui, mon choix s'est fait, quelques heures plus tôt. Les habitués savent, que si l'un d'entre nous descend de l'estrade, ce qui arrive de temps en temps, c'est pour faire une lap dance, en public. Je tends un bras, pour passer furtivement, le bout de mes doigts sur le torse d'Estéban, qui tente un mouvement de recul, avant de m'installer à califourchon sur ses genoux, avançant sournoisement les cuisses, jusqu'à le coincer contre le dossier de la banquette. Je remonte délicatement ses lunettes, pour lui placer sur la tête. Je veux le regarder au fond des yeux. C'est ce que je fais, sceller mon regard au sien, avant de m'emparer de ses mains, pour les remonter et les coincer derrière sa nuque. Je commence à onduler sur ses cuisses, rapprochant de plus en plus mon entrejambe de la sienne. Ma tête se cale dans son cou, pour le lécher du bout de la langue pendant que mes mains caressent ses flancs. Je mordille le lobe de son oreille, un frisson secoue son corps, tandis qu'un halètement lui échappe. Je souris, mais je bande.

Je frotte mon érection contre la sienne, avant de remonter avec nonchalance, pour astiquer ma gaule contre ses abdos, puis, de plus en plus haut, jusqu'à plaquer le renflement de mon short, contre son visage. Son regard louche sur le tissu, dangereusement tendu par mon sexe, comprimé dans le carcan de cuir. Il est au bord du gouffre, je le sens, en l'entendant jurer et se tortiller sur la banquette. Je le suis, moi aussi, mais moi, je suis là pour me donner en spectacle… lui non ! Des tremblements parcourent son corps raide et crispé. Un gémissement sort de sa gorge, quand mon sexe, emprisonné dans l'étoffe tendue à l'extrême, effleure sa bouche, avant de redescendre le long de son torse, pour se frotter contre le renflement qui déforme son jean. Du coin de l'œil, j'aperçois Mattias, en mauvaise posture, qui se tortille sur son siège. Discrètement, il tente avec ses doigts, de réajuster le pantalon de son costume, qui comprime son érection. Je ne connais pas son orientation sexuelle, mais une scène érotique, à quelques centimètres de soi, peut avoir raison de n'importe quel homme, même de l'hétéro le plus macho. J'en ai déjà vu plusieurs, se vanter d'être insensibles, mais qui ont fini par bander. Je lui souris, fier de moi, avant de reporter mes attentions, sur l'homme que je tiens, à ma merci. Je savais que me frotter contre Esté de cette manière, allait me déstabiliser, mais tant pis, je vais jusqu'au bout.

Un gémissement m'échappe, incontrôlable. Des picotements envahissent ma colonne vertébrale, pendant que mes bourses se contractent dangereusement, m'annonçant les prémices de ma jouissance qui menace d'exploser. Mes yeux, se rivent aux siens, voilés par le désir, toujours aussi beaux. Je passe ma langue sur mes lèvres asséchées, frottant de plus en plus vite mon bas-ventre contre son sexe. Mes mouvements deviennent frénétiques, saccadés. Sa tête se cale dans le creux de mon épaule, ses lunettes glissent, tombent sur le dossier de la banquette. La bouche ouverte, il étouffe un gémissement, en plantant ses dents sur ma clavicule, pendant que son corps crispé se tend, dans une tentative désespérée, de refouler le plaisir qui monte inexorablement. Son bassin se soulève brusquement, dans un dernier tremblement, et se déverse dans son jean, m'emportant avec lui. Des spasmes, nous secouent. Ma tête tombe en arrière, mes bras pendent mollement le long de mon corps. Éperdu, il en profite pour encercler mon bassin avec les siens, l'enserrant désespérément de ses doigts, pour continuer la friction encore plus fort. Ce sont les rires, les applaudissements, les sifflements, et les propos salaces et appréciateurs qui retentissent, autour de nous, qui me font réagir. Je lève la tête, essoufflé en repoussant fermement les bras d'Estéban pour me libérer de son emprise et me relever d'un bond, en le plantant sur sa banquette. Je me retourne en souriant, face aux voyeurs agglutinés autour du podium. Les bras écartés, je désigne de mon pouce l'entrejambe d'Esté, puis la ceinture de mon short, de laquelle déborde le fluide gluant de ma semence. D'habitude, je bande, mais je ne vais pas jusqu'à la jouissance. Elle, je la laisse au mec, qui a l'honneur de m'avoir sur ses genoux.

Ce soir, c'était ma meilleure lap dance, rien que pour lui, devant une foule de spectateurs. Pour qu'il sache, que se branler contre le corps d'une « pute », devant tout le monde, peut-être très agréable, aussi !

ESTÉBAN

Bon sang ! Comment a-t-il pu me faire un coup pareil ? Il est apparu comme ça, la moitié de ses fesses sublimes en l'air, devant un public en rut. Quand je l'ai vu à la barre, bouger son cul au rythme de la musique, habillé avec ce short… un short ? Même pas ! Tout juste un bout de tissu, tellement insignifiant que j'aurais pu le déchirer avec mes dents. Et le renflement prometteur de son entrejambe… oh mon Dieu ! J'ai failli me lever de la banquette, le faire descendre de l'estrade, pour le recouvrir d'une veste, et le cacher de tous ces regards lubriques, qui bavaient devant lui. Heureusement, ce club accueille régulièrement, des gens connus ! Personne ne s'est intéressé à moi, plus que ça. Mon Dieu, il est magnifique avec ses cheveux blonds lâchés sur ses épaules, bien plus longs que la dernière fois que je l'ai vu, il y a trois ans. Et ses yeux dorés, sa bouche… bon sang, ce mec est un appel au sexe ! J'ai toujours été fou de lui. Je constate amèrement, que rien n'a changé, il a toujours le même effet sur moi ! Tom, je l'aime depuis cinq ans, je l'ai sorti de ma vie pour des raisons que je croyais justes, mais sans chercher à l'oublier. Au contraire, me souvenir de lui, m'aidait à tenir le coup, sans trop penser à ce qui m'attend.

Heureusement, j'avais Mattias, mon garde du corps, qui est devenu très vite, bien plus que ça, mon ami. Le seul qui me reste, depuis le début de ma carrière. Je lui ai tout confié, le rejet de mes parents, ma maladie, mon comportement minable envers Tom. Il ne m'a guère épargné, quand il m'a traité de lâche, comme si je ne le savais pas déjà ! Mattias a eu le culot de se déplacer depuis New York, pour vérifier par lui-même, s'il travaillait toujours au club. Il venait ensuite me prendre la tête, en me donnant des détails salaces sur sa manière de danser, et sur les clients qui bavaient devant lui. Ce soir, Mattias, a bandé ! Je suis certain que chaque fois qu'il venait le voir danser, il bandait, ce con ! Comment vais-je faire maintenant que je l'ai revu ? Je n'avais pas besoin de ça, bon sang ! Mais, si la beauté exceptionnelle de Tom, est la dernière chose que mes yeux verront… alors, je pourrais m'estimer heureux.

J'ai tenu deux heures de plus, pour ne pas avoir l'air de m'enfuir, m'attendant à des quolibets de la part du groupe. Mais non, ils se sont contentés de tapes sur l'épaule, de rires mesquins, accompagnés de clins d'œil, avec quelques gestes obscènes dans ma direction. Jax, lui, m'a souri toute la soirée, surtout, quand il s'est levé pour me féliciter d'avoir été l'heureux élu. Tu parles d'une élection ! Presque trois heures du matin, quand je me suis extirpé de la banquette pour leur serrer la main, entraîner Mattias à ma suite, et sortir de cette boîte le plus rapidement possible, le caleçon collé aux burnes, et le cœur en berne.

Au fur et à mesure que les rues défilent devant nous, je capte les œillades en coin de Mattias, qui conduit, sans prononcer le moindre mot. Il attend stoïquement que je commence à poser des questions.

– Il est superbe, non ?

– Qui es superbe ? lâche-t-il avec d'un rire malicieux.

Son air, feint d'étonnement, me fait rire doucement. Mattias a le chic pour esquiver les questions… déformation professionnelle sans doute.

– Oh allez, tu sais que je parle de Tom. Pourquoi tu m'as emmené chez Jax et Liam sans me prévenir ?

– Si je t'avais dit qu'on allait chez Jax, tu ne serais pas venu, pas vrai ? Je pensais que ça te ferait plaisir de le revoir ! Tu m'as promis de lui parler.

– Oui, mais je ne vais pas lui parler devant tout le monde ! Ça me fait mal à moi aussi, Mattias. Tu sais que j'ai honte de ce que je lui ai dit, avant de partir… je me suis comporté comme un salaud, je ne sais pas comment m'y prendre. Tu crois qu'il va m'écouter ?

– Tu as cru bien faire, tu étais jeune et peut-être un peu bête aussi ! Mais l'âge ne minimise pas tes torts, tu as eu des mots durs et blessants, il secoue la tête avant d'éclater de rire. Regarde ce qu'il a fait ce soir, pour te ridiculiser, ce petit con !

– En parlant de ça… il t'a eu, aussi ?

Je le regarde en ricanant, désignant son entrejambe de mon index.

– Presque ! Seigneur, s'esclaffe-t-il en levant les mains pour les presser devant lui en signe de prière. Mais c'est mécanique… ce mec ferait bander un eunuque, il est sexy, putain !

– Oui, il est plus beau que jamais. Tu ne lui as rien dit à mon sujet, pas vrai ?

– Jamais ! ce n'est pas à moi de le lui dire, Esté, c'est à toi. Tu m'as promis de lui avouer les véritables raisons de ton départ, le pourquoi, tu l'avais traité comme ça ! Tu veux qu'il continue à penser que tu es un sombre connard ? coasse-t-il, en levant le doigt en signe d'avertissement. Je te préviens, ce mec, je l'adore, si tu ne le fais pas très vite, je ne me tairais plus ! C'est une honte d'avoir agi comme ça !

– Je sais putain ! Il méritait mieux que moi. Regarde-le, Mattias, il est tellement solaire ! Qu'est-ce qu'il aurait fait, avec un mec comme moi ? Un mec qui ne pourrait plus aller, nulle part, hein ?

– Stop ! La discussion s'arrête là, tu m'énerves ! Je ne t'ai pas dit de revenir avec lui, mais de tout lui raconter. Pour qu'il puisse vivre, sans traîner derrière lui, le souvenir des insultes que tu lui as balancées, il est magnifique, gentil et adorable. Mais seul, à cause de toi ! pourtant, il est sollicité, crois-moi ! Tes réflexions sont celles d'un mec qui s'apitoie sur son sort, alors que lui, n'a pas eu la vie facile, mais ne s'en plaint jamais. Putain… parle lui clairement, qu'il sache que tu ne l'as pas quitté parce que tu le considérais comme une merde, et que tu l'aimais vraiment. Je suis certain qu'il comprendra… il est tellement gentil ! Après, tu pourras vivre sans les remords qui te pourrissent de l'intérieur, et lui, ne se sentira plus comme un moins que rien. Qui te dit que ta maladie va empirer, d'ailleurs ?

– Les médecins l'ont dit, t'as pas besoin de t'énerver !

– Les médecins n'ont pas la science infuse, et quand bien même, ça ne fait pas de toi un cas désespéré ! Tu restes Estéban Blake, auteur, compositeur, interprète, rien de plus, rien de moins ! Allez, on arrive, la discussion s'arrête là ! Tu lui dis tout, ou bien je le ferais !

Je m'extirpe de la voiture en titubant, j'ai trop bu et Mattias a fini par me démolir, avec ses allusions. Le *boxer* me colle aux parties, depuis que j'ai éjaculé comme un ado devant les clients du club. Ensuite, Tom est revenu auprès de nous un petit moment, pour se coller entre Orlando et Matt, avant de repartir sur la piste de danse, se faire peloter devant ma gueule, le restant de la soirée. Bouffé par la jalousie, j'ai manqué faire une crise cardiaque. Sans compter, que les amis de Mattias, ont certainement bien rigolé dans mon dos, après mon départ ! Bref, le pire moment de ma vie, sans pouvoir ouvrir ma gueule. Mattias a raison, je dois lui parler, lui dire que mes paroles, me hantent depuis plus de trois ans. Je lui dois bien ça.

TOM

– Liam, Mattias ! Vous êtes où ?

– Là !

Deux voix de baryton répondent en même temps, me faisant sursauter.

– Eh doucement, vous m'avez fait peur !

J'entre dans leur bureau, retourne l'une des deux chaises face à Mattias, pour m'y asseoir à califourchon, en détaillant effrontément sous toutes les coutures, les deux types élégants installés dans leur fauteuil, face à moi. Ils sont superbes dans leurs costumes. Celui de Liam est gris chiné, il le porte avec une chemise blanche, sans cravate. Mattias est habillé en bleu marine, avec le même style de chemise, mais en blanc cassé. Ils sont beaux et dégagent un charisme phénoménal. Je les surprends tous les deux, à me fixer les sourcils levés, en attente. Leur prestance est extraordinaire. J'ai toujours été subjugué par les hommes, grands et musclés. Ces deux-là, sont l'archétype même, de ceux qui me font rêver. Pas qu'ils m'intéressent sexuellement, mais j'aurais aimé être à leur image, un homme que l'on craint, par peur de se faire démonter, si on lui manque de respect. Moi, je suis le contraire de tout ça. Pas trop grand, musclé par la danse, mais affublé d'un corps fin. Rien de transcendant, mais surtout… je n'impressionne personne.

– Quelle classe !

– Tu es venu jusqu'ici pour nous dire, ça ?

Lance Liam avec un grognement, Mattias, quant à lui, affiche ce petit sourire en coin, bien énervant par moments, qu'il arbore en continu.

– Non, je suis venu pour commencer, le nouveau logo publicitaire de la société, je n'ai rien d'autre à faire, aujourd'hui.

– Bon, installe-toi dans le bureau d'à côté. Viens, je vais te montrer, souffle Mattias en levant sa grande carcasse du fauteuil.

– Je ne peux pas rester avec vous, ici ? Au moins, je pourrais me rincer l'œil.

– NON ! Les deux répondent de concert, l'air renfrogné. Sinon tu vas papoter, rajoute Liam. Nous avons du boulot, il faut qu'on épluche les CV de plusieurs candidats.

– Tu comptais te rincer l'œil, sur nous ? Poursuit Mattias, en haussant un sourcil.

Ses lèvres s'étirent, dans un sourire taquin. Il me détaille, avant de secouer la tête de gauche à droite, en tapotant sa tempe de l'index.

– Ouais. Je peux postuler chez vous, en tant que garde du corps, moi aussi ? Je peux être un très bon garde… avec mon corps, je leur lance avec un petit rire.

– Oui, t'es embauché d'office, Estéban Blake cherche quelqu'un, ça t'intéresse ? Lance le Mastodonte avec le sourire qui s'agrandit.

Il n'a qu'à s'en occuper lui-même, du chanteur, puisqu'il le connaît si bien ! Le dire à voix haute me démange, mais je ne compte pas lui laisser le plaisir, d'entrer dans un débat.

– Non, ce mec il peut se garder tout seul ! T'as pensé quoi de ma lap dance, t'as bandé ?

– Oh putain, souffle-t-il dans un geignement. Ce mec est un poison !

Avec un soupir lamentable, il se tourne furtivement vers Liam, qui ricane en silence, caché derrière une feuille de papier, en pinçant son nez entre son pouce et son index. Pendant que moi, je ris intérieurement devant son air gêné. Je profite de l'occasion pour lui dire ce que je pense, et libérer le poids qui me comprime le cœur.

– Le poison c'est toi, gros bêta ! Tu connais Esté depuis quand, hein ? Pourquoi tu ne m'as rien dit ? Abruti ! Et toi, trou du cul, dis-je en me tournant vers Liam. Tu connaissais mon passé avec Esté ? Allez, répondez, avant que je m'énerve, là !

Ils se regardent, prêts à exploser de rire. Je prends mon air le plus mauvais, en m'extirpant de la chaise. Prêt à leur balancer en pleine carafe, le pot de stylos qui trône sur le bureau.

Liam lève ses deux mains devant lui, paumes face à moi, en riant.

– Hep, du calme, je n'étais pas au courant ! Jax m'a suffisamment remonté les bretelles. Je n'en savais rien, c'est Mattias le fautif !

Il pointe de son pouce l'autre abruti, qui essuie les larmes issues de ses ricanements, avec le revers de sa veste, avant de me répondre, en reprenant un air sérieux.

– Ok. Oui, je savais que tu étais l'ex, d'Estéban Blake ! Oui, j'ai emmené Esté, sans lui dire que tu serais là ! Oui, je l'ai fait, sans rien dire à Liam ! Oui, je l'ai fait, intentionnellement !

Je le regarde, estomaqué. Je sais qu'il n'est pas méchant, et je l'adore, mais j'en ai marre ! Tout ce que je dis est pris à la rigolade. Mon envie de quitter la pièce, sans me retourner, se fait plus pressante.

– Tu me dis ça… comme ça, la bouche en cœur ?

– Oui, parce que ce n'était pas mal intentionné, au contraire !

Je ne comprends toujours pas, pourquoi il a fait ça ! Cette conversation me rend malade et la nausée commence à monter. Je me rends compte à cet instant, qu'à force de jouer les trublions, ils ont fini par me considérer comme quelqu'un, qui prend tout à la légère. Mattias, que je ne connais pas tant que ça, finalement, encore plus que les autres. Je m'évertue tellement bien, à ne montrer que mon côté joyeux, que plus personne ne voit que je suis en souffrance. Je me sens si seul, que le moindre petit grain de sable, qui vient se figer dans les rouages de mon cerveau, enraye la machine bien huilée, que j'affiche tous les jours. La colère s'empare de moi, sans prévenir, mais je n'arrive pas à l'extérioriser. Peut-être qu'il est temps pour moi, de leur montrer l'homme que je suis vraiment, et non plus le clown qu'ils voient devant eux.

– Pourquoi, alors ? Tu savais que ça me ferait du mal, tu le savais, Mattias ! Je sens qu'il t'a tout raconté, alors pourquoi ? Et moi, tu crois que ce que j'ai dans le cœur, ne mérite pas un peu de respect ? Que le pitre que je suis, n'a pas de sentiments ? Dis-moi pourquoi, alors !

Je parle doucement, mais sans m'énerver. Je n'ai pas envie de le regarder, j'ai juste envie de rentrer chez moi, pour de me réfugier auprès de Jax, mais il est au cabinet. Deux mains puissantes tournent mon fauteuil, et je me retrouve face à deux paires d'yeux, qui me fixent avec intensité. Les bleu lagon de Liam et les Gris de Mattias, qui m'agrippe le menton pour relever mon visage vers lui, en s'accroupissant pour se mettre à ma hauteur, l'air sérieux.

– Jamais je n'ai voulu faire de mal, ni à toi ni à lui. Esté a des choses à te dire. Écoute-le Tom, laisse-le parler, il en a besoin et toi aussi, je pense. Sois plus intelligent que lui. Et j'ai beaucoup de respect pour toi, je peux te l'assurer.

Là, il abuse ! Je n'ai pas envie d'écouter les explications d'Esté, je veux simplement continuer ma vie sans le revoir.

Il a des choses à me dire, et il faudrait que je l'écoute ? Je secoue la tête de droite à gauche, en silence, pour lui faire comprendre mon refus. Il se contente de me serrer la main, gentiment, avant de reprendre doucement.

– Les choses ne sont pas simples, parfois. Peut-être qu'il y avait une raison à tout ça. Esté est un bon gars, mais tu as raison, je sais tout. Il s'est comporté comme un connard, je le lui ai dit. S'il te plaît Tom, écoute-le, au moins ! Après, tu prendras la décision qui te convient.

Cet abruti a le chic pour m'embrouiller l'esprit, j'ai d'autres chats à fouetter, que de me mettre dans une situation qui pourrait, encore, me faire souffrir. Jamais, je n'oublierais la façon dont Estéban s'est débarrassé de moi… jamais !

Trois ans avant

« Je m'allonge sur mon lit, Estéban rampe jusqu'à moi et me surplombe, sa peau contre la mienne m'électrise, ses lèvres brûlantes parcourent mon cou, me donnant la chair de poule. Mon érection bât contre mon ventre, je relève le bassin à la recherche de plus de friction. Ses doigts longs et fins s'accrochent à mes cheveux, qu'il a détachés quelques instants plus tôt, avant de revenir vers mon visage, pour caresser mes joues de ses pouces. Ses yeux verts plongent dans les miens. Un halètement m'échappe, au moment où sa bouche rejoint la mienne et s'en empare frénétiquement me ravageant de sa langue. Le baiser est brûlant, sexuel, torride. Sa hampe frotte contre la mienne. Je passe ma main entre nos deux corps, pour m'emparer de son membre qui suinte sur mon ventre.

– Je vais te faire l'amour Tom, comme je ne t'ai jamais fait l'amour.

– Vas-y Estéban, fais-le, montre-moi combien tu m'aimes.

Ses mains expertes se déplacent lentement le long de mon cou, accompagnées de ses lèvres. Elles tracent un chemin humide sur mon torse pour s'arrêter sur un téton qu'il lèche, avant de le malmener avec ses dents. Une décharge électrique se propage le long de ma colonne vertébrale, faisant hérisser mes poils et m'arrachant un frisson. Il se décale pour s'emparer de l'autre téton et lui prodiguer la même torture, avant de redescendre le long de mes abdos, puis sur mon ventre qui s'enflamme et se contracte sous l'effet de ses baisers. Ma main relâche sa hampe palpitante et va se perdre dans ses cheveux que j'agrippe fermement, pour le diriger plus bas, vers mon érection engorgée. Il va me tuer !

– Putain Esté, s'il te plaît, s'il te plaît !

Sa bouche se rapproche de mon intimité, il nettoie du bout de la langue, la petite goutte de semence qui perle au bout de mon gland, avant de s'enrouler énergiquement autour de la couronne. Il prend son temps, comme il sait si bien le faire, pour mettre ma patience et mon désir à rude épreuve. Mes hanches se balancent vers lui, je tente d'enfoncer mon sexe plus loin à l'intérieur de sa bouche. Mais il continue à me titiller, sans relâche, aplatissant sa langue contre ma longueur, de haut en bas, avant de l'engloutir d'un coup, jusqu'à la garde. Un spasme de plaisir s'empare de mon être. Je tremble, je gémis, des sons rauques m'échappent, pendant que sa tête monte et descend, sans discontinuer sur mon membre, à une cadence de plus en plus rapide. Je ne vais pas tenir longtemps. Mes bourses, qu'il masse de ses doigts se rétractent, un frisson me secoue. C'est le moment qu'il choisit, pour délaisser mon sexe qui rebondit contre mon ventre. Je grogne ma frustration quand la chaleur de sa bouche laisse place à la fraîcheur. Il remonte lentement, le long de mon corps, s'empare du flacon de lubrifiant posé sur le lit, ouvre le bouchon pour en verser dans sa main, une bonne quantité. Sans me quitter des yeux un seul instant, il enfonce un long doigt dans mon intimité. Un soupir d'extase s'échappe de mes lèvres, gonflées par nos baisers. Il ne s'embarrasse pas de plus de préliminaires, sa main empoigne sa queue pour la lubrifier, son gland trouve immédiatement mon entrée, où il s'enfonce d'un coup, jusqu'à la garde. Je relève les yeux, surpris par cette intrusion brutale et inhabituelle, pour tenter de lire dans les siens. Mais ils n'expriment rien. Je n'y vois que ses pupilles voilées par le désir. Ses bras agrippent mes cuisses pour coincer mes jambes sur ses épaules. Je le tiens prisonnier à l'intérieur de moi. Nous ne sommes plus, que deux hommes qui s'aiment, avec ce besoin de se fondre l'un dans l'autre, et cette connexion qui nous unit, pour ne former plus qu'un. Son corps bouge contre le mien, les bruits de la chair contre la chair, mêlés à nos grognements, emplissent la chambre. Il m'empale tellement fort, que j'ai l'impression, que je vais traverser le matelas. Ce n'est pas dans ses habitudes, de me marteler comme ça. Estéban et moi, ce n'est que tendresse, depuis le début, mais aujourd'hui, c'est différent, je le sens au fond de mon cœur. Je me laisse emporter par les sensations de plaisir, mêlées à un peu de douleur, dont je n'ai pas l'habitude. Mes doigts s'accrochent à ses biceps et s'y enfoncent, dans une tentative désespérée, de le faire ralentir.

– Esté, ralentis mon amour.

– Non, je veux te baiser comme ça, fort. J'en ai besoin.

Je souris contre son cou, happe son lobe de mes lèvres pour le mordiller doucement, sa peau frissonne sous ma langue qui descend mordiller son cou. Le goût de sa peau en sueur me transcende, déclenche en moi un besoin de m'imprégner de lui, comme d'une drogue. Sa respiration s'accélère, il tourne la tête et s'empare de mes lèvres, pour un baiser dévastateur, sa langue explore ma bouche avec désespoir, nos souffles se mélangent. Un dernier frisson, et mon corps se déchaîne, pour libérer le fruit de mon orgasme qui explose entre nos corps. Les spasmes du plaisir qui m'assaillent, enserrent son membre. Dans un râle, le corps secoué de tremblements, il se déverse à l'intérieur de moi, en sueur. Nous restons comme ça, un long moment, serrés l'un contre l'autre, empêtrés dans cette position. Nos visages perdus dans le cou de l'autre, pour prendre notre dose de tendresse, en silence. Ses mains caressent langoureusement mes flancs, mes cuisses, jusqu'au moment où il se lève brusquement en jurant, pour s'asseoir sur le lit, et prendre sa tête entre ses mains en hoquetant. Je me redresse pour le regarder, une larme roule sur son doigt. Je ne comprends pas son désarroi. Je tente d'écarter ses mains crispées de son visage, mais il me repousse fermement en se décalant. Moi et ma naïveté légendaire, je ne vois rien venir. L'émotion de ce moment, me fait perdre le sens des réalités, je suis comme ça avec Estéban, c'est l'amour de ma vie. Quand il est proche de moi, le besoin viscéral de me coller à lui, me carbonise le cerveau, au point d'être incapable de penser à autre chose. Il est mon pilier, mon ancre, celui pour qui je pourrais tout donner.

Il essuie ses yeux rageusement, et en paradoxe, me regarde comme si j'étais la huitième merveille du monde. Mes yeux suivent le mouvement de ses mains, quand il s'empare de sa guitare, pour commencer à faire courir ses doigts sur les cordes. Je suis fasciné, hypnotisé. Mais, quand il commence à entonner la chanson de Jason Walker, « Down », qu'il n'a jamais voulu me chanter, malgré mon insistance, trop triste d'après lui, l'émotion me submerge.

En entendant les paroles, je commence à frissonner. Les doigts tremblants, j'agrippe le drap pour m'y enrouler. Sa voix magnifique envahit le silence de la chambre, accompagnée des accords de sa guitare. Les notes envahissent mon âme, mon cœur, en y propageant un sentiment de froid glacial, et douloureux. Les paroles atteignent mon cerveau, et me parlent, comme si elles sonnaient le glas de notre histoire. C'étaient les prémices des horreurs qu'il allait me balancer tout de suite après.

I Don't know whère Im at (Je ne sais pas où je suis)

Im standing at the back (Je reste à l'écart)

And i'm tired of waiting (Et je suis fatigué d'attendre)

Waiting here in line (Ici dans cette file d'attente)

Hoping that i'll find (Espérant que je trouverais)

What i've been chasing (Ce que je poursuis)

I shot for the sky (Je visais le ciel)

I'm stuck on the ground (Je suis cloué au sol)

So why do i try (Alors pourquoi j'essaie ?)

I know i'm gonna fall dawn (Je sais que je vais m'écrouler)

I throught i could fly (Je pensais pouvoir voler)

¿So why did i drown? (Alors pourquoi me suis-je noyé ?)

I'll never know why it's coming down, down, down (Je ne saurais jamais pourquoi tout s'écroule, s'écroule, s'écroule

Not ready to let go (Je ne suis pas prêt à abandonner)

Cause then I'd never know (Parce qu'à ce moment-là, je ne saurais jamais)

What I could be missing (Ce que je vais manquer) ...

Il va jusqu'au bout de la chanson, repose doucement sa guitare sur le bord du lit, avant de me faire face, pour me regarder dans les yeux. Il y a au fond des siens, une lueur douloureuse, mais froide, que je ne lui ai jamais vue. Putain, je me sens mal.

– Je vais partir Tom, on m'a offert un contrat en or. Tu comprends... je ne peux pas refuser, c'est trop important pour moi, je suis désolé.

– Oh, mais... c'est super Esté, tu m'as fait peur. L'espace de cinq minutes, j'ai pensé que...

– Tu as bien pensé Tom, je pars. Définitivement, tu comprends ? Je ne reviendrais plus... toi et moi, c'est fini.

Le sang déserte mon visage, je reste figé.

– Mais... pourquoi ? Et nous ? Et moi ? Dis-moi que c'est une blague, Esté ! Je vais tout quitter pour toi, si c'est ce que tu veux, mais dis-moi que c'est une blague !

Mes doigts s'agrippent à ses poignets, dans une tentative désespérée. Pour l'empêcher de se lever et de se rhabiller, à toute vitesse. Il me repousse fermement. Je tente frénétiquement de sortir du lit pour le rejoindre, mais le satané drap avec lequel je me suis recouvert, m'entrave les chevilles.

– Qu'est-ce qu'il y a, putain ? Je hurle.

– Rien, je te l'ai dit, je me suis trompé pour nous ! Je m'en vais, ma carrière est importante. Je ne compte pas

m'afficher avec un gogo danseur, je n'ai pas envie d'avoir les médias au cul !

– Quoi ?

– Tu as très bien compris. C'est déjà compliqué de faire carrière, mais si en plus, je dois traîner derrière moi, un mec qui se pavane dans un club, à moitié à poil, ce n'est même pas la peine de songer à vivre de ma passion !

– Tu me considères, comme une pute ?

– Oui, sachant que la plupart des gogo danseurs s'adonnent aux lap dance privées, après leur spectacle, oui ! On peut considérer ça, comme une forme de prostitution !

– JAMAIS, tu m'entends ? JAMAIS, je n'ai fait ça ! je gagne juste ma vie en dansant, un peu découvert, peut-être ! Mais je n'ai jamais fait ça !

– Ça, c'est ce que tu dis ! Mais peu importe. Je m'en vais, n'essaie pas de me faire changer d'avis, Tom. Tu ne représentes plus rien pour moi, je viens de m'en rendre compte.

Le pantalon à moitié boutonné, il enfile ses chaussures, son tee-shirt, et s'empare de sa guitare, pour sortir de ma chambre, en claquant la porte derrière lui. Je reste là, nu et vulnérable. Les larmes inondent mes joues, les sanglots m'empêchent de crier, de l'appeler pour le retenir. Mon âme meurtrie voudrait hurler, mais elle n'en a pas la force. La porte de l'appartement claque violemment, me laissant anéanti. Je n'ai plus rien, il ne me reste que le désarroi, le choc et la douleur qui me broie le cœur ».

Avec ces paroles il a enterré notre amour, balayé mes illusions, celles que j'avais rêvées pour notre vie à tous les deux. Les plans que nous faisions ensembles, assis à même le sol, nous projetant dans un avenir radieux, dès que nous aurions trouvé des emplois « convenables ». Moi après mes études de graphisme, qui me coûtaient un bras et lui, pouvant vivre de sa musique. Tout est parti à la trappe, laissant mon cœur imperméable à l'amour.

Depuis, je vis au jour le jour, fuyant les approches des gars intéressés par autre chose qu'une bonne baise. Sauf avec Jamie, le barman du club, avec lequel je couche de temps en temps, depuis deux mois. Notre rencontre avait pourtant mal commencée, mais au fil du temps, nous nous sommes attachés l'un à l'autre, pour devenir des « amis avec avantages ». Il est beau, gentil, affectueux et a souffert du rejet de ses parents, qui l'ont jeté dehors quand il a fait son coming-out. Un parmi tant d'autres ! Merci à Jude, qui l'a pris en charge, quand il est arrivé complètement perdu, moralement abîmé, à l'association LGBT dont il est membre. Jude s'est mal comporté avec Jax et moi, mais il a tout fait, pour que Jamie ait un job, au Warehouse, et un lit en urgence, au « refuge ». Pour ça, je l'admire ! L'association s'occupe de l'hébergement temporaire, de jeunes homos désœuvrés, qui se retrouvent à la rue, en attendant qu'ils aient les moyens de se loger, en trouvant un emploi, stable. Jamie, je l'apprécie et lorsque nous nous retrouvons dans mon appartement, je me laisse bercer par sa tendresse, en lui offrant la mienne. Entre nous, c'est purement sexuel, mais ça nous fait du bien, il est gentil, doux dans ses gestes. Dans les mots qu'il me susurre à l'oreille, je retrouve un peu, de ce que l'autre connard me donnait. Sauf le dernier jour, où il s'est comporté, comme un salaud.

Je ne suis qu'une image, aux yeux des hommes, ça m'horripile quand je les entends s'extasier sur mon physique. Ça me dégoûte, d'être considéré comme un morceau de viande, dont on peut se rassasier. C'est pour cela que, quand je danse, j'aime les voir baver sans pouvoir me toucher. Je veux qu'ils ne retiennent de moi, que l'image que je donne, l'image d'un homme qui n'a que son corps à offrir, rien de plus. Ils me qualifient de sexe sur pattes ! Abrutis. Et Mattias, qui ne comprend rien à rien…

Je suis reparti sans faire leur logo. J'ai besoin de m'éloigner de tout le monde, pour le reste de la journée et de me retrouver seul. Encore une fois, il faudrait que Tom le gentil, baisse la culotte. Que je fasse l'effort d'écouter les explications, si possible, que je pardonne, pour que l'autre salaud puisse se débarrasser de ses remords ! Et moi, qui m'écoute, moi ?

ESTÉBAN

Les souvenirs remontent à la surface, inlassablement. Seul dans mon lit, je me tourne et me retourne, sans arriver à dormir. L'image de Tom dans ce short, ondulant du bassin, les lèvres entr'ouvertes et fleuretant ouvertement, avec ces mecs au regard lubrique, ne me quitte plus. La jalousie me torture, aussi sûrement qu'un trente-huit tonnes, qui me passerait dessus. Je sais que je n'ai pas le droit d'être jaloux, je l'ai laissé derrière moi comme une merde, en déversant des paroles que je ne pensais pas. Je voulais du radical, c'est ce que j'ai fait ! Depuis, l'écho de sa voix, hurlant dans la chambre, ne m'a jamais quitté, comme un boulet logé au fond de mon cœur et de mes tripes. Je me déteste, autant que lui, me déteste. Je l'ai vu dans son regard, dans cette lueur féroce au fond des yeux, qu'il n'a que pour moi. Tom, c'est le plus bel homme que j'ai jamais vu, le seul qui m'a démontré, que je pouvais être heureux. Doux, gentil, d'une tendresse, que je n'aurais jamais crue possible, venant d'un homme. Mon talon d'Achille, mon premier amour.

Quand j'ai claqué la porte de son appartement, trois ans plus tôt, j'ai descendu les escaliers des quatre étages en trébuchant. M'accrochant à la rambarde, pour m'empêcher de faire demi-tour, le prendre dans mes bras, soulager la douleur que je lui avais infligée, en lui racontant tout. Mais j'ai tenu bon jusqu'au palier, dans lequel je me suis effondré contre le mur. Une angoisse terrible m'a comprimé la gorge, j'ai eu l'impression d'étouffer. C'est là que j'ai laissé libre cours aux sanglots que je retenais, je n'ai pas pu aller plus loin. J'ai déversé mon désespoir au milieu des boîtes à lettres, recroquevillé comme un clochard, me maudissant, de n'avoir pas trouvé un autre moyen de partir. C'est là, que Jax m'a trouvé quelques minutes après. Il s'est précipité vers moi, mais, malgré son insistance, je n'ai rien voulu lui dire. Je l'ai supplié de ne pas raconter à Tom, l'état lamentable dans lequel il m'avait trouvé. Je me suis relevé pour quitter l'immeuble, sans un regard en arrière. J'ai flâné dans les rues, sans but, terrassé par la douleur, me répétant en boucle les paroles du médecin.

« Monsieur Blake, je ne vais pas y aller par quatre chemins, votre maladie des yeux ne va pas s'améliorer, votre acuité visuelle va diminuer progressivement. »

« Voulez-vous dire que je vais devenir aveugle ? »

« Je ne peux rien affirmer, vous avez une rétinite pigmentaire. C'est pour cela que votre vision périphérique est fortement diminuée et que vous y voyez si mal la nuit. C'est une maladie génétique. Vous devrez consulter régulièrement, pour suivre l'évolution de la maladie, vous devrez porter des lunettes de soleil constamment, pour limiter les risques de cécité précoce, en attendant que les recherches aboutissent et vous devrez prendre quelques vitamines. Votre forme de rétinite n'est pas la pire, puisqu'elle n'atteint que la périphérie de l'œil. Néanmoins, vous ne devez plus conduire et à la moindre alerte, d'un, ou plusieurs points noirs qui troubleraient votre vision, venez consulter immédiatement ».

« Combien de temps, avant de devenir aveugle ? »

« Peut-être très vite, mais peut-être jamais, je ne peux rien certifier. Tenez compte de mes recommandations, je ne peux rien faire de plus en l'état actuel des choses, désolé. »

Je suis sorti de la consultation, comme un zombi, me cassant les neurones à force de cogiter, réfléchir. C'est génétique… le dernier cadeau de mes parents, que j'ai emporté avec moi. Merci !

Alors, je me suis rabattu sur mon autre passion, chanter, composer, écrire, toujours en pensant à lui, à cet amour qui n'a jamais tari, pas une seule seconde. J'ai vécu avec la douleur, les remords et l'image de son visage ravagé de larmes au fond de mon cœur. Le goût de fiel, que mes paroles ont laissé dans ma bouche, ne m'a jamais quitté. J'ai fait des plateaux télé, des concerts, dormi dans de beaux hôtels, mangé dans les meilleurs restaurants. Acquit la notoriété dont je rêvais tant. Non pas que je voulais des groupies collées à mes basques, je voulais simplement vivre de ma passion. Nous offrir à Tom et moi une vie sans problèmes d'argent, lui faire quitter le club, lui acheter ce qu'il voulait et dont on rêvait tous les deux. Une maison au bord de la mer, et une voiture qui nous aurait emmenés partout. Sans avoir peur de perdre une partie de la carrosserie en route, pour remplacer mon vieux pickup déglingué. J'étais incapable de nous offrir ça, avec mon petit salaire de livreur de pizzas.

Quand l'argent a commencé à tomber, j'ai profité de tout jusqu'à plus soif, l'alcool, les fêtes, et même les drogues. Je me suis perdu dans la luxure de toutes ces fêtes, qui m'ont corrompu. Ça m'a vite gonflé de ne pas pouvoir faire un pas, sans être reconnu, de ne jamais pouvoir sortir incognito, sans être affublé d'une casquette et de lunettes de soleil. Au bout de quelques mois, j'ai embauché Mattias, ce mastodonte au regard de braise, mais à la carrure impressionnante. Ça n'a pas empêché les groupies de me harceler, mais au moins, je me suis senti un peu plus en sécurité. C'est lui aussi, qui me ramenait de temps en temps, discrètement, un Escort pour soulager ma libido, quand le besoin de me vider les couilles, devenait une nécessité. Il le fait encore. Je voulais être célèbre, mais j'étais loin d'imaginer ce que ça allait me coûter, ni à quel prix. Aujourd'hui, j'ai décidé d'abandonner ma carrière de chanteur, je continue à écrire pour les autres et à produire des chanteurs inconnus. J'ai gagné suffisamment d'argent pour vivre, sans me poser de questions. Après en avoir longuement discuté avec Mattias, j'ai couché Tom sur mon testament que j'ai accompagné d'une lettre, au cas où, pour que s'il m'arrive malheur, il puisse sortir de ce club, et se faire une vie décente. Et aussi, parceque je l'aime. Je ne vois aucune raison, de laisser quoi que ce soit à ma famille, qui m'a renié. Quand Mattias m'a raconté ce que Tom a subi, avec son frère Zack, j'ai pris conscience qu'il aurait pu mourir, si cela avait été le cas, je serais mort, moi aussi.

Alors j'ai décidé de revenir à Los Angeles, pour vivre au premier endroit où j'ai posé mes valises, quand j'ai débarqué de Londres. Mais aussi, pour être près de lui, même si je ne peux pas me permettre de l'approcher, plus que ça. Rien qu'à penser à ce qu'il m'a fait au club, ce petit con… Putain. J'ai eu envie de l'étrangler, mais le sentir contre moi, son érection plaquée contre la mienne, l'odeur de sa peau envahissant mes narines… pendant le court instant, qu'a duré la lap dance qu'il m'a imposée, j'ai tout oublié. Il ne restait plus que nous, et mon corps tremblant contre le sien, comme lorsque nous nous retrouvions dans sa chambre. Lui, moi et notre amour, enfermés dans un cocon de bonheur. Je m'en suis délecté, j'avais oublié combien la caresse de ses cheveux contre ma joue m'avait manqué, combien un orgasme avec lui, pouvait être bon. Le meilleur que j'ai eu, en trois ans.

J'ai chaud, je repousse frénétiquement le drap qui recouvre ma nudité, cherchant à tâtons le téléphone que j'ai posé sur le chevet pour vérifier l'heure. Assis sur le lit, je pense à cette grande maison que j'ai acquise dans un quartier chic de L.A, à Venice Beach. Une maison cossue, entièrement meublée, mais loin d'être aussi luxueuse, ni aussi imposante que celles de mes voisins les plus proches. Elle est très agréable, mais surtout de plain-pied et bien située dans une résidence ultra sécurisée. Avec un salon-salle à manger immense, une belle cuisine et quatre chambres avec salles de bains privatives. Autour, un vaste jardin arboré, donnant un accès direct à la piscine et à la plage. Au sous-sol, un garage qui abrite mes trois voitures, un immense bureau, dans lequel je vais rarement, mes affaires étant gérées par mon avocat et un notaire. Une salle de jeux dans laquelle sont installés un billard, un flipper ancien qui fonctionne encore avec des pièces. Je n'y viens jamais, Mattias joue au billard de temps en temps, mais c'est tout. Ma salle de musique se trouve dans la dernière pièce, c'est là que je passe la plupart de mon temps, à composer et écrire. Équipée d'un canapé, d'un fauteuil, d'une table basse et de deux micros, d'enceintes et bien entendu, ma collection de guitares accrochées au mur. Et la mienne, celle qui m'accompagne depuis mes dix-sept ans, posée à même le sol, contre le canapé. C'est la pièce la plus importante, celle qui accueille ma solitude. Entouré de mes instruments, je m'y sens bien. Tout est pensé pour que je puisse travailler d'ici, sans avoir à me déplacer. J'en suis heureux. Mattias a accepté de loger chez moi, le temps de s'acheter un appartement, je n'ai plus besoin de garde du corps, mais de mon ami et de sa compagnie, si.

Je longe le couloir avant de prendre l'escalier qui mène au sous-sol, un verre de whisky à la main. Un bruit de verre brisé, suivi d'un juron, me parvient de la cuisine.

– C'est toi, Mattias ?

La litanie d'injures qui sort de sa bouche, me fait faire demi-tour, pour aller le rejoindre.

– Bon sang, je viens de casser un verre et de m'entailler le doigt !

Je m'avance vers lui en prenant sa main, pour vérifier la profondeur de la blessure.

– C'est bon, ce n'est pas grave, un peu d'essuie-tout dessus et le saignement va s'arrêter, grommelle-t-il. Qu'est-ce que tu fous debout à cette heure-ci ?

Il passe sa main sous le robinet d'eau froide pour nettoyer la coupure, tout en me dévisageant d'un air maussade.

– Je n'arrive pas à dormir, je vais travailler un peu en bas.

Il plisse les yeux en esquissant une moue dubitative.

– Mouais… quelque chose te travaille ? Ou quelqu'un, peut-être ?

Il me regarde du coin de l'œil, tout en essayant de détacher d'une main, une feuille du rouleau d'essuie-tout qui trône sur le plan de travail.

– Oh, la ferme Mattias !

J'attrape le rouleau pour en détacher deux feuilles, et lui mettre dans sa main valide.

– Il est venu au bureau aujourd'hui, souffle-t-il malicieusement, en enroulant le papier autour de son doigt. Pour nous aider avec le site publicitaire. Il n'a pas l'air d'avoir la tête à sa place, il est vite reparti… un rencard, avec le petit barman sexy du club.

Il m'annonce la nouvelle en haussant plusieurs fois les sourcils. Mattias est un homme bon, mais têtu, il ne me lâchera pas, tant que je n'aurais pas tenu la promesse que je lui ai faite. Je sais qu'il veut que je réagisse, mais ça me paraît impossible dans ma situation.

– Tu m'as dit qu'il n'avait personne !

Je le regarde d'un air moqueur, certain de le prendre en flagrant délit de mensonge.

– Je t'ai dit qu'il n'avait de relation suivie, me balance-t-il en souriant. Pas qu'il ne prenait pas du bon temps. Et puis ce n'est pas comme s'il t'intéressait, pas vrai ? J'espère qu'un jour, quelqu'un attirera suffisamment son attention pour qu'il se réveille, enfin. Ce jour-là, il sera trop tard pour toi, tu pourras pleurer pour de bon, plus sur ton sort, mais sur la perte définitive de ce mec !

Mon air fier retombe et fond comme neige au soleil, ce con a encore décidé de me faire chier, ce soir !

– Arrête Mattias, tu m'emmerdes là !

– Oh, je n'ai rien dit, juste, que les regards qu'il a pour le petit mignon du Warehouse, sont sans équivoque, point final. Tu veux que j'appelle Malika, pour qu'elle t'envoie un minet à ton goût ? lance-t-il, dans un ricanement moqueur.

– Appelle-là.

Les glaçons qui flottent dans le verre d'alcool, s'entrechoquent. Je ne peux pas réfréner le tremblement de mes mains, rien qu'à imaginer Tom dans les bras de ce… minet, que je ne connais même pas. Mais que dans ma tête, j'imagine grand, blond... beau, comme tous les employés de cette putain de boîte, qui va finir par me sortir par les yeux. Une bouffée de jalousie morbide s'empare de moi. Il me faut un mec… tout de suite.

– Dis-lui d'envoyer Léo s'il est dispo !

Heureusement, elle me connaît suffisamment, pour m'envoyer le mec qui me convient et Léo est extrêmement doué au lit.

– Ok, mais c'est la dernière fois. Si t'as besoin d'un cul à baiser, à compter d'aujourd'hui, tu l'appelleras toi-même ! Tu n'es plus dans le collimateur des médias, tu te démerdes !

Mattias n'a jamais été d'accord avec moi. Il ne comprend pas que je ne veuille pas d'attaches que pour baiser, je préfère me payer les services d'un professionnel.

C'est ce que je fais depuis trois ans, baiser des Escort en toute discrétion, pour éviter d'être repéré par les journalistes.

– En attendant je descends, dès qu'il arrive préviens-moi, je serais en bas.

Les dix marches qui me séparent du sous-sol, me paraissent interminables. Je m'assois sur le canapé en soupirant pour m'emparer de ma guitare. Celle que je trimballe partout avec moi, depuis que j'ai quitté l'Espagne. Celle, sur laquelle Tom a écrit au dos, « Je t'aime » avec sa signature au feutre indélébile. J'aurais pu tuer n'importe qui, pour avoir osé écrire sur le bois de ma guitare. C'était lui, alors j'étais en colère, mais je ne lui ai rien reproché. Cet instrument ne vaut pas un kopeck, mais sa valeur est inestimable à mes yeux, elle me permet de redevenir l'homme que j'ai toujours été. C'est avec cette guitare, sanglée en travers de mon épaule, avec un sac et quelques fringues que j'ai quitté mon pays, et commencé à jouer dans les bars. Avec elle, encore, que j'ai fait mon premier concert. Elle m'a encore accompagné pour le dernier, quand j'ai fait mes adieux, à la scène. J'ai dit adieu à tout, sauf à elle. Estéban Blake, c'était mon nom d'artiste, maintenant, je ne suis plus qu'Estéban Réal, un individu lambda, mais qui craint toujours les paparazzis. Mes doigts commencent à courir sur les cordes qui, s'en m'en rendre compte, entament la mélodie de « Down ». Celle-là même, que j'ai jouée et chantée à Tom, le jour où je l'ai quitté. Cette chanson-là, je ne l'ai plus jamais chantée, seulement rejouée, jour après jour, dans le silence de ma chambre. Pour ne jamais oublier, que c'est à la personne que j'aime le plus, que j'ai fait le plus de mal.

TOM

Les yeux ouverts, je fixe le plafond de la chambre éclairé par la lune qui se reflète sur la psyché en métal, calée contre le mur. J'écoute la respiration de Jamie, qui dort tout contre moi, peut-être pour la dernière fois. Hier soir, il m'a fait part de son désir de quitter L.A pour partir à Seattle prochainement. Il va me manquer. Non pas que je sois amoureux de lui, les sentiments, ce n'est plus pour moi, mais je m'y suis attaché. C'est le seul homme que j'ai ramené chez moi, depuis le départ d'Estéban. Les autres, je les rencontre pour prendre du bon temps, ensuite, chacun repart de son côté. À vingt et un ans, je comprends qu'il veuille changer d'air, se faire une nouvelle vie ailleurs, loin de sa famille qu'il ne voit plus, mais qui réside dans le coin. S'éloigner, est le moyen le plus sûr de tourner la page, il a raison. J'ai souvent pensé à la possibilité de faire comme lui, sans jamais trouver suffisamment de courage pour tout laisser derrière moi. Lui, n'a toujours pas d'appartement et dort toujours au refuge. Sa vie est loin d'être résolue, il n'a rien à perdre, mais tout à y gagner, contrairement à moi.

Quand ma grand-mère est morte, si je n'avais pas eu Jax, j'étais seul au monde. Mon frère Zack était parti depuis longtemps, et heureusement. Ma grand-mère nous a pourtant élevés avec patience. Lui, il préférait passer ses journées à zoner dans le quartier, avec sa bande de copains. Vivre de vols à la tire et de revente de drogues, plutôt que de s'embêter à travailler. Il nous a causé bien des soucis, surtout à elle. Elle qui a eu tant de mal à remplir nos assiettes avec sa petite pension de veuve, après la mort de nos parents. Sans compter Jax qui, pour échapper à la folie de sa mère, venait se réfugier chez nous. Elle l'aidait du mieux qu'elle pouvait en le réconfortant, en mettant toujours une assiette en plus, pour lui, avant qu'il ne pète les plombs et finisse en prison. Aujourd'hui, Zack aussi est sous les verrous, il va écoper d'une condamnation d'au moins trente ans, pour agression et tentative de meurtre sur Liam. Il va payer pour le mal qu'il a fait à ma grand-mère, à laquelle il volait le peu d'argent qu'elle avait. Ensuite moi, qu'il a racketté pendant presqu'un an. Liam, qu'il a gravement blessé, ainsi qu'à toutes les personnes qu'il a volées. Mais il s'en fout pas mal, moi, en revanche, ça me bouffe le cerveau que ce pauvre con soit tombé si bas. Je n'ai plus aucune considération pour lui après tout ce qu'il a fait, je ne lui pardonnerais jamais, mais il reste mon frère.

Le corps alangui de Jamie bouge contre moi, sa chaleur m'enveloppe, il est beau dans son sommeil. Je me tourne vers lui pour détailler son visage détendu, ses cheveux châtains coupé courts, ses joues qui se creusent de fossettes quand il sourit, son nez fin et sa bouche pleine et rose. Sa peau laiteuse et imberbe est sans défauts, il est du genre délicat et très efféminé. Cela lui a causé pas mal de problèmes avec quelques homosexuels bodybuildés, qui estiment pour la plupart, que les « folles » comme ils les nomment, sont un contre symbole de la virilité et qu'ils leur font honte avec leur manière de parler, de gesticuler, et de s'habiller. Dans l'esprit étriqué de certains gays, qui font l'apologie du culte du corps, les minets véhiculent d'après eux les clichés du stéréotype gay, en desservant la cause homosexuelle. Il y a une autre forme d'homophobie, liée à du sexisme, à l'intérieur même de notre communauté. C'est ce que l'on appelle la follophobie, c'est-à-dire le rejet de l'homosexuel maniéré. C'est la pire de toutes, car le rejet vient de tous les côtés, aussi bien des hétéros que des homos. Même dans les applications de rencontres, il m'est arrivé de lire sur certains profils « je veux un vrai mec » ou « folasses dehors ». En Californie, la majorité des homos prennent soin de leur corps, sont plutôt musclés et très virils, mais nous ne vivons pas tous dans le même état d'esprit. Jamie est au-dessus de toutes ces discriminations et continue sa route, sans se prendre la tête. Peut-être qu'à Seattle ce sera différent, je ne sais pas. Moi aussi, je me rends compte que certains me considèrent comme une folle, à cause de mon corps mince et de mon visage fin. Qu'est-ce que j'y peux d'être né avec ce physique ? D'accord, je tortille du cul, mais seulement quand je danse ! Et puis merde, que ceux qui pensent ça de moi aillent se faire pendre !

C'est peut-être pour cette raison que je trouve Jamie bandant, après tout ! Bien que mon genre d'homme soit plus viril, mais pas trop. Style Jax… Jax ? Non, beurk, lui, c'est mon meilleur ami… Estéban ? Oui… il lui ressemblerait.

– Quelle heure est-il ? demande Jamie en se frottant les yeux.

– Cinq heures du mat.

Il se rapproche de moi, m'obligeant à déplier le bras, pour se caler contre moi.

– Je parie que tu te fais des films dans la tête.

– Ouais, je pensais à ce que tu m'as dit hier soir, tu sais ton projet de partir à Seattle.

Il relève la tête pour me regarder.

– Et ?

– Tu vas me manquer.

Il dépose une pluie de baisers sur mon torse, avant de se lover confortablement contre son oreiller en soupirant.

– Tu vas me manquer aussi, mais il faut que je parte. Mon ami Jared a demandé à son patron, il est d'accord pour m'employer. C'est un magasin de prêt-à-porter pour hommes. J'adore les fringues, sans compter qu'en plus, c'est une enseigne de luxe. Tu te rends compte ? Je vais peut-être rencontrer mon prince charmant là-bas !

J'éclate de rire, devant son air enthousiaste et les gestes qu'il fait avec ses mains pour imager l'homme de ses rêves, et qui ressemble plus à une silhouette féminine, que masculine.

– Pourquoi tu ris andouille ?

Il me claque le torse du plat de la main, en ricanant.

– Ben, vu la description que tu fais avec tes mains, ton prince charmant va avoir des mensurations du genre 90-60-90, non ?

Ses doigts pincent ses lèvres et sa tête se balance, de gauche à droite.

– Non, il sera grand, avec des cheveux longs et blonds, le plus bel homme que tu n'aies jamais vu.

Le rire me reprend de plus belle, l'homme de ses rêves me rappelle quelqu'un.

– Mais, c'est tout moi, ça !

Les yeux plissés, il me dévisage avant d'éclater de rire.

– Oui… mais non. Toi, tu es mon ami avec avantages. Celui que je veux, il pourrait te ressembler, mais en plus beau que toi, c'est pour te dire. Et il m'aimera comme je suis.

Je l'enveloppe de mes bras pour le serrer fort. Jamie est un homme, mais avec une sensibilité féminine que beaucoup de femmes n'ont pas.

– Oui, il t'aimera, il saura voir derrière les apparences, la belle personne que tu es. Je te le souhaite Jamie, tu me donneras de tes nouvelles, hein ? Pas question de couper les ponts.

– Jamais, toi aussi Tom tu rencontreras quelqu'un, un jour. Un mec qui t'aimera et te verra comme je te vois.

– Merci.

Nous retombons tout deux sur le lit, chacun dans ses pensées. Voilà pourquoi, quand je suis avec lui, je me sens bien. Parce que sa gentillesse et sa sincérité me touchent. J'espère de tout cœur qu'il trouvera ce bonheur qu'il recherche. En attendant, moi, je n'aurais plus personne pour me tenir chaud dans mon lit. Tant pis, ce soir, je sors au club. Je me contenterais de prendre quelques verres, et de rester vigilant pour ne pas finir dans la backroom.

***

Je me faufile au milieu des corps en sueur, sur la piste de danse. Des mains se baladent sur mon torse, mes flancs, j'ai l'impression que des milliers de mains sont posées sur moi. Un corps chaud et moite presse son érection contre mes fesses, pendant, que devant moi, un autre type me colle en me léchant le cou. J'ai une cuite monumentale ! Tellement bien, que je ne me souviens plus de ce que je fais là. Enfin si, je suis venu prendre quelques verres avec l'intention de ne pas me démonter la tête, mais pas pour tirer un coup. Mais, quand j'ai rencontré les deux mecs au bar, je me suis laissé aller à la boisson, pour finir dans une alcôve. Mon engin n'a pas réagi, ce soir… enfin, pas encore, j'ai suivi les deux types dans le boudoir, mais je n'ai pas bandé, impossible ! une fois de plus, je me suis donné à deux inconnus, sans arriver à jouir. Putain, j'ai la tête qui va exploser ! Déjà qu'il a fallu que je feinte Jax, en lui racontant que je passais la soirée avec Brad et Orlando, donc, de ce côté-là, je suis tranquille. Depuis que je lui ai promis de ne plus boire autant, ce con, passe chez moi tard le soir, pour vérifier si j'y suis, il arrive à l'improviste, comme un inspecteur. Je ne lui en veux pas, je sais qu'il s'inquiète. Ce soir, j'ai fait une exception, Jamie va partir lui aussi, alors je profite un peu. Subitement, je me sens tiré sur le côté, je titube en grognant et je me retrouve à genoux sur la piste.

– Qu'est-ce que tu fous encore dans cet état, Tom ?

Je reste dans la même position, sans bouger, pétrifié par le son de sa voix.

– Et toi, qu'est-ce que tu fous là, Jax ? C'est mercredi.

Il repousse mes deux compagnons de soirée qui ne répliquent pas. Me jetant un regard incendiaire, avant de me relever en me soulevant par les aisselles. D'habitude, j'ai tendance à faire profil bas, mais pas aujourd'hui. D'abord, le taux d'alcool dans mon sang, ne me permet pas de réfléchir correctement, ensuite, je n'en ai pas envie. Je suis célibataire, donc, je fais ce que je veux de mon cul !

– Jeudi, ducon ! Qu'est-ce que tu fous là, plein comme une barrique ? Menteur ! Je me doutais bien que je te trouverais ici !

Je le regarde en essayant de mettre mes yeux, bien en face des trous. Un rire baveux m'échappe, envoyant des postillons autour de moi. Rien de tel qu'une bonne dose d'alcool, pour vous donner ce culot monstre qui vous aide à continuer de mentir, sans honte.

– Je ne travaille pas alors je m'amuse, Brad et Orlando étaient absents, j'affirme avec un sourire baveux.

– Je suis passé chez eux et ils y sont ! peste-t-il en essuyant son visage humide avec la manche de son tee-shirt.

Je ricane, il est passé chez eux ? Putain, il a dû faire le tour du quartier en pleine nuit, il doit en avoir plein le cul de me chercher. J'éclate de rire en remuant mes cheveux dans tous les sens.

– Putain, j'ai mal à la tronche, tu m'as cherché ? Je recommence à glousser comme une dinde. Retourne à tes pénates, moi je reste !

– Tu rentres avec moi, j'en ai marre que tu te pochtronnes la gueule ! Tu te fais baiser par tout le monde, ça va mal finir Tom ! allez viens, s'il te plaît.

– T'es pas mon père, je fais ce que je veux !

– Ce n'est pas une vie de se faire culbuter par tout ce qui passe. Ils profitent de toi Tom, ces mecs te prennent pour une pute, ce mot que tu détestes tant ! Tu t'es tenu tranquille, combien… quinze jours ? Tu m'as promis et là, tu recommences, merde ! Viens je te dis, ne m'oblige pas à te traîner de force, rentre avec moi et discutons calmement.

– Je viens, mais je ne discuterais pas.

Liam, qui attendait à l'extérieur avec son air des mauvais jours, n'a pas trouvé mieux pour arriver plus vite à leur appartement, que de me basculer sur son épaule pour me ramener. Je suis saoul, mais les grognements de ces deux cons, je les ai bien entendus. Je ne me souviens que d'une porte qui claque, de mon corps qui rebondit, quand on le balance sans douceur sur un lit, réveillant mon envie de gerber, après, c'est le néant.

ESTÉBAN

La salle d'attente est bondée. Je m'installe au bout du couloir qui dessert les cabinets des spécialistes en ophtalmologie, dans la dernière chaise libre. J'ai rendez-vous à neuf heures, mais je sais par avance, que je vais poireauter un bon moment, avant que le docteur Schwartz ne m'appelle. Je n'aime pas attendre, mais je n'ai pas le choix, c'est une visite de contrôle pour suivre l'évolution de la maladie. Je n'en vois pas trop l'intérêt, dans la mesure où il n'existe aucun traitement pour en stopper la progression. La seule solution, consiste tout simplement à porter des lunettes, adaptées et équipées de verres protecteurs et filtrants, pour me préserver de la lumière trop vive, et du soleil. Mais je viens, parce que ça me rassure quand même un peu. Pour l'instant, je ne vois pas de taches noires devant mes yeux, seule ma vision périphérique est atteinte. Le problème étant que, quand je me déplace, je trébuche sur tout ce qui est autour de moi et que je ne distingue plus.

Instinctivement, je relève la tête. Un jeune homme, assis face à moi, me fixe à travers ses lunettes de soleil. Je ne peux pas voir ses yeux, mais je sens son regard qui me scrute.

– Excusez-moi, vous êtes Estéban Blake, le chanteur ?

Aussitôt, mes épaules se raidissent. Je regarde dans tous les sens, paniqué à l'idée que les personnes assises tout près de nous aient pu l'entendre.

– Non, beaucoup de gens me confondent avec lui, mais ce n'est pas moi, désolé.

Je souris en lui servant mon mensonge, dans l'espoir de le dissuader de continuer avec les questions.

– Monsieur Réal ?

D'un bond, je décolle de ma chaise, en voyant que le médecin m'attend, devant la porte ouverte de son cabinet. Ouf ! Avant de partir, je me tourne vers le jeune homme qui me fixe toujours.

– Vous voyez, ce n'est pas moi !

Il me sourit en retirant ses lunettes, derrière lesquelles deux yeux bleus rieurs me scrutent, puis, m'adresse un clin d'œil, en levant l'index pour le placer contre ses lèvres. Visiblement, il ne m'a pas cru. Je lui souris à mon tour, remue mes lèvres pour lui souffler un merci silencieux, avant de me diriger vers le médecin.

– Bonjour Monsieur Réal, asseyez-vous. Alors, dîtes-moi, est-ce que vous avez noté un changement quelconque, depuis la dernière fois ?

– Non, je pense que c'est toujours pareil, ma vision centrale est toujours la même. Cependant, sur les côtés, je n'y vois pas et si je suis dans un endroit sombre, là, je n'y vois plus grand-chose. Vous croyez que ça évolue ?

– On va vérifier. Tenez, mettez-vous face à l'appareil, approchez et placez votre front contre la plaque en calant bien votre menton, voilà.

Il pousse derrière ma nuque, de façon à placer mes yeux bien en face des lentilles. Je peux le voir passer d'un œil à l'autre, pour m'ausculter avec minutie.

– Bon, ça n'a pas bougé, ce qui est une bonne nouvelle. Est-ce que vous portez tout le temps vos lunettes de soleil ?

– Oui, tout le temps, de toutes façons, je n'ai pas le choix, je suis sensible à la lumière.

– Oui, c'est un des problèmes de cette maladie.

– Docteur, je sais que je me répète, mais… est-ce que je vais devenir aveugle, très vite ?

Le docteur Schwartz soupire. Il pose sa main sur mon épaule, tentant de m'offrir son réconfort. Combien sommes-nous tous les jours à le harceler de questions, auxquelles, je sais qu'il ne peut pas répondre ?

– Monsieur Réal, j'aimerais vous rassurer, en vous disant que vous ne perdrez jamais la vue, malheureusement, je ne le peux pas. En revanche, ce que je peux vous dire, c'est que vous n'avez pas la forme la plus sévère de cette maladie. Votre vision est rétrécie en périphérie et depuis quatre ans, la vision centrale n'a pas bougé. Il faut savoir que c'est une maladie progressive, sur plusieurs années, mais qui varie d'une personne à l'autre. Certaines personnes ne perdent jamais définitivement la vue, mais gardent quelques problèmes pour s'adapter aux variations de luminosité. Vous aviez vingt-deux ans, quand la maladie a été détectée, donc, vous avez plus de chances d'être épargné par la cécité, qu'une personne détectée à cinquante ans qui, elle, n'en a aucune.

– Je vais garder l'espoir alors, peut-être que je ferais partie des chanceux.

– C'est la meilleure façon de voir les choses, si l'on peut s'exprimer ainsi, sans jeu de mots. Et vous allez prendre de la vitamine A. Les dernières études ont donné des résultats significatifs, sur l'évolution de la pathologie. Donc, je vais vous en prescrire, pour mettre toutes les chances de votre côté.

Après le fond d'œil, l'ordonnance pour la vitamine A, et une nouvelle prise de rendez-vous pour dans six mois, je sors de l'hôpital avec le moral au beau fixe, presque heureux. Animé par une lueur d'espoir. Est-ce que j'aurais cette chance ? Je prends la direction du parking où Mattias m'attend, adossé à la mustang Black Shadow aux reflets métallisés. C'est le seul vrai plaisir que je me suis fait avec mes premiers cachets, m'acheter ce bijou, pour remplacer mon vieux pickup tout déglingué. Je ne peux plus la conduire, mais je tiens à la faire sortir du garage pour la faire tourner. Mattias est plus qu'heureux au volant de mon bolide, si je perds définitivement la vue, elle est pour lui, il le sait.

– Alors, qu'est-ce qu'il t'a dit ?

– C'est bon, pour l'instant, ma vue n'a pas bougé. Il m'a donné une ordonnance pour des vitamines. Il paraît que ça freine l'évolution de la maladie. Je suis content Mattias, l'espoir est petit, mais je vais essayer de vivre avec ça, sans me prendre la tête.

– Je suis content Esté, tellement content, putain !

Mattias me tire contre lui pour m'étreindre, sa joie est sincère. Je suis ému et rassuré que ce mec qui est près de moi depuis presque trois ans, sans jamais me lâcher, soit devenu plus qu'un ami. Il est devenu ma famille, en remplacement de celle que j'ai laissée derrière moi.

Le jour où mes proches ont appris que j'étais gay, mon père m'a donné deux choix, soit l'option de suivre une thérapie, pour guérir mes déviances, soit de prendre la porte. J'ai choisi de partir, sans me retourner. J'ai connu et embauché Mattias, six mois après le début de ma carrière de chanteur. Quand je l'ai vu pour la première fois, j'ai été impressionné par sa carrure, puis, petit à petit, à force de vivre continuellement à ses côtés, puisqu'il logeait chez moi, nous nous sommes rapprochés. Il m'a invité chez lui, m'a présenté son père, un homme formidable, à la carrure impressionnante qui m'a accueilli les bras ouverts. Il est propriétaire d'un ranch, à deux heures de voiture environ de L.A, tout près des montagnes rocheuses, il y élève de magnifiques chevaux de race Quater Horse et quelques Andalous. J'y ai passé des moments merveilleux, entouré de ces deux hommes qui s'adorent, bien à l'abri des journalistes, qui m'ont traqué et harcelé les premiers mois.

Ensuite, comme ma vie n'avait rien d'intéressant à leurs yeux, ils m'ont délaissé très vite, au profit de célébrités un peu plus démonstratives que moi à tous les niveaux. Je ne leur ai jamais donné l'occasion de se délecter de ma vie privée. Les quelques fêtes et les abus, je les ai faits discrètement et je n'ai accepté que les invitations, hors du milieu du showbiz. Sans Mattias et son père John, je serais complètement seul, puisque l'autre personne que j'aime plus que tout, je l'ai jetée comme un malpropre. Bon sang !

– Ça tombe bien que tu sois de bonne humeur, me lance Mattias en s'avançant pour m'ouvrir la portière de la Mustang. J'ai quelque chose à te demander…

TOM

Cela fait quelques jours que je parcours de long en large, les rues de L.A, CV en mains, afin de déposer ma candidature pour un poste de graphiste. Non pas que j'ai honte du travail que je fais tous les soirs au club, mais j'ai payé de ma personne pour financer mes études et prendre un nouveau départ. Celui d'un homme, qui travaillera le jour, se reposera la nuit et non plus le contraire. Kane nous a fait comprendre plusieurs fois, à Brian et moi, que nous prenions de la bouteille et qu'il devrait nous remplacer, sous peu. C'est la dure loi du spectacle ! Mon acolyte a déjà trouvé un job de stripteaseur, dans une autre boîte de nuit et m'a proposé de le suivre, mais j'ai refusé. Je sais pertinemment, que je ne gagnerais pas aussi bien ma vie en tant que graphiste, mais je veux essayer de prendre un nouveau départ. Et surtout, trouver un emploi, avant d'être détrôné par les jeunes beautés qui viennent postuler tous les jours, au Warehouse. J'aurais bientôt vingt-neuf ans, il est temps de passer à autre chose. Le boss nous demande de faire des lap dance en public plus souvent, je suis d'accord pour m'exhiber de temps en temps, mais pas plus. Je préfère me rendre dans le salon VIP du club, pour les faire en privé. En général, le client qui réserve cette alcôve luxueuse qui coûte une blinde, pour la soirée, vient avec des invités, et quelques stripteaseurs engagés à l'extérieur. Au club, nous n'en avons pas, sauf lors de quelques soirées spéciales. Bref, Kane n'est pas regardant, tant que les règles sont respectées.

Interdiction de toucher le gogo danseur et aucun rapport sexuel toléré. C'est dans cette pièce que je fais les « extras » que je compte stopper, avant que Jax ne l'apprenne, sans compter sur sa déception. Je n'ose même pas y penser !

Mes jambes m'emmènent directement devant l'appartement de Jax et Liam, que je passe voir très souvent. Je prends une grande inspiration, avant de glisser dans la serrure la clé qu'ils m'ont remis le jour de leur déménagement, m'assurant par ce geste, que leur maison était aussi la mienne. Je les aime pour ça, parce qu'ils m'accueillent toujours avec un sourire, et je sais qu'il n'est pas feint, au contraire. Liam m'a même proposé de m'installer chez eux, mais j'ai préféré rester dans mon appartement, sachant que je peux les voir quand je veux, ils vivent de l'autre côté de la rue.

– Vous êtes là ?

Jax passe la tête par-dessus l'épaule de Liam, qui balaie ses cheveux en arrière avec ses doigts. Ces deux-là, sont l'exemple même de ce que je rêve d'avoir dans ma vie, une existence simple auprès d'un homme simple, qui m'aimerait comme je suis.

– Putain, vous ne pouvez pas vous séparer cinq minutes ?

Je leur balance la même réflexion que d'habitude, ils doivent souffrir toute la journée sans se voir ni se toucher. Pfff…

– Nous venons juste de rentrer tous les deux, j'ai le droit d'embrasser mon homme, non ? me répond Jax.

Un petit rire rauque et sensuel sort de la gorge de Liam, qui le serre contre lui, en l'embrassant tendrement sur la tempe.

– Tu sais Tom, plus chiant que toi, y'a pas. Mais comme c'est en grande partie grâce à toi, que Jax est ici, avec moi, je te pardonne de nous couper dans notre élan, lance-t-il dans ma direction avec un clin d'œil.

– Merci, je réponds avec un sourire en m'installant sur un tabouret. J'en ai marre, j'ai marché des kilomètres.

– Tu as eu un problème ? Me demande Liam en se détachant de Jax.

Il affiche un air inquiet, je m'en veux de leur gâcher ce moment à deux. Ça me gêne, j'ai l'impression de m'incruster dans leur vie, ils m'apportent tellement déjà.

– Non, c'est juste que j'ai trop marché pour déposer des CV, je n'ai plus qu'à attendre les retours.

– Viens-là Tom, il faut qu'on parle, me lance Jax en m'attrapant par le bras pour m'entraîner jusqu'au canapé. Tom, tu ne peux pas continuer à travailler encore au club pendant des années, ça va s'arrêter à un moment donné, tu le sais !

Cela fait des mois, que Jax me bassine pour que je change de job, merde ! Si je ne trouve pas un emploi de graphiste, je reste là, jusqu'à ce que Kane me remplace, point final !

– Je cherche, mais je n'ai rien trouvé.

Je m'installe en croisant les jambes dans un coin du canapé, repoussant derrière mon oreille, cette foutue mèche qui s'échappe constamment de mon chignon. Liam frotte son menton, se gratte la tête, pendant que Jax en fait autant de son côté. Je les regarde, stoïque, en tapotant mes doigts sur ma cuisse.

– Vous avez des poux ou de la vermine ?

Liam éclate de rire en rejetant la tête en arrière, pendant que Jax glousse, en secouant la tête de gauche à droite.

– Non… la maison de production d'Estéban cherche un graphiste, me lance Liam, en levant les mains devant lui, m'intimant par ce geste de le laisser finir, en voyant mes yeux s'arrondir comme des soucoupes. Je sais que tu ne veux rien savoir de lui, mais Mattias dit que tu ne le verrais pas beaucoup, juste ce qu'il faut.

– Juste ce qu'il faut ? Il se fout de moi, non ?

– Non, réplique Jax avec un grognement rageur. Il ne se fout pas de toi, justement ! On veut t'aider, il y a un emploi à la clé, très bien payé en plus ! Ne te braque pas sans réfléchir, merde !

– Et Esté, il en dit quoi ? Je ne suis pas certain qu'il soit d'accord pour ça, lui non plus, je leur réponds d'une voix moqueuse.

Non, mais je rêve ! J'ai l'impression de vivre au milieu d'une bande d'entremetteurs.

– Esté sera d'accord, Mattias s'en occupe.

L'agacement revient à grands pas. Je sais qu'ils cherchent à m'aider, mais j'ai l'impression d'être un gamin à qui on apprend la vie, alors que je me débrouille seul, depuis l'âge de dix-huit ans. Je prends une grande inspiration… pour me calmer.

– Vous faites des plans sur la comète, derrière mon dos, je leur balance, en passant nerveusement les doigts derrière la tête, pour triturer mes cheveux. Vous m'emmerdez là ! Mattias ne sait peut-être pas tout. Et toi Liam, tu le sais ?

– Oui, Jax me l'a dit. Je n'ai pas grande estime pour ce mec, vu la façon dont il t'a traité. Mais si j'étais toi, je réfléchirais. Peut-être que les apparences sont trompeuses, qui sait ?

– Tu devrais essayer Tom. Tu es un frère pour moi, mais si tu refuses, je n'insisterais pas, il se rapproche pour me faire face. Je serais toujours là, si tu es en difficulté, tu le sais, mais Liam a raison, réfléchis.

Je le repousse en tirant sur mon bras, qu'il agrippe pour m'empêcher de lui tourner le dos.

– Jax, tu le sais toi, combien j'ai souffert à cause de ce mec. Comment peux-tu me demander de travailler pour lui ?

Les larmes, contenues commencent à couler le long de mes joues. Jax se précipite autour de moi, pour me serrer dans ses bras. Ils ne veulent que mon bien, mais sans se rendre compte du mal qu'ils me font, chaque fois qu'ils me parlent de lui.

– Je sais tout ça, reprend Jax en me caressant le bras. Peut-être que tu devrais faire abstraction du passé pour penser à ton avenir. C'est d'un emploi qu'on te parle, pas de lui, d'accord ?

– Ouais, mais c'est lui l'employeur. Il m'a traité de pute avant de se barrer ! Tu sais que je n'arrive pas à oublier ça, hein ?

– Quoi ? rugit Liam en relevant la tête. Il t'a dit ça ? Pourquoi tu ne m'as pas raconté ce petit détail Jax ?

Liam fulmine en regardant Jax.

– Calme-toi, lui dit Jax avec un petit rire doux, en lui caressant le bras. Je t'ai raconté l'histoire dans les grandes lignes, j'ai omis les détails, je te connais Liam, toi et ton caractère de merde.

– Il est parfait mon caractère, Tom a raison, ce type est un enfoiré ! En plus, il n'a rien pour lui, plein de fric, peut-être, mais c'est tout !

Je profite d'avoir Liam de mon côté, pour reprendre le dessus sur Jax, qui le foudroie du regard.

– Ah, tu vois, Liam pense comme moi ! je balance à Jax d'un air hautain avant de me retourner pour m'adresser à l'autre abruti. Bon… il n'a pas que ça, d'accord, c'est un enfoiré, mais avant de devenir célèbre, c'était le mec le plus gentil que j'ai connu. Je l'aimais, mais il s'est bien foutu de moi. Maintenant, il a toujours le chic et le choc, avec le chèque en plus. Et puisqu'il n'est pas là… Je peux bien vous le dire à vous, il est toujours aussi beau.

Quand ils disent que je suis d'une grande naïveté, ils n'ont pas tout à fait tort. Trop tard, j'ai dit ce que je pensais, je ne sais pas tenir ma langue.

– Beau, chic et choc ? Pas tant que ça, je trouve. J'ai envie de lui démonter la tronche !

Je me lève brusquement du canapé, l'air furieux, l'index relevé vers Liam qui me regarde, un sourire au coin de la bouche en me montrant du doigt.

– Ah ça, non, pas question. Tu peux le traiter de tout, mais pas lui casser la gueule !

– Tu l'aimes toujours, affirme-t-il en pointant son fichu doigt devant mon nez.

Je nie en secouant les deux mains devant moi.

– Non, mais c'est entre Esté et moi, ça ne te regarde pas, abruti !

Voilà, tout est dit. Pas question de menacer comme ça, j'en ai horreur ! La violence me rebute, peu importe d'où elle vient. Surtout, depuis que Zack m'a démontré, que même par notre propre famille, on peut en devenir la victime.

– Liam plaisante, me dit Jax en repoussant Liam derrière lui. Tu peux accepter un entretien, juste pour voir les conditions, ok ? Après, tu verras, Mattias peut t'arranger un rendez-vous. Réfléchis, ok ?

– On verra, je réponds l'air de réfléchir. Il faut que je discute avec Mattias, d'abord. Mais je ne travaillerais pas pour Esté. La semaine prochaine, il y a le procès de Zack en plus, alors foutez-moi la paix, merde !

S'ils s'imaginent que je vais aller dans leur sens, ils se mettent un doigt dans l'œil. Leur rappeler le procès, s'avère efficace pour éviter qu'ils me soûlent plus longtemps.

– Ça me semble juste, discute d'abord avec Mattias, arrête de gueuler et vient là, que je te dorlote un peu.

Jax me prend dans ses bras, en me balançant de droite à gauche. On rit comme deux imbéciles, sous le regard de Liam qui nous regarde en secouant la tête, d'un air blasé. Jax se détend, enfin soulagé, avec la certitude de m'avoir convaincu. Quel idiot !

ESTÉBAN

– Vous cherchez toujours un graphiste ?

Je me tourne vers Mattias, qui conduit les yeux fixés sur l'autoroute.

– Oui, je crois que Blake Records n'a pas encore trouvé, sinon ils m'en auraient parlé, pourquoi ?

Il se tortille dans le siège de la Mustang oú j'avoue, qu'il n'a pas beaucoup de place, en tapotant le volant de sa main droite.

– Tom peut poser sa candidature ?

– Tom ? J'éclate de rire. Tom est graphiste ? Depuis quand ? Nous ne pouvons pas mettre n'importe qui à ce poste, sois sérieux Mattias !

– Oui il est graphiste, il est diplômé, mais il ne trouve pas de travail. Il n'a pas fait que danser depuis que tu es parti, je te signale ! Il est qualifié pour ce boulot, tu vois ? Alors sois sympa, dis à tes associés de lui proposer un rendez-vous pour un entretien. Eux, pas toi, sinon il refusera de venir.

Je serre les poings contre mes jambes, bon sang, je suis furax.

– Il se fout de ma gueule ? Qui est le patron du label Blake Records ?

– Toi.

– Eh bien oui, moi ! Donc, s'il refuse de venir me présenter sa candidature, je ne vois pas l'intérêt de postuler ! Tu le fais venir demain, à dix heures tapantes, mais sache que c'est une décision que je ne prendrais pas seul, j'ai des associés je te signale. En plus, je ne vois pas comment il va pouvoir travailler pour nous, s'il refuse de me voir. Ce n'est pas compliqué Mattias, ou il vient sans rechigner avec le sourire, ou il ne vient pas, et on n'en parle plus. C'est à prendre ou à laisser !

Mattias soupire en hochant la tête, les yeux fixés sur la route. Rien qu'à le regarder je vois l'air de satisfaction qu'il affiche sur son visage. Qu'est-ce qu'il me fait faire ? Putain de merde !

– Il viendra, tu ne le regretteras pas.

– Ça, ça reste à voir ! Tu vas me mettre dans un merdier monumental, Mattias !

Il éclate de rire, en tapotant sur le volant, les yeux fixés sur la route. Je me demande, pourquoi Mattias tient tant à nous mettre dans cette situation. Je sais que je dois parler à Tom, quand j'en trouverais le courage, s'il accepte de m'écouter. Mais là, il exagère ! On dirait qu'il cherche à nous remettre ensemble par tous les moyens. J'aime Tom, mais il ne voudra plus de moi. De mon côté, je n'ai jamais cherché à avoir une relation suivie, avec un autre homme. C'est pour cela, que je préfère soulager ma libido avec des Escort, que je paye, mais qui sortent de ma vie, quand l'affaire est terminée. Cela me convient très bien comme ça !

– Mattias, je peux te poser une question ?

– Ça dépend.

– Bon… euh, t'es gay ?

Il éclate de rire, cela fait quelques années que je le connais, et jamais je n'ai pu savoir ses préférences. Je ne lui ai pas posé la question non plus, mais j'estime que s'il se mêle de mes affaires, je peux en faire autant.

– D'après toi, Estéban ?

Il me pose la question sans se départir de son rire.

– Franchement ? Je n'en sais rien !

– Alors tant pis pour toi ! Il paraît que les homos ont un gaydar infaillible. Si le tien n'a pas fonctionné, c'est que je ne suis pas gay.

– Ok, Tom ne t'a jamais posé la question ?

– Non, jamais, lance-t-il en s'esclaffant de nouveau. Dieu me préserve de la curiosité de Tom, il pourrait soûler un mec sans le faire boire.

Tom ne le lâcherait pas d'une semelle, tant qu'il n'aurait pas une réponse qui lui convient. Cette pensée me donne envie de rire, pourvu qu'un jour il décide de lui coller aux basques. Ça couperait l'envie à Mattias de continuer à nous emmerder.

– Oui, c'est vrai. Et… Mattias, il a terminé ses études, alors ? Il venait de commencer quand je suis parti. Si je peux faire en sorte qu'il arrête son travail au Warehouse, je le ferais.

Oui je le ferais, il mérite un coup de pouce. Si ses diplômes correspondent au profil que l'on recherche pour la société de production, le poste sera pour lui. S'il le veut…

– Je sais Estéban. Il a fait des stages, mais personne ne veut lui faire un contrat, tant qu'il n'aura pas plus d'expérience. Comment veux-tu qu'il s'en sorte ? Merci, de lui donner la possibilité de prouver, qu'il peut faire autre chose, que danser à moitié nu dans un club.

– J'ai compris, c'est bon ! Je réponds en grognant.

Il tend le bras qui repose sur l'accoudoir central de la Mustang, pour me serrer gentiment l'épaule, me gratifiant du sourire radieux qui le quitte rarement. Bordel de sangsue !

***

Depuis sept heures du matin, je tourne en rond dans la maison vide, vêtu d'un pantalon de pyjama, torse et pieds nus. Ana, ma femme de ménage, n'arrivera pas avant onze heures. Mattias vient juste de partir pour se rendre à son bureau, non sans me rappeler avant de refermer la porte, son retour à dix heures, avec Tom. Je glisse une capsule dans la machine à expresso, avant d'appuyer sur le bouton. Je suis nerveux, plus nerveux que jamais. J'appréhende le moment où il va passer la porte. Comment va-t-il réagir ? Et moi ? Bon sang !

J'attends patiemment que la dernière goutte de café tombe dans la tasse, pour la porter à mes lèvres et la vider d'une seule gorgée, avant de la reposer sous le bec de la cafetière, pour en faire couler un autre. Deux cafés, c'est le minimum qu'il me faut pour me réveiller, je n'ai pas fermé l'œil de la nuit et la matinée va être rude. Je vide à nouveau la tasse que je dépose dans l'évier, avant de repartir en direction de ma chambre, prendre ma douche et m'habiller.

La sonnerie du téléphone, posé sur la table basse de la salle de musique, me fait sursauter. Je pose ma guitare en ruminant dans ma barbe, j'ai horreur d'être dérangé quand je joue de la musique. Surtout, que ce matin, je suis sur les dents. Je décroche, prêt à envoyer balader l'imbécile qui m'a sorti de ma bulle.

– Allo !

– Salut, c'est Silas, vu ton humeur, je suppose que tu es au sous-sol ? Bon je ne vais pas te déranger longtemps. Tout est prêt pour l'enregistrement de demain. Cet Ariel va faire un tabac. Il est extraordinaire, Esté !

– Oui, j'en suis certain. Je serais là. Ah, Silas, tu peux me dire si un graphiste a été embauché ?

– Non, personne, mais c'est un poste à mi-temps.

– Je sais, écoute, une personne m'a été recommandée par Mattias, je vais le recevoir. Tu peux prévenir Lucas ?

– D’accord, je lui téléphone. Merci, je t’avoue que tu me sors une épine du pied, là ! Je n’ai pas vraiment le temps de m’occuper de cette histoire d’embauche. J’ai assez de travail avec les préparations et les enregistrements.

– Je me doute. Tiens-moi au courant pour le jeune, ok ?

– Pas de soucis, je m’en occupe, by.

Je raccroche, en regardant l’heure pour la énième fois, ce matin. Ils ne devraient pas tarder à arriver. Je me demande ce que pense Tom, de la possibilité de travailler pour moi. Je sais qu’il m’en veut tellement, que j’ai du mal à l’imaginer, accepter de me voir tous les jours.

– Esté ?

La voix de Mattias me fait faire un bond sur le canapé. Je me lève prestement, en me dirigeant vers la porte, avant de pouvoir lui répondre.

– J’arrive.

Il est là, derrière lui, la tête penchée en avant, avec un air qui n’augure rien de bon. Il est magnifique dans son jean blanc, râpé sur les cuisses, sa chemise blanche cintrée et ses cheveux attachés. Son chignon négligé, laisse échapper une mèche qui frôle sa joue, signe qu’il s’est coiffé à la va-vite. Même, avec l’air pincé qu’il arbore, il est superbe. Je ne peux m’empêcher de sourire en le détaillant. Ce type m’a toujours rendu dingue. Depuis que mes yeux se sont perdus dans les siens, j’ai été foudroyé par son regard doré. Pour lui, ça n’a pas été la même chose, il m’a aimé plus tard, mais d’un amour pur et sincère.

– Bonjour Tom.

– Je ne sais pas si le jour va être bon, mais bonjour !

Je m’approche de lui, lentement, pour ne pas le buter plus qu’il ne l’est déjà. Mattias m’a prévenu qu’il ne sera pas facile, de discuter avec lui. Là, il s’agit d’un rendez-vous, tout ce qu’il y a de plus formel, pour le travail, à moi de faire en sorte de trouver les bons mots. Je lève les yeux vers Mattias, en lui adressant un sourire, tout en lui faisant signe de nous laisser seuls. Il esquisse un clin d'œil en faisant demi-tour, sans prononcer le moindre mot. Je prends un air décontracté, mais intérieurement, mon cœur bat la chamade.

– Viens, suis-moi.

Au lieu de me diriger vers le bureau, je fais demi-tour pour revenir dans la salle de musique. Tom me suit, tournant la tête dans tous les sens pour regarder autour de lui, avant de s'adosser au chambranle de la porte, les bras croisés.

– C'est ton bureau ?

– Non, ça a l'air d'être un bureau ? Allez, viens t'asseoir là.

Je lui fais signe, lui désignant le canapé. Moi, je reste debout en attendant qu'il daigne s'installer, pour m'asseoir dans le fauteuil, face à lui.

– Avance Tom, c'est un entretien tout ce qu'il y a de plus formel, même s'il ne s'agit pas d'un bureau.

Il soupire en se pinçant le nez entre le pouce et l'index, avant d'avancer lentement pour prendre place. Ses yeux ne quittent pas ma guitare, qu'il vient d'apercevoir, négligemment posée dans un coin et qu'il a reconnue, avant de se tourner vers moi pour me faire face.

– Écoute Estéban… Jax, Liam et Mattias, m'ont poussé à venir. Mais pour moi, ce n'est pas envisageable de travailler pour toi. D'ailleurs, je n'ai même pas fait l'effort de m'habiller comme on est sensés l'être, quand on est à la recherche d'un emploi. Je suis habillé comme tous les jours, il écarte ses bras pour me montrer sa tenue, en esquissant un sourire moqueur. C'est pour te dire ! En plus, Mattias m'a coupé l'herbe sous les pieds, ce matin, j'étais en bonne compagnie et j'ai dû sortir de mon lit, sans finir ce que j'avais commencé.

Le sang déserte mon visage. Je n'ai jamais douté qu'il prenne du bon temps, mais l'entendre de sa bouche, fait monter en moi une bouffée de jalousie, que je n'ai pas le droit de ressentir.

– J'imagine !

– Tu portes les lunettes de soleil, même chez toi ? lance-t-il, l'air condescendant. C'est malpoli de recevoir les gens comme ça ! Enlève tes binocles, Esté, j'aime bien regarder dans les yeux la personne qui se trouve, face à moi !

Je retire lentement mes lunettes et nos regards s'affrontent. Qu'il s'imagine, que je porte des lunettes de soleil, par orgueil, ça m'énerve. Il est peut-être temps pour moi de lui parler, comme je l'ai promis à Mattias.

– Je ne porte pas des lunettes de soleil par orgueil. Je vais devenir aveugle… c'est pour me protéger de la lumière.

TOM

Une Chappe de plomb me tombe dessus ! Choqué, par les paroles qu'il vient de me balancer. Il se fout encore de ma gueule ? Je fixe ses yeux verts, bordés de cils noirs, qui n'ont rien d'anormal, puis, son visage crispé. Je comprends qu'il ne plaisante pas, je reste la bouche ouverte, toujours sous le coup de sa confession, sans savoir quoi dire. Je me lève du canapé pour me diriger vers lui, m'agenouiller entre ses jambes et prendre ses mains entre les miennes. Ma colère et mon ressentiment se sont envolés, d'un coup.

– Aveugle… depuis quand tu sais ça, Esté ?

– Depuis trois ans, deux jours avant de te quitter, j'en ai eu la confirmation par l'ophtalmo de l'hôpital. Il m'a dit « rétinite pigmentaire ». Les sanglots secouent ses épaules, il tente de les réfréner mais il ne peut pas. Je plaque mes mains de chaque côté de son visage, en lui relevant la tête.

– Regarde-moi, Esté. S'il te plaît, regarde-moi.

– Laisse-moi bon sang, gueule-t-il, en repoussant mes mains de son visage. Je ne veux pas de ta pitié, tu m'entends ? J'ai promis à Mattias de te le dire, mais je pensais ne jamais te revoir. Il fait chier !

Mes doigts s'enfoncent sur ses joues, je desserre un peu mon emprise, en le voyant grimacer.

– Ne vient pas t'en prendre à Mattias ! Pourquoi tu ne m'as rien dit, avant de te barrer, hein ? Pourquoi es-tu allé voir ce spécialiste, sans moi ? C'est ça, que je veux savoir, tu ne m'aimais plus, ok ! Mais ça, tu aurais dû me le dire.

– J'ai eu peur du rejet, c'est tout. Oui, je t'aimais… qu'est-ce que tu crois ? Plus que tu ne peux l'imaginer ! J'ai cru crever, après t'avoir dit toutes ces choses horribles. Tom… pardonne-moi pour ces paroles, je t'en supplie, ça m'a bouffé pendant trois ans, et ça me bouffe encore.

Sa voix n'est plus qu'un murmure, entrecoupé de sanglots. Je l'entoure de mes bras et sa tête se cale naturellement, contre mon cou. Il tremble contre moi, sa chaleur et sa détresse envahissent mon cœur, mes larmes débordent et s'écoulent le long de mes joues.

– Esté, je me suis senti si mal, quand tu m'as dit tout ça ! Et maintenant, tu me dis que m'as abandonné, parceque tu vas devenir aveugle ? Putain Esté, je t'aimais moi ! Jamais tu ne te serais débarrassé de moi, pour cette raison. Rien, n'aurait pu me faire changer d'avis.

– Je sais, c'est pour ça que je n'ai rien dit. C'est le seul moyen que j'ai trouvé. Tom, si je deviens aveugle, je vais devenir un boulet.

Ses larmes redoublent, en même temps que les miennes. Quel gâchis. Comment a-t-il pu penser, qu'il serait un boulet ?

– Comment peux-tu penser ça ?

– C'est la vérité Tom, je ne pourrais plus me déplacer tout seul. Il faudra que j'emploie une personne, pour rester avec moi. Sans compter, que ma vie sociale sera finie, plus de restaurants, plus de cinéma, plus rien !

Je masse ses épaules, pour tenter de le calmer. Je suis perdu, il me fait tellement de peine. Bon sang !

– Esté… tu cherches vraiment un graphiste, ou c'est encore une connerie de ces abrutis, pour me faire venir jusqu'ici ?

– Bien sûr que c'est vrai, qu'est-ce que tu crois ?

Il se redresse, pour essuyer ses joues avec la manche de son tee-shirt.

– Esté, je ne veux pas travailler pour toi.

Un air peiné, s'affiche sur son visage, mais je ne veux pas lui mentir. Je tente de le détendre, en faisant un peu d'humour.

– Ma chemise est trempée. Tu crois que le patron de cette boîte, accepterait de me recevoir dans l'état oú je suis, même si je ne veux pas postuler ?

– Oui, je crois qu'il accepterait. Mais Tom, tu cherches un travail, tu n'en veux pas parce que c'est moi ? Je comprends tes réticences, mais réfléchis quand même. Enfin, si tu veux vraiment travailler dans ta branche… mais, je comprends.

Sa bouche esquisse un sourire, beau, sincère, un de ceux que je n'ai plus vus depuis trois ans. Je délaisse ses épaules, en m'installant face à lui sur le tapis.

– J'ai obtenu mes diplômes d'infographiste, il y a cinq mois. Je postule partout, mais par manque d'expérience, les employeurs me recalent, en me demandant de revenir plus tard. Je ne suis pas à la rue, mais il est temps pour moi de travailler la journée, et de laisser tomber le travail de nuit. Je suis sérieux, motivé, et j'apprends vite. De plus, je ne suis pas trop moche… je dirais même que, je suis particulièrement beau, ce qui ne gâche rien, je lui adresse un clin d'œil et un sourire coquin, avant de continuer. Le problème, c'est que tu vis assez loin du centre, tu sais que les transports en commun ont toujours du retard, alors, peut-être que de temps en temps, je ne serais pas à l'heure, enfin… si je suis embauché. Sinon, c'est tout. Ah oui… mon nom est Tomas Kolinski, j'ai vingt-huit ans et je suis célibataire.

Ses lèvres se recourbent d'un sourire à faire tomber, ses yeux s'illuminent. J'ai gagné, la crise de larmes est passée. Il se redresse un peu, me regarde en secouant la tête, de gauche à droite et un rire bas, sort de sa gorge.

– C’est la première fois, que je fais un entretien d’embauche et certainement la dernière. Mais tu t’es bien vendu Tom. Il éclate de rire, en palpant le col de ma chemise. J’ai pourri ta chemise, alors je crois… non, j’en suis certain. La place est à toi, si tu la veux. Mais avant que ne tu prennes ta décision, je vais me présenter. Je m’appelle Estéban Réal, Blake était mon nom de scène, j’ai vingt-cinq ans, mais je ne chante plus, car je n’ai pas supporté les aléas de la vie d’artiste. Entre autres, le manque d’intimité, les contraintes pour les promotions lors de chaque sortie CD… bref, l’un ne va pas sans l’autre. Cette vie de troubadour, n’était pas faite pour moi. J’ai gagné beaucoup d’argent, mais ça ne va pas me rendre mes yeux ni tout ce que j’ai perdu. Juste me permettre de vivre sans me poser de questions. Mais je continue à écrire et à composer des chansons que je propose à d’autres artistes. C’est tout ce qui me reste, depuis que j’ai laissé derrière moi, l’homme le plus gentil et compatissant que la terre ait portée. Il a un cœur si grand, qu’il n’y a pas de mots pour le décrire. Alors, oui, tu es un homme superbe, mais tu ne lui arrives pas à la cheville.

Je souris, face à ce compliment qu’il m’adresse. Je ne suis pas l’homme le plus gentil du monde, mais j’ai un cœur d’artichaut, je le sais. Je ne peux pas rester indifférent, face à la détresse, ou aux larmes d’une personne, devant celles d’Esté, encore moins. C’est la première fois que je le vois pleurer. Jax me répète tout le temps, qu’il faut que j’apprenne à me blinder, mais je n’y arrive pas.

– Ah non ?

Il s’empare d’une de mes mains, pour la serrer dans la sienne.

– Quoi que !

On éclate de rire tous les deux, il se penche pour m’aider à me relever, et m’asseoir à ses côtés. En tournant la tête, j'aperçois Mattias, qui nous regarde depuis l'entrée de la salle, avec son éternel sourire. Je lui fais un signe de la main.

– Je ne voulais pas vous déranger, appelez-moi quand vous aurez fini de discuter.

Il n'attend pas de réponse et fait demi-tour.

– Tom, dis oui.

Je ne prends pas le temps de réfléchir, avant de répondre. Il sent mon hésitation, ma réticence, ma méfiance.

– Non Esté, je ne veux pas travailler pour toi, pas question ! Nous avons un passif tous les deux, je préfère chercher ailleurs. Et sache, que j'aime travailler au club, je ne les planterais pas, en cinq minutes. C'est ce job qui m'a permis de vivre.

Je le regarde sans ciller. Il comprend à mon air déterminé, que ce travail, m'a été indispensable, je ne peux pas le quitter du jour au lendemain. Ça ne serait pas cool, de faire ça à mon patron, sans lui laisser le temps de se retourner.

– Je comprends, je vais dire à mes associés de continuer à chercher. Tu accepterais, de me donner ton numéro de téléphone ?

– Oui, d'accord, je réponds avec sincérité.

Son sourire éclaire son visage, il m'observe en hochant la tête, l'air soulagé.

– Envoie-toi un sms, j'ai du mal à voir les touches, il faut que je me procure un appareil avec des touches plus grosses.

Il me tend son téléphone, j'écris un seul mot à envoyer sur le mien, « Tom », et j'en profite pour me rajouter à sa liste de contacts. Je comprends qu'il se sente amoindri, je me demande comment je vais faire pour l'aider, sans le blesser, ni lui donner à penser, qu'il m'inspire de la pitié. Ce n'est pas le cas… mais ce n'est pas pour cela, que je veux laisser le passé de côté. C'est parce que c'est lui, aveugle ou pas, c'est Estéban. Je ne veux plus vivre avec le poids de la rancœur, qui m'a pourri la vie.

– Voilà, c'est fait, je lui tends l'appareil qu'il repose sur la table. Il faut quand même, que les choses soient claires entre nous. Je ne veux pas d'ambigüité, je t'ai donné mon numéro, mais je ne cherche rien de plus, je tiens à ce que ce soit clair !

– Même pas une amitié ?

– Oui, ça, je veux bien. Le reste, laissons-le derrière nous. Je te contacterais, c'est promis.

– Merci pour ça Tom.

ESTÉBAN

Le studio d'enregistrement est impressionnant. Tout a été refait, dans les moindres détails. La salle insonorisée, et traitée pour l'acoustique, de façon à assurer la meilleure qualité d'écoute, et rendre claire la prise de son. Nous l'avons pourvue d'instruments, destinés à réaliser l'enregistrement, le mixage, le *mastering*, et séparée du studio de musique, entièrement équipé d'appareils numériques de technologie VST, par un mur vitré. Le must, en matière de technologie virtuelle. C'est de là, que le son est enregistré, édité, mixé et masterisé sur ordinateur. En voyant Ariel, le jeune chanteur, casque sur les oreilles, face au micro, je me souviens de mon premier enregistrement, et de ce titre qui m'a propulsé sur le devant de la scène, « I Don't Forget » celui-là même qui a fait de moi, ce que l'on appelle dans le jargon du showbiz, une star. Je suis venu assister, à l'enregistrement du premier album d'Ariel, qui va chanter mes chansons, celles que j'ai terminé d'écrire et de composer dernièrement, spécialement pour lui. C'est lui, qui a choisi celles qui lui plaisaient le plus. C'est important de pouvoir faire son choix, sans la pression d'une maison de disques qui décide de tout, à votre place. Il sera produit par Blake Records, il a fait son choix sans pressions d'aucune sorte, je m'en suis assuré. Ce sera son premier CD, et avec sa voix envoutante, sa prestance, et l'émotion qu'il dégage, je sais d'avance qu'il deviendra quelqu'un. J'ai abandonné la scène, mais pas la musique. Ça, c'est toute ma vie, ma passion.

Quand je l'entends chanter sur mes écrits, sur ces mélodies que je connais par cœur, pour les avoir répétées encore et encore, avec ma guitare. Je suis aussi heureux que si je les chantais, moi-même. J'ai investi une bonne partie de mes économies, dans ce studio. Plusieurs célébrités ont déjà enregistré, ici. J'ai aussi investi dans la maison de production, Blake Records, en rachetant quarante pour cent des parts, avec un autre associé, et Silas. C'est pour cette société que nous recherchons un graphiste. J'en suis le gérant majoritaire, mais leur laisse carte blanche, pour gérer tout ce qui est administratif, moi, je ne prends part qu'à la signature des contrats. Il s'agit d'un investissement, afin d'assurer mon avenir financier, cela me convient très bien. D'un commun accord avec mes associés, nous lui avons donné mon nom. C'est du pur markéting, mais avoir la notoriété, ça aide ! Silas, lui, a investi dans ce studio d'enregistrement avec moi, c'est lui le spécialiste de toute cette machinerie, un grand professionnel, qui a fait ses classes à New York. Sans compter, qu'il passe beaucoup de temps à écumer les bars et les petites salles. Pour repérer le premier, les chanteurs, et les groupes inconnus qui s'y produisent, et dénicher de nouveaux talents, et il a du flair. Moi, je ne suis pas un homme d'affaires, je suis simplement un artiste qui a pu vivre de sa passion, qui a abandonné, mais qui continue de créer.

***

Je suis né en Espagne, dans un petit village tranquille, non loin de Séville. Dans cette région où pratiquement tout le monde chante, où l'on offre aux garçons leur première guitare, vers l'âge de cinq ans. Une guitare de lilliputien, remplacée par une autre plus grande, au fur et à mesure que l'on prend de la hauteur. Ma dernière, celle que j'ai à la maison, m'a été offerte par mes parents le jour de mes dix-sept ans, un an jour pour jour, avant de me demander de faire un choix. Je fais partie de ces jeunes à qui l'on a exigé de se soigner, ou de partir, quand ils ont appris mon homosexualité. Comment peut-on guérir de ça ? Mes parents étaient persuadés qu'il s'agissait d'une déviance de ma part. Face à mon refus d'aller voir un psy, et après m'avoir traité de tous les noms, ils m'ont demandé de quitter le village, et de ne jamais y revenir pour leur éviter la honte. Mais surtout, par peur de perdre les clientes de l'épicerie, qu'ils tenaient depuis toujours. C'est une de nos voisines, qui a éventé la nouvelle. Elle m'a surpris un soir avec Aaron, mon ami de l'époque, à nous peloter sous une porte cochère dans une ruelle de Séville, à deux pas de l'université que nous fréquentions tous les deux. Nous étions jeunes, amoureux et insouciants. Si mes parents avaient eu vent, que je dormais avec lui dans son studio, plutôt que dans ma petite chambre universitaire, ils en auraient fait une crise d'urticaire. Un pur hasard que la vieille bigote nous ait vus, sa fille habitait l'immeuble, face auquel nous nous trouvions, occupés à nous rouler des pelles, nous croyant bien à l'abri des regards malveillants. C'est « grâce » à elle, qu'ils ont su que leur fils était un « dégénéré ». Elle est allée se confesser au curé du village, qui, lui, s'est empressé d'en parler à mes parents. Les curés sont la voix de Dieu, c'est bien connu ! J'avais dix-huit ans, l'âge légal pour me débrouiller seul. Adieu les études, adieu la famille, adieu les amis. J'ai tout perdu. Ma mère m'a donné deux-mille euros en cachette de mon père, pour se donner bonne conscience je suppose, sans me demander oú j'allais, me sommant de quitter le village, avant le retour de l'école de ma sœur. La dernière recommandation qu'elle m'a donnée, a été, de ne surtout pas contacter le reste de la famille, éparpillée un peu partout sur le territoire. Surtout, de ne pas leur faire honte. Ils m'ont jeté, comme on jette le papier avec lequel on s'est torché le cul, dans les toilettes.

J'ai pris un vol Séville-Londres, avec mon sac, ma guitare et ma carte d'identité. Je savais, que là-bas, je trouverais un job très vite car je parlais très bien l'anglais. Les deux premiers jours, j'étais perdu, apeuré, je suis resté à l'aéroport sans en sortir, dormant sur un banc, comme un clochard, avant de relever la tête et de me prendre en mains. J'ai rejoint le centre de Londres avec un bus, loué la chambre d'hôtel la moins chère que j'ai trouvée et le jour même, dégoté un emploi de serveur. J'y suis resté six mois, dans ce petit restaurant. Les patrons étaient gentils et mes collègues, adorables. J'ai trimé sans compter les heures, pour économiser un maximum. Lillian, un Américain qui travaillait avec moi comme serveur, m'a proposé une collocation, heureusement, car la vie londonienne est chère.

Quand il a décidé de retourner à Los Angeles, il m'a persuadé de l'accompagner pour y tenter ma chance. Les USA pour moi, c'était un rêve, le pays de tous les possibles. J'ai souffert du manque de ma sœur cadette, et de mes parents dont je n'ai plus aucune nouvelle, mais aujourd'hui, quand je repense à tout ça, je me dis que finalement, cela valait mieux pour moi. Je suis convaincu, que je n'aurais jamais fait mon coming-out à ma famille, ma vie aurait été horrible, certainement avec une femme que j'aurais été incapable d'aimer. Je suis libre, mais le conditionnement a la peau dure ! Si la liberté a du bon, moi, j'accepte mon homosexualité, mais pas d'en faire étalage et dans les médias, encore moins ! Je trimballe avec moi, la peur du qu'en-dira-t-on, finalement. Jamais, je ne me suis affiché ouvertement. Même avec Tom, qui, s'il s'en est rendu compte, ne m'en a jamais fait le reproche.

Quand j'ai débarqué à L.A, ville, démesurée à mes yeux, j'ai cru rêver ! J'ai été employé dans une pizzeria pour faire les livraisons, c'était mieux que rien. Écumant le quartier de long en large, dès la première semaine avec ma guitare en bandoulière, j'ai démarché les bistrots. Marissa, la gérante d'un bar populaire et très fréquenté, m'a écouté chanter et m'a tout de suite proposé de venir le week-end, divertir sa clientèle. J'avais un bon public, c'est là, qu'un producteur m'a repéré et m'a proposé un contrat. Toujours en collocation avec Lillian, jusqu'à mon départ de L.A pour m'installer à New York, il est resté mon meilleur ami, mon confident, jusqu'à son décès accidentel, il y a un peu plus d'un an. Je ne pourrais jamais oublier ce mec, qui m'a aidé dès mon arrivée à Londres, sans me connaître, sans se poser de questions et qui m'a trimballé derrière lui, jusqu'au States. Nous discutions durant des heures, il m'a aidé dans ma solitude, m'a compris, le jour où, pris d'un accès de désespoir d'avoir été renié, comme un moins que rien, je lui ai révélé le rejet de mes parents, à cause de mon homosexualité. Il est la seule personne, avec laquelle j'en ai parlé ouvertement, la peur au ventre de me faire envoyer balader. Mais non, il m'a assuré que ce n'était pas une tare et qu'il restait mon ami. Je lui dois beaucoup… non, je lui dois tout. Surtout ma vie, que j'ai pensé foutre en l'air plus d'une fois, certain, que je ne manquerais à personne.

La première fois que j'ai mis les pieds au Warehouse, un soir de Noël, c'était avec Lillian qui était cent pour cent hétéro, je tiens à le préciser. J'ai vu Tom et je n'en croyais pas mes yeux. Magnifique, sensuel… je ne trouve pas les mots, pour décrire ce qu'il a provoqué en moi. Ce mec, avec son mini-short, et le corps brillant d'huile pailletée, m'a subjugué. Mais, c'est quand j'ai vu ses grands yeux dorés, que j'ai succombé. Il m'a adressé un clin d'œil aguicheur, depuis le podium et dès qu'il en est descendu, j'ai pris mon courage à deux mains, et je lui ai offert un verre, qu'il a accepté d'un sourire. Normalement, j'aime les bruns, cheveux courts, musclés, mais pas trop, et plutôt grands. Lui, il doit faire 1,75 m, il est blond, cheveux longs, et mince, tout en muscles déliés. Bref, tout le contraire de mes préférences, comme quoi ! Et je peux dire que je l'ai aimé, tout de suite. Il m'a mis des râteaux, pendant des semaines. J'étais désespéré. Je suis revenu tous les week-ends, laissant ma paye de la semaine dans ce club. Jusqu'au soir où, enfin, il a accepté de me suivre dans le bar oú je chantais, avec méfiance, mais il est venu. Je pensais qu'il repartirait dès que j'aurais tourné le dos, mais il est resté. Ce soir-là, j'ai chanté pour lui, sans le lâcher du regard, nous ne nous sommes plus quittés. Auprès de lui, j'ai compris, qu'aimer vraiment, voulait dire devenir quelqu'un pour l'autre. Il est devenu tout pour moi.

Les semaines qui ont suivi, Lillian s'est gentiment moqué, il me disait « Tu vois, tu as bien fait de venir aux States, tu vas pouvoir chanter dans un bar, et en primes, tu viens de rencontrer un mec qui te fait perdre la boule. Moi qui pensais que vous autres, les homos aviez des facilités à créer des relations ! Ce mec t'a fait courir, avant de l'attraper ! ».

Il était surpris de savoir, que les « coups d'un soir » sont très faciles à trouver, mais que, dès que les sentiments rentrent dans l'équation, c'est comme pour les hétéros. C'est dur d'emballer celui qui nous plaît vraiment, plus il nous rejette, plus on le veut ! Nous sommes des êtres humains comme les autres, avec les mêmes sentiments et de l'amour à donner.

– Alors, qu'est-ce que t'en penses ?

Silas me fait sursauter, en me mettant une claque sur l'omoplate.

– C'est Nickel Silas, je suis content de travailler avec un mec comme toi, ce jeune va déchirer !

– Merci Esté, me dit-il, en tendant son pouce. Sa voix est une tuerie et tes chansons tellement belles, que ça ne peut que marcher ! On arrête pour l'instant, on reprendra après le déjeuner, tu viens manger un morceau avec nous ?

– Oui, je viens.

– Ok, j'éteins tout ce bordel, et j'arrive.

Ariel sort de la cabine, pendant que Silas s'affaire sur son ordinateur pour le mettre en veille. Son sourire est contagieux, je comprends le bonheur que l'on ressent quand on enregistre, c'est l'aboutissement d'années de galère. Je suis passé par là, il avance vers moi, la main tendue.

– Bonjour, monsieur Blake.

Je cale mes lunettes sur le haut de mon front, avant de lui serrer la main.

– Bonjour Ariel, félicitations ! Ta voix est un bonheur à écouter. Et, ce sera Estéban, pas monsieur Blake, c'est pompeux ! Je n'aime pas ce nom, surtout si nous devons collaborer.

– C'est d'accord, Estéban. Merci, pour ces merveilleuses chansons que vous me donnez la chance d'interpréter.

– Ta voix est faite pour ces chansons Ariel, merci à toi de les avoir choisies.

Le rire étouffé de Silas nous parvient.

– Quand vous aurez fini de vous congratuler, vous le dîtes, ok ? J'ai faim, moi !

Nous sortons du studio, en direction du petit restaurant Italien, situé à deux pas. Cela fait tellement longtemps que je n'ai pas eu de vie sociale, qu'aujourd'hui, j'ai l'impression de revivre. La visite de Tom et cet enregistrement, me donnent l'impression d'exister à nouveau. Pour la première fois, depuis très longtemps… je me sens bien.

TOM

Je me retrouve devant les portes automatiques du tribunal, avec Jax, Liam et Mattias. Ylan Scott, l'avocat et patron de Jax qui va représenter Liam, est accompagné de deux jeunes que je ne connais pas. C'est aujourd'hui qu'a lieu le procès de Zack. J'ai chialé toute la matinée, seul à la maison en pensant à tout ce gâchis.

Cela fait cinq mois qu'il a blessé Liam, j'espère seulement, qu'à la fin de cette audience, je pourrais tourner la page et passer à quelque chose de plus gai. Souvent, surtout depuis que Jax est parti vivre avec Liam, je me surprends à penser à lui. A Zack, mon frère. Lui, que j'ai si mal connu, finalement. Il a trois ans de plus que moi et quand nos parents nous ont quitté, tous les deux, morts dans un accident de voiture, j'avais quatre ans, et lui sept. Je n'ai pas oublié, l'expression désolée des deux policiers devant la porte de l'appartement de ma grand-mère, qui sanglotait en les écoutant. Je me souviens de Zack, surtout. Lui, avait compris la situation du haut de ses sept ans, et pleurait, accroché à ses jupes. Je me souviens aussi qu'elle nous a fait rentrer, nous a assis tous les deux sur le vieux canapé, face à elle, pour nous expliquer que nous ne reverrions jamais papa et maman, mais qu'elle nous garderait avec elle. Puis, elle s'est relevée dignement pour nous préparer un goûter, comme si de rien n'était.

J'avais bien compris, que je ne reverrais jamais mes parents que j'adorais, mais je n'ai pas le souvenir d'avoir été trop triste. Je n'étais pas en terrain inconnu, j'étais avec ma grand-mère, et j'avais Zack, mon héros. Tout allait bien. Pendant les années qui ont suivi, nous nous sommes accrochés l'un à l'autre, à cette tendresse immense que nous a donnée sans compter, cette grande dame, qu'était ma grand-mère. Puis, il y a eu Jax, qui s'est greffé à notre famille pour échapper autant qu'il a pu à sa triste vie. Et, encore une fois, elle était là.

Nous avons grandi sans manquer du principal, une assiette pleine. Elle n'avait pas les moyens, mais nous a donné l'indispensable, beaucoup d'amour. Et enfin, après sept ans de bonheur, il y a eu la descente aux enfers. Zack est devenu rebelle, il a commencé à fumer de la marijuana, séchait l'école, faisant fi de toute autorité, et nous terrorisant. A seize ans, il est parti, un soir, après avoir bousculé la pauvre vieille pour entrer dans sa chambre et vider son portefeuille. Nous nous sommes interposés Jax et moi, mais nous ne faisions pas le poids face à un garçon de seize ans, violent, imprégné d'alcool et drogué. Nous l'avons laissé partir. J'avoue, que pour moi, c'était un soulagement de partir à l'école en sachant ma grand-mère à l'abri. Je sais qu'elle a souffert de son départ jusqu'à sa mort, car elle pleurait souvent. Moi, j'étais content de ne plus le voir, il me faisait peur.

Aujourd'hui, je me demande si nous n'aurions pas dû le rechercher, quitte à le faire enfermer dans un centre pour adolescents difficiles, plutôt que de le laisser zoner dans les quartiers à faire des conneries.

L'année de mes dix-huit ans, ma grand-mère m'a quitté elle aussi. Elle est partie, malade et désabusée de ne pas l'avoir revu. Jax était en prison depuis deux ans déjà, et je me suis retrouvé seul. Ce furent les trois semaines les plus tristes de ma vie. Une rupture douloureuse, celle où sa maladie s'est subitement aggravée. Celle où les âges s'accumulent et se superposent, et où l'ordre naturel de la vie, n'a plus de sens. Le moment, où bouffée par le cancer, elle a commencé à marcher, comme si elle était au milieu d'un nuage, d'un pas lent et imprécis. Quand celle qui, m'a tenu la main avec force quand j'étais petit, n'a plus voulu rester seule un instant. Quand cette grand-mère assurée et invincible, est devenue si fragile, qu'il lui fallait prendre deux fois son souffle pour pouvoir se lever. Quand cette femme qui avait su donner des ordres, soupirait et geignait en cherchant la porte et la fenêtre de ses yeux éperdus. C'est quand ma grand-mère, toujours disposée à prendre soin de moi, échouait en tentant de s'habiller et ne savait plus prendre ses médicaments.

Je me suis senti responsable de sa vie. De cette vie qu'elle nous avait consacrée, en prenant soin de nous et qui à ce moment-là, dépendait de moi pour mourir en paix. Curieusement, malgré la peine de la voir dépérir, j'ai considéré le temps que je lui ai consacré, comme un juste retour des choses. J'ai changé les meubles de place, pour lui faciliter les déplacements, en sortant de son chemin tous les obstacles, de peur qu'elle ne se fasse mal, la suivant partout comme son ombre. Je me souviens de ses derniers instants, petite, fragile et tremblotante. Je l'ai prise dans mes bras pour la serrer contre moi, en la berçant pendant un temps interminable, en la caressant comme un bébé. Je lui ai dit que j'étais là. C'est ce qu'elle voulait entendre, que j'étais là. Elle est partie en paix, sereine et malgré la douleur, j'ai continué ma vie, apaisé de l'avoir accompagnée, jusqu'au bout.

Je ne me plains pas. Heureusement, que j'avais un petit boulot dans un magasin de fringues, et que mon boss m'a permis de faire un mi-temps, pour m'occuper d'elle, quelques heures par jour. Après, c'est une voisine prenait le relai. Un soir, un de mes collègues m'a proposé d'aller passer la soirée au Warehouse. Kane, le patron m'a repéré sur la piste, m'a proposé de me payer des cours de pole dance, en me promettant de m'engager pour danser au club, tous les week-ends. J'ai accepté, quand j'ai vu le paquet de fric, que les danseurs déjà présents, récoltaient en une seule soirée. Presqu'autant que moi, au magasin en travaillant, un mois complet. J'ai posé une seule condition, qu'il me trouve un logement décent, tout près du Warehouse. Un mois et demi plus tard, je déménageais dans l'appartement que j'occupe, encore aujourd'hui. Quand on a du fric et des relations, tout est possible. C'est le cas de mon boss.

Nous étions quatre, mamie, Zack, Jax et moi.

Aujourd'hui, nous ne sommes plus que deux. Zack ira sûrement en prison à vie et c'est comme s'il était mort !

Jax me tient par les épaules et me demande si ça va, en remuant les lèvres. La question est muette, mais claire. Je secoue la tête de gauche à droite, en regardant mes pieds. Non, ça ne va pas ! J'ai honte, de ressentir de la peine pour Zack, mais c'est mon frère et malgré qu'il me dégoûte, c'est l'image de ce frère de sept ans, que je garde dans la tête. Ce frère qui me tenait toujours par les épaules en me consolant, quand je braillais pour un rien.

– Tom, tu as le droit d'être triste, me dit Jax en me serrant contre lui. Personne ici, ne va juger tes sentiments, tu le sais, hein ?

Liam lâche Jax qu'il tenait par la taille, le contourne pour venir se placer à mes côtés, en m'enlaçant lui aussi. J'aime ces deux mecs.

– Allez, ça va être notre tour, nous rappelle l'avocat. Ça va aller, Mr Kolinski ?

Il me regarde d'un air blasé mais attristé.

– Ça va aller.

Je réponds machinalement, mais je n'en suis pas si sûr. J'appréhende de revoir Zack.

La salle est bondée de journalistes, qui font feu de tout bois et de badauds. Quand j'ai été appelé à la barre, j'ai répondu machinalement à toutes les questions, avec un nœud à l'estomac. Un procès banal, comme il y en a tous les jours, celui d'une tentative de meurtre. Verdict pour Zack, prison à perpétuité, avec cinquante ans de détention incompressibles, plus cinq cent mille dollars, de dommages et intérêts. Qui va payer ça ? Je me le demande. Compte tenu que Liam était flic, au moment où il lui a tiré dessus, et vu le casier de délinquant, qu'il traîne derrière lui, il est foutu. Il sortira à quatre-vingt-un ans. Autrement dit… jamais !

Il ne m'a pas quitté des yeux pendant tout le procès. En cinq mois, il a bien changé, ses cheveux blonds sont coupé courts, il a grossi et a meilleure mine. Mais c'est son air abattu qui m'inquiète le plus. Il me fait peur !

Au moment où nous sortons du tribunal, Ylan est interpellé par l'avocat de Zack, ils discutent un moment en aparté. Moi, je ne me sens pas de rester plus longtemps, je suis soulagé, mais attristé, j'ai besoin de me retrouver seul. Je fais demi-tour sans saluer personne. Aucun d'entre eux ne me suit ni ne tente de me retenir, pas même Jax, qui me connaît mieux que personne.

ESTÉBAN

Cela fait plus d'une semaine qu'il est venu, et toujours aucune nouvelle. Silence radio. Il m'a donné son numéro de téléphone, promis de me rappeler avant de partir, mais rien ! Je sais que le procès de son frère l'a affecté, Mattias m'en a parlé, mais je n'ose pas le contacter. Pourtant, il faut que je le fasse. Au moins, pour qu'il sente que je pense à lui, et pour lui dire que s'il a besoin de moi, je suis là…

Pfff… je traîne des pieds dans la maison, d'un côté à l'autre, téléphone en mains sans arriver à me décider. J'ai peur que le moment ne soit pas approprié, mais si je ne le fais pas maintenant, je ne le ferais jamais. Tant pis, je tente, on verra bien…

À la quatrième sonnerie, il décroche.

– Allo !

Je sens que je le dérange, il me faut quelques secondes, le temps de prendre une grande inspiration, avant de pouvoir parler.

– C'est moi.

Un grand silence s'installe, avant qu'il ne se décide à me répondre.

– Je suis devant le grand portail sécurisé, mais le gardien ne me laisse pas entrer. J'allais t'appeler.

– Tu es devant le portail de ma résidence ? Passe-lui ton téléphone.

J'attends que le gardien prenne le combiné, pour le sommer de lui ouvrir immédiatement le portail, et le laisser entrer. Je comprends, qu'il prenne ses précautions, mais appeler les résidents, fait partie de son boulot. Il n'a pas à garder les visiteurs devant le portail. Je lui rappelle, de marquer Tom, sur sa liste des personnes, autorisées à entrer. La voix de Tom, reprend au bout du fil.

– J'arrive.

– Je t'attends.

Assis sur le rebord d'une jardinière, devant le portail de ma maison, je le regarde avancer rapidement. Cela fait une trotte depuis l'entrée principale, mais moi, je ne conduis plus. Pourquoi il n'a pas de véhicule ? Il sait conduire pourtant, c'était toujours lui qui prenait le volant, quand nous étions ensemble. Lorsqu'il arrive devant moi, il est essoufflé.

– Tom, tu aurais dû demander à Mattias de t'emmener.

Je me lève pour l'accueillir, en lui souriant.

– Non, Mattias a du travail.

Je n'insiste pas, ce n'est pas le moment. Je connais bien Tom et là, il est perturbé.

– Viens, entrons boire quelque chose.

– Oui, merci.

Je l'emmène avec moi dans la grande cuisine, qui donne sur la salle à manger et le salon pour prendre des bières. Il s'arrête, pour détailler minutieusement l'espace, en tournant sur lui-même, l'air étonné.

– C'est joli chez toi.

– Pratique et sécurisé surtout.

Il contemple les murs, vides et froids. Je n'ai rien décoré, me contentant de vivre ici, sans plus.

– Ça fait laboratoire, affirme-t-il, avec une petite moue au coin de la bouche.

– Peut-être un peu, oui.

J'éclate de rire, lui, au moins, quand il pense quelque chose, il ne prend pas de gants pour le dire. Mais il a raison.

– Je n'y connais rien en déco, et en plus, je m'en fous !

Il sourit, en avançant vers le canapé pour s'y installer. Il enlève ses chaussures et s'étale sur la chauffeuse, avec un soupir de bien-être. J'ai envie de rire. Je lui dépose sa bière décapsulée, sur la table du salon, et m'installe avec la mienne un peu plus loin, sur le canapé. Je ne dis rien, pour le laisser se détendre. Rien que sa présence me fait du bien. Et le voir là, à l'intérieur de ma maison, ça m'émeut. Il est tellement beau, allongé les yeux fermés, que je ne peux rien faire d'autre que le mater.

J'étais subjugué par son physique, quand je l'ai vu pour la première fois, je me suis demandé comment, avec une figure, et un corps pareils, il dansait dans un club. Certes, il n'est pas bien grand, dans les 1m75, mais son visage est tellement parfait, qu'il pourrait faire de la pub. Mais non, c'était bien plus que suffisant, pour moi, de supporter tous ces gars au regard lubrique, posé sur son corps à moitié dévêtu. Il n'avait pas d'autre choix, ça je le sais. Ils pouvaient bien baver tous ces cons, une fois le show terminé, il était à moi et rien qu'à moi.

Je serais malhonnête si je n'avouais pas, que la première chose qui m'a attirée chez lui, c'est son physique. Mais immédiatement, sa gentillesse, sa joie de vivre, ont effacé tout le reste. Et, s'il est toujours aussi splendide, il a gardé cette empathie, cette douceur, qui font de lui, un tout. Un être unique. Il me l'a prouvé encore une fois, en acceptant mon amitié, malgré tout le mal que je lui ai fait.

Le problème, c'est que je l'aime toujours et j'ai envie de lui. C'est un désir qui me prend aux tripes et qui ne me quitte plus. Quand je pense que d'après Mattias, il a peut-être quelqu'un dans sa vie ! Je ne peux m'empêcher de ressentir une bouffée de jalousie, alors que nous ne sommes plus rien et que c'est moi, qui suis parti. Depuis quelques jours, je ressasse en pensant que, peut-être, tout est encore possible. Je suis décidé, coûte que coûte, à faire amende honorable pour tenter de le récupérer. Mais cette fois, pour toujours, reste à le convaincre ! Celui-ci, sera le combat le plus difficile de ma vie.

Accoudé à l'îlot de la cuisine, je le vois relever les paupières pour regarder autour de lui, d'un air perdu, fixant la bière qu'il n'a pas entamée et qui se trouve toujours sur la table.

– Tu veux boire quelque chose, maintenant ?

– Un café, pour me réveiller.

Il s'assied, frottant ses yeux, bouffis par le sommeil.

– Je le prépare et, ensuite on va à la plage ?

Il acquiesce, d'un mouvement de tête, en se levant pour me rejoindre, pendant que je glisse une capsule dans la machine.

***

On avance côte à côte vers la petite plage privée, à cent mètres de la propriété. Il s'arrête au bord de l'eau, ses chaussures sont restées à la maison, encore une habitude qu'il a gardée, celle de marcher pieds nus.

– C'est joli Esté, je suis content que tu aies réussi.

Je hausse les épaules, le côté matériel a ses avantages, c'est certain. Mais ce n'est pas le principal, je m'en suis rendu compte trop tard.

– Merci,

Il sourit et je fonds, encore plus sûrement que le soleil de plomb qui s'abat sur nos têtes.

– Je n'ai pas dit aux autres que je ne travaillerais pas pour toi, ça ne leur regarde pas ! Je voulais m'excuser d'être arrivé comme ça, mais je ne savais pas où aller.

Sa déclaration ne me surprend pas, ça me fait chier, mais je ne compte pas exprimer mon agacement.

– Fais comme tu le sens, pour le travail. Mais je suis heureux que tu sois venu ici, Tom, très heureux.

Il acquiesce de la tête, avec un petit sourire, les mains dans les poches, le regard rivé sur l'horizon.

– Merci, depuis le procès, je suis un peu à l'ouest.

– Viens t'asseoir ici, près de moi.

Je recule un peu, pour m'asseoir sur le sable, en l'invitant d'un geste à s'installer à mes côtés.

– Si j'avais su, j'aurais pris un maillot.

Je ris, en levant le bras, pour lui désigner la plage.

– Il n'y a personne, baigne-toi en *boxer*.

Il éclate de rire, en penchant sa tête en arrière. Putain, qu'il est beau, si je m'écoutais… je pencherais la tête vers lui, je poserais mes lèvres sur les siennes. Je n'ai pas oublié leur douceur, leur goût, ni les moments merveilleux, que j'ai passés auprès de lui.

– Je n'en mets jamais !

Merde, c'est vrai, Tom ne porte jamais rien sous son pantalon, ce souvenir fait monter en moi, une bouffée de chaleur, qui envahit mes sens.

– Ah oui, c'est vrai ! lui dis-je en riant, à poil alors, ne t'inquiète pas, je n'y vois rien de loin.

Il continue de rire, un rire qui me réchauffe le cœur.

– Je ne suis pas pudique, mais je n'ai pas de serviette.

Je me lève, disposé à faire n'importe quoi pour lui faire plaisir.

– Va dans l'eau, je vais t'en chercher une à la maison.

Je fais demi-tour sans, attendre de réponse, le froissement de ses vêtements, qu'il s'empresse d'enlever, me donne envie de me retourner. C'est ce que je fais en l'entendant rire, j'ai à peine le temps, de mater ses fesses dorées, qu'elles disparaissent dans l'eau. Un coup d'œil ne peut faire de mal à personne, non ?

Je fais l'aller-retour, serviette en main. Debout, les pieds plantés sur le sable, je le regarde nager, avant de le perdre de vue quelques secondes, jusqu'à ne plus le voir du tout. Un vent de panique me gagne, j'avance prudemment, avant de me mettre à courir dans l'eau, en hurlant.

– Tooooooom !

Paniqué, je tombe. Mes vêtements trempés me gênent, mais je ne pense qu'à une chose, avancer, pour tenter de le localiser. Je nage de plus en plus loin, je n'ai plus pied. Affolé, je scrute dans tous les sens, aussi loin que ma vue me le permet, dans l'espoir de le repérer. Il me semble voir une forme bouger un peu plus loin, mais à cause de cette putain de gêne dans les yeux, je ne suis sûr de rien. Jusqu'à ce que deux bras m'encerclent.

– Esté, qu'est-ce que tu fais dans l'eau tout habillé ?

La panique doit se lire sur mon visage, car il arrête de parler. Mes yeux pleurent et me brûlent.

– Qu'est-ce qu'il y a Esté ?

– Je te voyais plus, j'ai eu peur.

Je les frotte, dans l'espoir de chasser les larmes occasionnées par l'eau salée.

– Tu pleures ? Bon sang Esté, excuse-moi.

– Ce n'est rien, non, je ne pleure pas, c'est l'eau de mer qui me brûle les yeux.

Il me regarde, désolé.

– Viens, rentrons, je suis désolé de t'avoir fait peur.

Je me laisse guider, je n'ai pas le choix, ma vue est brouillée et je n'y vois plus grand-chose. Même lui qui marche à mes côtés, je le distingue difficilement. Foutue maladie ! Il récupère la serviette sur la plage et après l'avoir secouée pour la débarrasser du sable, m'essuie les yeux doucement.

– Il faut que je les rince à l'eau claire.

Il acquiesce, enroule la serviette autour de ses hanches en me guidant vers la maison. Il me traîne jusqu'à la terrasse, m'aide à me déshabiller devant l'entrée, et me pousse dans le couloir, en direction de la douche.

– Ma chambre est au fond.

Il ouvre le jet et me pousse dans la cabine pour y entrer avec moi. Putain ! L'eau, qui s'écoule le long de mon corps, me fait du bien. Je lève la tête, pour rincer mon visage à l'eau tiède. Une main posée sur mon épaule, il s'évertue de l'autre, à m'essuyer précautionneusement les yeux, avec la pulpe de ses doigts. Ses gestes sont tellement doux ! j'avais oublié la sensation de ses mains sur ma peau. Je ne peux pas résister, je passe un bras autour de sa taille, l'autre autour de son cou, pour le rapprocher de moi. Il ne me repousse pas, alors je m'enhardis un peu plus. Je caresse son visage avec le dos de ma main, avant de glisser mes doigts dans ses cheveux mouillés, pour les repousser, mon regard troublé rivé au sien. Sa bouche entr'ouverte m'attire comme un aimant, je ne tiens plus, mes lèvres s'emparent des siennes dans un gémissement. La force de mes sentiments m'explose à la gueule, à la seconde ou son corps se plaque avec force contre le mien, dans une étreinte fiévreuse. Ses mains caressent mon dos, descendent pour s'agripper à mes fesses, sa langue fouille ma bouche dans un ballet torride, pendant que son bassin frotte contre le mien. Putain ! Sa main s'immisce entre nos deux corps, pour s'emparer de mon sexe engorgé plaqué, contre mon ventre et j'entre en combustion. Nos souffles se mélangent, nos halètements deviennent erratiques, je suis au bord de l'explosion, il me rend fou ! Je redeviens un pantin, entre ses bras et son corps chaud.

Je couvre son visage de baisers, mordille son épaule. Sa respiration s'emballe, quand ma langue s'arrête sur un téton, avant de tracer un chemin humide, sur son torse imberbe. Je tombe à genoux devant lui, pour parcourir son ventre de mes lèvres, descendant lentement, en direction de sa touffe de poils, parfaitement entretenue. Son sexe pulse contre ma joue. Je m'empare de ses bourses d'une main, en agrippant fermement la base de son érection, dure comme l'acier, pour faire courir ma langue sur toute la longueur. Un frisson, suivi d'un gémissement étouffé, sort de sa gorge. Il se tord, cherchant à enfoncer sa hampe dans ma bouche, dans une invite muette, qui ne me donne que plus envie de lui. Je lève les yeux, pour le regarder prendre du plaisir, la tête penchée en arrière, la bouche entr'ouverte. J'intensifie les caresses autour de son gland, avant de prendre sa longueur palpitante, jusqu'au fond de ma gorge. Il s'agrippe à mes cheveux, en gémissant.

– Esté…

Je ne peux pas m'arrêter, son goût, son odeur, la douceur de sa peau. Tout revient dans mon esprit, comme si je l'avais quitté hier. Il tire sur mes cheveux pour me relever, en reculant contre le mur carrelé, mais pas question de le prendre ici, comme s'il s'agissait du coup d'un soir. Lui, ne sera jamais ça, pour moi. Je veux lui faire l'amour, dans mon lit. Je coupe l'eau, plaque mes lèvres sur aux siennes, en reculant pour l'emmener jusqu'à mon lit, oú nous tombons tous les deux.

– Je vais te faire l'amour, et ensuite, ce sera toi, me dit-il une lueur de désir dans le regard.

– Oui.

Je me décale, pour récupérer les protections et le lubrifiant dans le chevet, que je pose à notre portée. Ce sera la première fois, que nous allons nous protéger, l'un de l'autre. Il y a quelques années, avant de faire l'amour pour la première fois, nous avions sagement attendu, de passer les tests de dépistage. Et cette première fois avec lui, avait été merveilleuse, comme toutes celles qui ont suivi. Nous avions tous deux, le sentiment, de nous être offert notre virginité, d'avoir été les seuls et uniques, à avoir exploré le corps de l'autre. Nous sommes versatiles, tous les deux.

C'était notre façon à nous, de nous aimer. Ne pas faire de différences, dans une égalité, parfaite.

Je déroule le préservatif sur son érection, en l'enduisant de gel. Il gémit, le regard troublé, plongé dans mes iris. Son souffle caresse ma bouche. Je m'allonge quand sa main dérive vers mon sexe, qu'il effleure de ses doigts, avant de passer derrière, pour appuyer contre mon entrée. Un doigt, puis deux, s'immiscent en moi. Je me contracte sous la brûlure, en fermant les yeux. Cela fait trois ans que personne n'a franchi cette barrière. Je n'ai eu que les Escort que j'ai choisis et payés, pour les baiser.

– Détends-toi Esté, m'encourage-t-il.

Je relâche mes muscles, confiant, l'intrusion devient moins douloureuse. Puis, c'est son gland qui force le passage, lentement. Le grognement qui sort de ma gorge, est étouffé par un baiser brûlant. J'agrippe ses fesses pour l'obliger à me remplir, à s'enfouir au plus profond de moi. Son bassin oscille contre le mien, dans les mouvements qu'il sait si bien faire. J'enroule mes jambes autour de ses hanches, prends son visage entre mes mains pour l'embrasser à perdre haleine. Un baiser profond, énivrant, obscène qui accompagne son martèlement, de plus en plus rapide. Secoué d'un frisson, son corps se tend, brusquement, en abandonnant ma bouche, pour s'affaler en sueur, contre moi.

Je caresse son dos, pour apaiser les derniers spasmes de son orgasme. Mon érection, à la limite d'exploser bât contre mon ventre, en attente que les affres de sa jouissance s'apaisent lentement. Je bascule pour le surplomber, lui retirer le préservatif en le jetant derrière moi, sans le nouer et sans me soucier, d'où il atterrit. J'en enfile un sur ma longueur engorgée, en glissant mes doigts enduits de gel vers son orifice, que je pénètre doucement. Tout comme lui, je rive mes iris aux siens, toujours voilés par le plaisir qu'il vient d'avoir. C'est à tâtons, que je cherche son entrée avec mon gland, pour m'enfouir dans sa chaleur, serrant les dents pour ne pas m'enfoncer d'un coup, tant le besoin d'être en lui me dévore les bourses. Je ferme les yeux, la sensation est indescriptible, sa respiration devient aussi erratique que la mienne. Je viens de retomber dans ma drogue, mon addiction, lui. Et je sais que cette fois, je ne tenterais aucun sevrage, le dernier ne m'a servi à rien.

Je m'enfonce jusqu'à la garde, en soupirant, avant d'entamer un rythme langoureux, pour vénérer son corps. Me concentrant sur le besoin vital de respirer, pour ne pas laisser la vague, de chaleur et de plaisir qui m'envahit, déferler trop tôt.

Halètements, gémissements, soupirs.

Une décharge électrique, dévale ma colonne vertébrale, rétracte mes testicules et dans un dernier sursaut, je décharge le fruit de ma passion, à l'intérieur de lui.

Nous restons ainsi, je ne sais combien de temps. D'abord, serrés l'un contre l'autre, laissant nos corps s'apaiser lentement. Puis, je me décale pour ne pas l'écraser. L'amour entre nous a toujours été doux, passionnel, fait de milliers de baisers, de caresses. Je contemple son visage, sa beauté. Des larmes silencieuses débordent de nos yeux. Les miennes, trahissent ma peine et mon bonheur mêlés. Les siennes, j'ai peur que ce soit pour une autre raison, le regret de s'être laissé emporter par le désir et, seulement ça. J'essuie son visage du bout de mes doigts, en soupirant. Je ne peux rien attendre de plus, je ne le mérite pas, je suis seul au monde. Un chanteur qui a abandonné sa carrière, un homme, qui n'assume pas ouvertement, son homosexualité.

Mais surtout, celui qui l'a jeté, aussi facilement que mes parents l'ont fait avec moi.

Je nous recouvre d'un drap, avec lequel je finis d'essuyer ses joues, puis les miennes et entrelace mes doigts aux siens, en les serrant très fort.

– Pardonne-moi… pour ça ! Tu as accepté mon amitié et je t'ai entraîné dans mon lit. S'il te plaît, ne m'en veux pas.

Il ne répond pas, se contentant de fixer le plafond de ses yeux dorés. J'aimerais être dans sa tête, pour savoir ce qu'il pense, en ce moment. J'espère seulement, que l'amitié que je lui ai quémandée, ne sera pas entâchée par ce moment d'égarement, et qu'il acceptera de me revoir. Je me jure, de ne plus jamais céder à la tentation.

Il se lève en silence, pour sortir de la chambre, à la recherche de ses vêtements, qu'il a abandonnés sur le dossier d'un fauteuil, sous la terrasse. Quand j'entends le claquement de la porte d'entrée, je comprends qu'il est parti, sans un mot, sans un regard.

TOM

Après avoir quitté Esté sans un regard, en claquant la porte derrière moi, j'ai flâné dans les rues de L.A, jusqu'à ce que la nuit tombe. Errant sans but précis, les mains dans les poches avant de rentrer. Les deux jours suivants, je me suis terré dans mon appartement, me contentant de faire mon travail au club, de dormir et d'appeler Jax pour le rassurer, en lui demandant de ne pas passer me voir. Je vais bien, mais j'ai besoin d'être un peu seul pour réfléchir. À quoi ? Je me le demande ! Je presse le pas en direction du Warehouse. C'est dimanche, je dois être en pleine forme pour assurer ma prestation, et enchaîner avec le service derrière le bar. Ces deux derniers jours, le club a fermé à six heures du matin et je suis épuisé.

Je prends place derrière le zinc, directement après m'être délesté de mon short de pole danse et avoir pris une douche rapide, avant d'enfiler mon deuxième costume. Celui de barman à l'effigie du Club, pantalon noir, chemise blanche, cravate noire et cheveux, soigneusement attachés en chignon. La tenue doit être impeccable, à l'image de la boîte et de sa réputation.

– Ça va Jamie ?

– Ouais, y'a du monde, j'adore !

La piste de danse est blindée, ainsi que les abords de la barre. Je m'empresse de servir un groupe de jeunes qui attendent patiemment, avant de passer aux suivants. Quatre barmans, et on a du mal à assurer ! Il nous faut trente bonnes minutes à plein régime, pour contenter les gars assoiffés, dans la salle surchauffée. Tout est fait, pour pousser à la consommation. Cela nous convient, car plus ils ont soif, plus ils sont nombreux autour du comptoir et plus les pourboires sont conséquents. J'ai accepté ce poste, pour bénéficier d'un bulletin de salaire et de l'assurance maladie, qui va avec. En étant danseur, je ne gagne que ce que les clients veulent bien me donner, bien plus que le salaire déclaré, mais sans le bénéfice d'une couverture sociale. Je peux donc m'estimer heureux. La voix de Jamie, me sort de mes pensées.

– Tu fais quoi plus tard, tu rentres ?

– Oui, je rentre.

– Je rentre avec toi si tu n'as pas de client en privé, ce soir ?

Je le regarde du coin de l'œil, tout en passant le chiffon sur le comptoir.

– Non, je ne préfère pas, je réponds en secouant la tête.

– Ok, mais tu devrais arrêter tout ça, Tom, les lap dance privées, je veux dire.

– C'est bon, je sais de quoi tu parles, je n'en ferais plus, Jamie.

– Tant mieux, ce n'est pas très net de faire ça, me lance-t-il avec un clin d'œil en levant le pouce.

Je soupire, je n'ai pas envie de rentrer dans un débat avec lui sur ce sujet. Jamie n'est pas d'accord avec ma façon de vivre, mais moi, je l'ai fait pour économiser un maximum d'argent, avant de trouver un autre emploi.

Tout le monde travaille. Brad et Orlando que je suis passé voir au salon sont occupés, chacun avec un client. Liam est absent, parti négocier un contrat, Mattias est débordé, et Jax est au cabinet d'avocats dans lequel il est employé. Je promène mon regard sur la vitrine de mon magasin préféré, *fashion* et pas cher, attiré par le mannequin exposé qui est habillé d'un pantalon noir déchiré sur les genoux, et un tee-shirt gris perle qui le moule comme une seconde peau.

Je suis devenu, un acheteur compulsif. Mon dressing est plein à craquer, de fringues que je n'ai jamais portées, pour la plupart. Je flâne, pour échapper à l'ennui, en achetant sans compter. Dans la liste de mes défauts, celui-ci est le premier. Dépensier ! Un attroupement, qui se forme deux magasins plus loin, attire mon attention. Une dizaine de jeunes femmes, le nez collé à la vitrine, hurlent en gesticulant, pendant qu'un homme, qui semble être le propriétaire de la boutique, tente vainement de les chasser.

– S'il vous plaît, mesdemoiselles, partez ! coasse-t-il en s'énervant.

Rien n'y fait. Une des filles, tente de le pousser et de s'engouffrer, en passant sous le bras du pauvre homme, qui semble débordé.

– C'est Estéban Blake, il est là ! hurle-t-elle comme une hystérique, je veux le prendre en photo !

– Foutez le camp d'ici, laissez-le tranquille ! Gueule l'homme, accroché à la poignée de la porte, complètement affolé.

Je m'avance, quand je comprends que la situation lui échappe, mais surtout, après avoir pris conscience, que c'est Esté, qui se trouve à l'intérieur du magasin, acculé comme un animal. Si j'écoutais ce que me dit mon cerveau, je pourrais me délecter de cette situation, de loin, et en rigoler. Après tout, la notoriété, c'est bien ce qu'il voulait, non ? Seulement, ma conscience me dicte tout autre chose. Je marche d'un bon pas, me mêlant à l'attroupement, pour me glisser entre la dizaine de filles, qui gesticulent portables en mains, en criant tellement fort, que de plus en plus de badauds s'entassent sur le trottoir. Je repousse deux folasses, qui se démènent, pour écarter l'homme de la porte, en les agrippant fermement, avant de me glisser sous le bras du vendeur, l'attirant avec moi à l'intérieur du magasin, en verrouillant la porte derrière nous. Celui-ci ne perd pas de temps pour actionner la fermeture automatique du volet roulant, pour condamner l'entrée et nous mettre à l'abri.

– Monsieur, attendez s'il vous plaît, me dit-il en tirant sur le bas de mon tee-shirt. Il veut juste être tranquille.

– Ne vous inquiétez pas, je le connais, je veux juste l'aider.

Mes yeux se promènent au-dessus des portants et des rayonnages, à la recherche du chanteur.

– Où est-il ? Je demande en tournant la tête dans tous les sens.

L'homme me regarde fixement, d'un air désemparé, comme s'il pouvait décrypter sur mon visage l'honnêteté de mes intentions, avant de soupirer et m'indiquer d'un geste la porte derrière le comptoir.

– Dans mon bureau.

– Merci, lui dis-je en lui serrant le bras.

J'ouvre doucement la porte et je le vois, assis sur une chaise, plié en deux, la tête sur ses cuisses. Ses mains secouées par des tremblements sont posées sur sa tête, comme pour se protéger. Il ressemble à un animal traqué.

– Esté ?

Je parle doucement en me rapprochant de lui. Sa tête esquisse un mouvement, se tourne un peu vers moi en jetant un regard éperdu, par-dessus mon épaule.

– Tom, qu'est-ce que tu fais là ?

– J'ai vu un attroupement et j'ai entendu ton nom.

Il se redresse un peu en fermant les yeux, laissant échapper un soupir de soulagement. Mais il ne bouge pas, son cul reste planté sur la chaise et les mains plaquées sur son visage.

– Attends-moi ici, je reviens.

Je repars dans le magasin pour en faire le tour, à la recherche d'un tee-shirt différent de celui qu'il porte. Le vendeur me suit, comprenant mes intentions.

– Vous avez une sortie de secours et une casquette ? Je lui demande, pressé de trouver ce que je recherche sans faire le tour du magasin.

Il passe derrière le comptoir pour m'en montrer une, floquée au nom de la boutique. Cela fera bien l'affaire. Je m'en empare, avant de retourner dans le bureau, aider Esté qui ne se fait pas prier à enfiler le nouveau tee-shirt par-dessus le sien. Il enfonce la casquette sur sa tête en prenant bien soin de repousser ses mèches en arrière et remettre ses lunettes de soleil. Nous sortons de la pièce, suivis du vendeur, auquel il tend deux billets de cent dollars qu'il tire de son portefeuille, en le remerciant. Nous empruntons la sortie de secours qu'il nous désigne, pour nous retrouver dans une courette où sont entreposés des conteneurs. Après m'être assuré que les groupies, toujours plantées devant la devanture du magasin, ne prêtent pas attention à nous, nous remontons la rue tranquillement pour ne pas attirer l'attention.

– Viens chez moi, je lui dis. Ce n'est pas loin.

– Merci Tom.

Il presse mon épaule et ce simple contact, déclenche des papillons dans mon ventre. Je lui réponds par un hochement de tête en lui souriant. Depuis qu'Esté m'a dit qu'il m'avait largué pour ne pas m'imposer sa maladie, beaucoup de questions se bousculent dans ma tête. Sans compter le jour où j'ai débarqué chez lui, après le procès, poussé par une force irrésistible de le voir pour me réfugier à ses côtés, plutôt qu'avec mes amis les plus proches. Je l'ai planté dans le lit pour rentrer chez moi sans me retourner. Il a certainement pensé que j'avais des regrets. Non, je me suis juste retrouvé devant l'homme que je n'ai jamais oublié. Et j'ai eu peur. Le moment que j'ai passé dans ses bras a chamboulé mon cœur, remis en cause toutes mes certitudes.

Dans mon esprit, rien n'arrive par hasard, les choses finissent toujours par avoir un sens.

ESTÉBAN

Nous arrivons essoufflés, mais sans encombre jusqu'à son appartement, dans lequel il me fait entrer. Mes mains tremblent encore, au souvenir de l'attroupement qui s'est formé devant la devanture du magasin. Tout ça, parce que j'ai eu la bonne idée de sortir me balader, après être sorti du studio d'enregistrement pour écouter la maquette d'Ariel, que Silas vient de terminer. Une impression d'étouffement m'a envahi, à l'intérieur même du magasin. Quand la voix, douce et sécurisante de Tom est parvenue à mes oreilles, j'ai cru que je perdais l'esprit, tant les rouages de mon cerveau déraillaient. Il m'a sorti de cette merde !

Il s'installe à mes côtés, prenant ma main dans la sienne en la serrant très fort.

– Tu sais que j'ai failli te laisser dans la panade ?

Un rire irrépressible s'empare de moi. Balayant la frayeur, la tension de mes épaules et l'abattement accumulés dans la boutique.

– Ah, et pourquoi ?

– J'ai pensé qu'un attroupement, quand on a voulu la notoriété, c'était plutôt bon signe !

Je continue à rire en acquiesçant de la tête, pensant qu'il n'a pas tout à fait tort, sans pouvoir lutter contre ses arguments.

– C'est vrai, mais moi je n'aime pas ça.

– Eh bien, c'est trop tard !

Il me balance ça, comme si je ne le savais pas déjà.

– Tom, je voulais te dire, pour l'autre jour… ce qu'il s'est passé chez moi… excuse-moi. Je n'ai pas réfléchi et…

– C'est bon Esté, nous étions deux, je l'ai voulu aussi.

– Je ne veux plus rien faire, qui puisse te blesser. Dis-moi, que je n'ai rien foutu en l'air avec ma bêtise.

– Non, tu n'as rien gâché, rassure-toi.

J'ouvre les yeux pour le regarder, nos mains sont toujours enlacées. De la pulpe de mon pouce, je caresse la naissance de son poignet, profitant de la chaleur de sa paume qui réchauffe la mienne et provoque une réaction gênante dans ma région sud.

– Tom… je.

Son visage se rapproche lentement, je me noie dans le doré de ses iris quelques secondes, avant de fermer les paupières, pour savourer la pression légère et aérienne de ses lèvres sur les miennes. Le baiser est léger, presqu'imperceptible. Il recule de quelques millimètres me laissant tremblant et frustré, avant de revenir une nouvelle fois m'effleurer.

– Esté…

Je ne bouge pas, tétanisé, partagé entre l'espoir et le soulagement qui se mêlent à un désir vorace. Les joues brûlantes, le sang bouillonnant dans mes veines, je me repais de son souffle.

– Tu es convaincu, là ? souffle-t-il les yeux fermés.

– Presque…

Je n'ai pas le temps de terminer, sa bouche revient à la charge, profondément. Sa langue inquisitrice, s'enroule à la mienne, fébrilement, puis la délaisse pour mordiller ma lèvre inférieure. Il recule en haletant, le regard fiévreux, les lèvres humides et entr'ouvertes.

– Voilà, c'est mieux ?

Je hoche la tête, mon regard aimanté au sien, incapable de m'en détourner.

– Allez, on sort boire un verre au « River ».

– Hein ? Non, non, je coasse en secouant la tête. Je vais encore me faire repérer, je vais appeler un taxi et rentrer.

Je me redresse pour me lever avec précipitation, mais il me retient par le poignet. La magie du moment que je viens de vivre retombe immédiatement.

– Ok, calme-toi mec, pas la peine de paniquer comme ça ! Bon sang, Esté, tu me fais presque peur, là ! C'est bon, on reste ici. Comment tu faisais à NY, tu ne sortais pas avec des amis ?

– J'ai eu quelques copains, mais des amis, non, à part Mattias. J'ai été cerné plusieurs fois par des groupies hystériques, j'ai pris peur, alors je ne sortais plus. Tu vois, j'ai paniqué aujourd'hui. Merci pour ton aide.

– Moi aussi je suis seul, ils sont tous occupés avec leur travail et je m'ennuie pas mal. Mais peut-être que je pourrais te convaincre de venir te balader avec moi, les après-midis, me dit-il d'un air enthousiaste en souriant.

– Tu crois que c'est une bonne idée ?

– Si tu ne veux pas, je comprendrais… ce n'est pas grave.

– Tom… attend, je veux bien essayer.

– Super ! Et je ne veux pas me mêler de ce qui ne me regarde pas, mais, tu as eu des nouvelles de ta famille ces dernières années ?

– Je leur ai téléphoné après avoir quitté L.A, c'est ma sœur Marie qui m'a répondu. Je lui ai laissé mon numéro, mais elle ne m'a jamais recontacté. Elle fait des études de médecine, elle doit être occupée. C'est dur la médecine.

Le souvenir de la conversation avec ma sœur, me rappelle amèrement que m'a famille m'a oublié. Je sais qu'elle n'avait que onze ans quand je suis parti, mais j'avais gardé espoir qu'au moins, elle, elle m'accepterait dans sa vie. Elle m'avait bien accueilli et paraissait plutôt contente de mon appel, mais encore une fois, j'ai été déçu par son silence.

– Et tes parents, me demande-t-il ?

– D'après ce que ma sœur m'a dit, ils ont fait une croix sur moi. Mon père ne veut plus entendre prononcer mon nom, dans la maison. Il paraît qu'ils m'ont vu à la télé, une fois et tout ce qu'il a trouvé à dire, c'est qu'il espérait que j'aurais la décence de me comporter comme il faut, sans étaler mes vices aux yeux de tous. Ils ont honte de moi, Tom.

– Je suis désolé.

– C'est comme ça, je me suis fait une raison. J'avais besoin de parler à quelqu'un de ma maladie, mais je n'ai rien dit à ma sœur, finalement. S'ils l'apprenaient, ils seraient foutus de penser que c'est la punition de Dieu, pour mes pêchés. Je ne sais pas ce que je vais devenir, si je deviens aveugle.

Je soupire en m'affaissant contre le canapé.

– Je comprends tes peurs, mais il faut garder espoir, non ?

– Je sais, mais c'est compliqué.

– N'en parlons plus alors, pour conjurer le sort.

Il lève les bras, devant moi, pour croiser les deux majeurs sur les index, en riant. Je me joins à son rire, parce que j'en ai envie. Un moment avec lui et je me sens détendu et serein, comme débarrassé d'un fardeau.

– Et toi, Tom, tu l'as fait comment ton coming-out, à ta grand-mère ?

– Je ne l'ai pas vraiment fait. Un jour, elle m'a demandé, si je comptais lui ramener une fiancée manger, à la maison. Je lui ai simplement répondu, que si je devais ramener quelqu'un, un jour, ce serait « un fiancé », et pas « une ». Et elle m'a répondu en riant « et alors ! il n'aime pas les pâtes, lui ? » Après ça, comme je n'emmenais toujours personne, elle a pensé, que Jax et moi étions amoureux !

À cette évocation, il éclate d'un rire strident, en tapant ses mains sur ses cuisses, comme si l'idée était farfelue et impensable. Et pourtant, il semble loin d'imaginer que même moi, j'y ai pensé.

– Ben, ce n'était pas si bête que ça ! Moi-même, je me suis posé la question !

– Oh bon sang ! lance-t-il en éclatant d'un rire communicatif. Jax et moi… non, mais t'imagines ? Oh non, non, non ! Que nenni, même pas une attirance, jamais ! Et lui non plus.

Après cet après-midi-là, nous nous sommes retrouvés tous les jours, pour discuter et faire des ballades au Griffith Parc, mais bien planqué derrière mes lunettes et ma casquette. Malgré mes réticences, il a réussi à me convaincre de l'accompagner dans la boutique, proche de celle où je me suis retrouvé acculé, et dans laquelle, il avait repéré des vêtements. Je tremblais de d'appréhension dans le magasin. Mais finalement, tout s'est bien passé, même le vendeur n'a pas fait attention à moi. Tom, sentant mon appréhension et mon anxiété a réussi à les détourner en faisant quelques blagues de son cru. Pour moi, le principal, c'est d'être avec lui. À sa demande, je suis venu chez lui accompagné de ma guitare un après-midi. J'ai chanté pour lui toutes les chansons qu'il m'a demandées en se joignant à moi. Je l'aime, putain, mais qu'est-ce qu'il chante mal ! J'avais oublié qu'il chantait aussi mal et j'ai ri, comme je n'avais pas ri, depuis trois ans !

Une semaine et demie de pur bonheur. Là, je sais que les trois prochains jours, je ne le verrais pas, il travaille le soir et dort une bonne partie de la journée, pour récupérer. Je ne suis pas encore parti de chez lui et il me manque déjà.

– Je vais rentrer Tom, tu dois partir travailler.

– Ok, je t'appelle la semaine prochaine, ok ?

– D’accord, j’attends ton appel, merci pour cette semaine.

– Attends !

Il se rapproche de moi en s’accrochant à mon cou. Mes bras s’enroulent automatiquement autour de sa taille, nos têtes se rapprochent, nos souffles se mélangent et nos lèvres se collent fiévreusement l’une à l’autre, dans un baiser profond et ensorceleur.

Le troisième baiser qu’il me donne depuis que nous passons, ensemble la totalité de nos après-midis. Mais c’étaient toujours des baisers chastes, furtifs qui me laissaient frustré et en manque. Mais pas celui-là, celui-là, me bouleverse.

TOM

Deux semaines que le procès a eu lieu et Jax me demande de passer au cabinet. Me Ylan Scott veut me rencontrer sans faute, mais pourquoi faire ?

J'en ai assez de tout ça, je veux qu'on me lâche la grappe ! Je ne veux plus entendre parler ni du procès, ni de Zack, ni de rien qui touche à cette histoire. Y'en a marre à la fin ! Je me suis traîné jusqu'ici, et franchement, je n'ai envie que d'un truc, c'est de faire demi-tour, et d'envoyer chier tout le monde. C'est d'ailleurs ce que je tente de faire, quand une voix me fait stopper net.

– Monsieur Kolinski ?

Eh merde ! Je me retourne, avec l'intention de répondre que ce n'est pas moi, et me barrer.

– Oui, c'est moi.

Une femme élégante s'approche de moi en souriant, un dossier calé sous l'aisselle.

– Bonjour Monsieur Kolinski, suivez-moi, Mr Scott vous attend.

Méfiant, je lui pose la question qui me brûle les lèvres.

– Il veut me voir, pourquoi ?

– Je ne sais pas Mr. Mais c'est certainement important, suivez-moi, c'est par ici.

Je lui emboite le pas, de plus en plus nerveux et avec la certitude, que si je fais demi-tour sans qu'elle me voie, je passerais une bonne journée. Elle s'arrête devant une porte ouverte.

– Jax, Mr Kolinski est là !

– Ok, j'arrive.

J'entends le couinement d'un fauteuil et en quelques secondes, Jax est devant moi, habillé d'un pantalon de costume gris avec une chemise blanche sans cravate, et chaussé, s'il vous plaît, de mocassins de ville parfaitement cirés. Il est sublime, quelle classe !

– Waouh, Jax, t'es trop beau !

Il éclate de rire, en se redressant comme un paon.

– Merci. Allez viens, je t'accompagne si tu veux.

– Oui, bien sûr que je veux !

Il rit encore quand il s'arrête devant une porte, contre laquelle il frappe deux petits coups. La seconde suivante, il ouvre sans attendre la réponse.

– Ylan, Tom est arrivé.

– Parfait, fais-le entrer.

– Je crois qu'il préfèrerait que je reste aussi, si vous n'y voyez pas d'inconvénient.

Je le surprends du coin de l'œil faire des mouvements avec les sourcils, ce qui fait sourire l'avocat qui donne son accord en hochant la tête.

– Asseyez-vous, s'il vous plaît, Mr Kolinski, me dit-il en me désignant un fauteuil face à lui. Vous désirez un café ?

– Non merci, je veux juste savoir pourquoi vous vouliez me voir. Je n'ai rien à me reprocher moi ! J'ai dit toute la vérité au tribunal ! Je ne veux pas d'ennuis et… !

Ma voix chevrote tant je suis angoissé, Jax pose sa main sur mon épaule en m'obligeant à m'asseoir.

– Mr Kolinski, je suis avocat, pas juge, et ce cabinet n'est pas un tribunal ! Jax, allez lui chercher un verre d'eau, et un sucre aussi… on ne sait jamais !

– Je ne veux pas de sucre.

– Très bien… je vous ai fait venir car Me Freeman, l'avocat de votre frère Zack, m'a contacté avant-hier. Votre frère a demandé à vous voir !

– Quoi ? C'est non !

Je me lève brusquement en secouant la tête et mes deux mains devant moi, comme si j'avais le diable en face.

– Asseyez-vous Tom, s'il vous plaît, essayez de me laisser terminer sans me couper, d'accord ? Sachez tout d'abord que vous n'avez aucune obligation, calmez-vous !

Jax arrive avec le verre d'eau que je n'ai nulle intention de boire, il aurait mieux fait de ramener une bouteille de vodka. Je me rassois en soupirant.

– D'accord, je vous écoute.

– Voilà, calme-toi, me dit Jax. Tiens, bois un peu d'eau.

– Calme toi ? T'es marrant toi !

L'avocat éclate de rire en se pinçant le nez entre les doigts, Jax me regarde l'air renfrogné mais sans en rajouter. Ce n'est pas le moment de me faire chier, quand je flippe !

– Bon, je reprends, poursuit l'avocat en reprenant son air sérieux. Donc, l'avocat de votre frère m'a contacté, pour me faire part du souhait de votre frère Zack de vous rencontrer.

Je tente de me relever encore une fois, mais Jax, mon meilleur ami, ce traitre, appuie sur mon épaule pour me maintenir assis.

– J'ai dit non ! Pourquoi voudrait-il me voir ?

– Je ne sais pas, son avocat ne m'a pas donné ses raisons. Il m'a juste dit que c'est urgent et très important. Une question de vie ou de mort ! Et qu'il vous supplie de venir.

A ces mots, mon cul décolle du fauteuil. Jax ne me retient plus et se lève lui aussi, en même temps que moi.

– Une question de vie ou de mort ? Qu'est-ce qu'il me prépare encore ? Jax, il a peut-être foutu des tueurs à gages à mes trousses !

Peut-être que j'exagère, je ne sais pas, mais tout ce qui est en relation avec Zack, me met dans un état qui m'empêche de réfléchir. Il est ressorti du procès, que le vieux monsieur qui l'hébergeait quand il a été appréhendé, avait été forcé de le garder chez lui et qu'il se servait de son logement, pour y mettre à l'abri toutes les drogues qu'il revendait. Zack est sans scrupules, alors mon cerveau réagit d'une manière irrationnelle, peut-être, mais je le pense capable de tout. Jax devient tout blanc et moi, mon cœur bat tellement vite, que je vais m'évanouir.

Ylan Scott, lui, reste stoïque avec un air professionnel. Habitué certainement, à voir ou entendre des choses improbables dans sa profession.

– Non, non ! Attendez ! Qu'est-ce que vous allez chercher, là ? Non, je ne pense pas qu'il ait les moyens d'engager des tueurs à gages. Seigneur, ayez pitié de moi !

L'avocat pose les coudes sur son bureau, secoue la tête en la prenant dans ses mains, en soupirant bruyamment avant de reprendre.

– Il s'agit forcément d'autre chose, mais c'est en acceptant de le voir que vous le saurez. Si vous acceptez, je vous accompagne. Son avocat sera présent, lui aussi, vous ne serez pas seul. J'ai un droit de visite pour demain après-midi, à quinze heures. Son avocat s'est occupé d'obtenir toutes les autorisations nécessaires, mais sachez, que rien ne vous oblige à accepter sa demande. Vous comprenez ? Rien ! C'est vous qui décidez.

Je me tourne vers Jax, complètement perdu, j'ai peur.

– J'ai peur Jax, tu ferais quoi, toi ?

– Je ne sais pas Tom, je ne sais pas.

Il me regarde, d'un air triste et dépité, Il s'inquiète pour moi et ça ne m'aide pas du tout.

– D'accord, je vais y aller, je réponds en me tordant les mains. Au moins, s'il a fait une autre connerie avant d'être arrêté, nous le saurons.

– Je ne pense pas qu'il s'agisse de ça, me réitère l'avocat. Mais je suis certain que c'est important. En général, les détenus qui souhaitent voir leur famille, ne s'encombrent pas de passer par leur avocat. Là, il s'agit d'un parloir spécial, validé par le juge. Et, je vous répète que je vous accompagne, toutes les précautions seront prises, vous n'avez rien à craindre.

– D'accord.

J'accepte machinalement malgré l'appréhension. Jax passe son bras autour de mon épaule, mais rien ne peut me rassurer.

Je rentre chez moi, le moral en berne. Je pensais en avoir terminé avec cette histoire, pouvoir enfin vivre ma vie, tourner la page et oublier définitivement Zack ! Dire qu'il y a cinq jours, j'étais presqu'heureux, oui presque ! Ces derniers jours que nous avons passés ensemble, Esté et moi, m'ont remis du baume au cœur. Il n'y a rien eu de sexuel entre nous depuis le jour du procès de mon frère, nous avons simplement fait quelques ballades. Mais surtout, nous avons parlé, rigolé, chanté et je l'ai embrassé, aussi… un peu, sans aller plus loin. Mais j'en avais tellement envie ! J'avais oublié combien c'était bon de me retrouver dans ses bras, je n'ai pas résisté quand il m'a enlacé sous la douche chez lui quelques jours plus tôt. Pendant toutes ces années, je me suis contenté de suivre un peu de sa vie, à travers ce que les médias arrivaient à nous révéler. Tellement peu finalement, que j'ai cru qu'il était en couple, avec une vie tranquille. Mais n'ayant pas eu de révélations dans les journaux concernant son orientation sexuelle, qui se seraient empressés de lancer l'information à la face du monde. Connaissant la discrétion d'Estéban sur le sujet, j'ai même pensé qu'il pourrait être avec une femme. On a fait l'amour, comme si c'était la dernière fois de notre vie. Et malgré toutes les barrières que j'ai érigées autour de mon cœur, face à lui, elles sont tombées encore une fois. Je l'aime toujours malgré le mal qu'il m'a fait. Autant qu'avant.

Ce qui, dans mon langage à moi, veut dire. Je l'aime beaucoup, trop peut-être…

Jamais… jamais, je n'aurais la paix !

***

Nous passons les portes de la prison assez vite, grâce au badge d'Ylan Scott et de mes documents d'identité, heureusement en règle. Les tremblements agitent mes mains et mes jambes, j'ai l'impression que je vais m'écrouler, sans compter les battements de mon cœur qui s'agite dans ma poitrine. Nous passons dans une autre salle. Là, nous sommes fouillés dans les règles de l'art, tout juste si on ne nous met pas un doigt au cul. Je suis certain que si l'un des gardiens est gay, il doit bien en profiter ! Les caméras de surveillance sont partout. Nous longeons des couloirs sans fin, où des portes en fer avec une petite ouverture à barreaux s'alignent tous les vingt mètres. Je lève machinalement les yeux. Au-dessus de nos têtes, sur plusieurs étages, des filets de sécurité, tendus, séparent les coursives bordées de barrières en métal qui desservent les cellules. Des portes à travers lesquelles on entend des cris, des gémissements (pas de plaisir), des insultes et des coups. Mon Dieu ! Comment peut-on survivre dans cet univers de violence, de tristesse et de désolation. Mes pensées vont vers Jax, sur ce qu'il a dû subir dans cet enfer et qu'il a toujours refusé de me révéler. J'ai envie de pleurer.

Enfin, une dernière porte, que le gardien ouvre avec son trousseau. Je me demande comment il fait pour prendre la bonne clé, à chaque fois. Derrière cette porte blindée, qu'il referme derrière nous, se tiennent deux gardiens debout, ainsi que l'avocat de Zack, installé à une table bordée de quatre chaises. Lui, n'est toujours pas là. Et, pour être franc, je préfère être arrivé avant lui, peut-être que ça me laissera le temps de me calmer.

L'avocat se lève pour nous serrer la main, nous invitant à prendre place. Je transpire de plus en plus, incapable de décrocher un mot. Ylan Scott me regarde en m'adressant un clin d'œil, qui ne me rassure pas pour autant, malheureusement. Une porte s'ouvre, opposée à celle par laquelle nous sommes entrés. Il se tient là, devant moi, habillé d'une espèce de chemise et d'un pantalon en toile, d'un orange délavé. Le tout est difforme et bien trop grand pour lui. Il avance, les traits tirés, la démarche hésitante, menotté et maintenu par deux colosses en uniforme. Mais il a meilleure mine, preuve que le sevrage forcé lui a fait du bien, l'incarcération lui aura servi à ça au moins ! Malgré la révulsion et la peur qu'il m'inspire, je ne peux pas détourner les yeux. Physiquement, il ne peut pas m'atteindre, j'en suis conscient, c'est la bombe qu'il risque de lâcher, que je crains. D'un étranger, ça me passerait par-dessus la tête, mais lui, c'est mon frère, que j'ai aimé, que j'aime toujours, malgré tout. Les deux armoires qui l'accompagnent l'installent sur la chaise, face à moi.

– Vous avez trente minutes, lâche le plus grand des deux gardiens.

– Très bien, répond son avocat.

– Monsieur Kolinski, dit Ylan Scott en se tournant vers Zack. Vous avez entendu ? Trente minutes. Votre frère a accepté de vous rencontrer, alors j'espère que vous allez tout dire, car nous ne reviendrons pas ! Le temps passe vite, nous vous écoutons.

Zack acquiesce de la tête, puis se tourne vers moi les larmes aux yeux. S'il croit qu'il va m'attendrir avec ça, il se fout le doigt dans l'œil ! Mais, effectivement, il me fait de la peine. Putain, je n'ai pas le droit d'éprouver ce sentiment envers lui, merde !

– Tom, j'ai quelque chose d'important à te dire, alors s'il te plaît, laisse-moi aller jusqu'au bout sans me couper.

– Alors accouche, qu'on en finisse !

Je le fixe, bravache, avec l'air le plus mauvais que je peux lui lancer. Je ne sais pas si j'y arrive, car il me semble apercevoir une petite lueur d'amusement, au fond de ses yeux dorés. Les mêmes que les miens.

– Je ne sais pas si ce que je vais te raconter t'intéresse, compte tenu du mal que je vous ai fait à mamie et à toi.

Quand il évoque ma grand-mère, qui a tout fait pour nous, qu'il a traitée comme une vulgaire merde, je n'ai qu'une envie, me lever de ma chaise pour lui sauter dessus. Il lève les deux mains, ouvertes et entravées devant lui, me faisant signe de le laisser parler, en baissant la tête avant de continuer.

– Je comprends ta réaction. Je me suis comporté comme un gros con. Je te demande pardon de vous avoir abandonnés, pardon de vous avoir pourri la vie et de t'avoir agressé. Toi, tu t'en es sorti, je suis fier de toi, Tom, c'est toi le plus jeune et tu m'as donné une leçon. Je voulais que tu saches que je le pense réellement. Aujourd'hui, je suis clean, par la force des choses, mon esprit est enfin clair. Je te demande pardon, mais je ne te demande pas d'accepter de me pardonner.

Je fulmine devant son culot. Je ne pardonnerais rien du tout, c'est certain ! Je n'ai même plus envie de l'écouter.

– C’est pour me dire ça, que tu m’as fait venir ?

Il secoue la tête de gauche à droite avant de reprendre.

– J’avais une compagne, qui était aussi shootée que moi… et une petite fille.

– Quoi ? Dis-je en décollant brusquement mon cul de la chaise.

– Laisse-moi terminer, sinon je n’y arriverais pas, me lance-t-il avec son air de chien battu.

Je me rassois, sidéré. Ylan presse mon épaule, pendant que l’avocat de Zack, lui, reste stoïque, comme si rien ne pouvait l’étonner, je suis certain que c’est le cas.

– Oui Tom, j’ai une petite fille. Elle a deux ans, enfin… elle les fera dans deux mois, le dix-huit juin, exactement. Aujourd’hui que j’ai les idées claires, il fallait que je t’en parle pour te demander de faire quelque chose. Naomie, ma compagne est décédée d’une overdose, quelques jours avant mon arrestation. De ce que j’en sais, elle n’avait pas revu sa famille, depuis au moins dix ans. Ils l’ont foutue dehors il y a quelques années, à cause de son addiction, mais de toutes manières, c’est une famille qui vivait dans un mobil-homme, avec peu de moyens. Alors c’est à toi que je le demande, je te demande d’aller la chercher. Je ne te demande pas de la garder ni de l’élever si tu ne t’en sens pas capable, je te demande de la recueillir, le temps de lui trouver une famille. Celle que tu choisiras, parmi celles qui accepteront de l’élever. Elle vit toujours dans le squat que nous occupions avec d’autres paumés, comme nous. Mais parmi eux, il y a Jen, une fille clean, gentille qui a suivi son mec dans cette galère, elle est amoureuse, et tente par tous les moyens de le sortir de là. C’est elle qui s’en occupe, mais ça ne peut pas durer. Elle est venue me voir au parloir après le procès, mais si personne ne réclame la petite, elle sera contrainte de la remettre aux services sociaux. Je ne veux pas ! S’ils mettent la main sur elle, Dieu sait où elle finira. Mon avocat a déjà parlé à Jen et elle est d'accord pour te remettre ma fille à un point de rendez-vous, en dehors du squat. C'est mieux d'éviter le quartier et les problèmes, si tu vas la chercher. Moi, pour ma part, j'ai déjà signé un papier, que Me Freeman a en sa possession pour te donner la tutelle, en attendant ta décision. J'ai pris les devants au cas où tu accepterais. Comme je te l'ai dit, Jen ne peut pas la garder plus longtemps, elle ne peut plus s'en occuper. D'abord, par manque de moyens, mais parce que laisser un bébé au milieu de cette misère, ce n'est pas concevable et que ça ne peut plus durer. S'il te plaît Tom, je t'en supplie, j'aime ma fille. Sors-la de là, fais ce que tu pourras. Je t'en prie. Elle s'appelle Klara.

Ses épaules sont secouées de sanglots silencieux. Depuis le début de son récit, les larmes coulent à torrent le long de mes joues. Je ne cherche pas à savoir, si les siennes sont des larmes de crocodile ou pas, mon cerveau n'analyse qu'une chose, j'ai une nièce. Klara. Je me lève pour me rapprocher de lui, avec l'intention de le prendre dans mes bras. Mais au dernier moment, j'esquisse un mouvement de recul. Il ne mérite pas ma compassion, lui ! Ses actes sont trop graves, je n'ai pas la tête à réfléchir, mais je suis catégorique, quand je lui dis.

– Tu lui as donné le prénom de maman, Zack ? Je vais aller la chercher, je ne vais pas la laisser traîner dans ton bourbier plus longtemps. Oui, je vais la garder avec moi, le temps de trouver une solution. Mon Dieu, merci de m'avoir prévenu. Merci de ne pas l'avoir abandonnée. Zack, regarde-moi ! Je ne peux pas te pardonner tout le mal que tu nous as fait. Un jour peut-être… mais ce que tu viens de faire pour ta fille, c'est courageux, ça rachète un peu ce que tu m'as fait à moi, ton frère. Tu es conscient, que c'est à une pédale, que tu demandes de s'occuper de ta fille ?

– Pardon pour ces mots-là, Tom. Quand on se trouve dans l'état de délabrement dans lequel j'étais, on ne réfléchit à rien. On ne pense plus qu'à trouver du produit, le reste n'existe plus. Merci de t'occuper d'elle, si tu ne peux pas la garder, au moins, tu sauras où elle est.

– Je ne te crois pas ! Tu as toujours été homophobe, mais je m'en fous de ton avis ! Ce que je retiens, c'est que tu nous as tourné le dos, en nous laissant derrière toi. Mamie est partie sans te revoir, pas de nouvelles, rien ! Elle ne nous a pas abandonnés, elle, quand nos parents sont morts, au contraire ! Et moi, les derniers jours de sa vie, il a fallu que je fasse avec ça, tout seul ! Pourquoi ?

– Je ne sais pas, je n'en sais rien.

Il est pathétique dans ses excuses. Il a oublié comment il m'a traité, les coups qu'il m'a donnés. L'air dégoûté, qu'il affichait quand il m'appelait, la tafiole, et d'autres noms d'oiseau. Moi, non !

– Non Zack, je la garde, c'est ma nièce, ma famille. Je la garde, personne ne pourra l'aimer plus que moi.

Je réponds machinalement, mais avec le cœur, submergé de chagrin par tout ce gâchis. Une nièce… le ciel me tombe sur la tête. Un cadeau inestimable vient de tomber du ciel, juste pour moi ! Le plus beau présent que la vie pouvait m'offrir, que je n'aurais pu espérer, même dans mes rêves les plus fous. Qui porte le prénom de ma mère, en plus ! Mais ce sera un combat que je ne suis pas certain de gagner. J'affirme quelque chose, que je ne vais peut-être pas pouvoir assumer. Merci Zack, de remettre entre mes mains, l'avenir de ton enfant ! Merci de faire en sorte que je ne puisse jamais oublier, le pauvre mec qu'était mon frère ! Merci de me mettre dans cette situation ! Quand il parle de sa fille, il me semble entrevoir au fond de ses yeux, une petite lueur, d'amour… peut-être. Cela fait longtemps, qu'il a oublié ce que ce mot veut dire, il ne s'aime pas lui-même !

Mais s'il se donne la peine de se souvenir, un minimum de son enfant, alors ça me suffit.

– Je vous ai aimés, Tom, sois-en certain. Mal, mais je vous ai aimés, toi surtout ! Tu es toujours une boule d'humanité et de tolérance, tu n'as pas changé. Tu le prouves encore aujourd'hui.

J'acquiesce de la tête pour lui assurer que je l'ai entendu. Mais venant de lui, je n'en crois rien. Je n'ai plus envie ni de lui parler ni de le contredire. À quoi bon ?

La porte s'ouvre devant les gardiens, nous signifiant la fin du parloir. Tout a été dit. Je regarde ce frère pour la dernière fois, sachant que je ne le reverrais pas. Nous pleurons tous les deux, moi, de tristesse, lui, sur son sort certainement. Je me rapproche de lui, pour lui chuchoter à l'oreille avant que les gardiens ne l'embarquent.

– Je t'ai aimé aussi, il y a longtemps. J'aimerais ta petite fille deux fois plus, pour toi et pour moi, elle ne mérite pas d'être abandonnée. Je fais demi-tour, incapable de le voir disparaître pour toujours derrière la porte blindée. Ylan Scott et l'avocat de Zack, attendent que je me décide à partir. Ma tête n'est plus qu'une coquille vide, mon cœur, un trou béant dans ma poitrine. Je suis un pantin, incapable de verser une larme de plus pour aujourd'hui.

ESTÉBAN

Voilà cinq jours que je suis sans nouvelles, depuis que je suis parti de chez lui, vendredi. D'accord, il a travaillé tout le week-end, mais il m'avait promis de m'appeler. Moi, je n'ose pas le faire, par peur de me montrer envahissant ou de m'être fourvoyé, en m'imaginant une relation encore possible. Prostré sur mon lit, j'ai pensé que son silence contenait peut-être un message, destiné à me faire comprendre son désintérêt. Rien ne pourra m'empêcher d'aller le voir. Tom réduit à néant ma volonté de me tenir à l'écart. Il y a une heure, Mattias m'a appris qu'il avait rendu visite à Zack, en prison. Le connaissant comme je le connais, il doit être dans tous ses états. Rien que d'y penser, mon cœur bat comme un tambour, les émotions se bousculent dans ma tête. Dans quel état d'esprit vais-je le retrouver ? La tête posée contre la vitre de la mustang, je regarde défiler le paysage. La tension monte, au fur et à mesure qu'on avance dans l'avenue, au milieu de la circulation démente et encombrée.

– On va chez Liam et Jax, il est chez eux.

Mattias me secoue fermement le bras, pensant que je somnole. Merde ! Moi qui voulais le voir seul, pour discuter avec lui ! Mais je connais les liens qui l'unissent à Jax, je ne peux que m'incliner devant cette évidence.

– Je ne dors pas, allons chez Jax, alors.

Une trentaine de minutes plus tard, Liam nous accueille avec un sourire avenant. Jax et Tom sont assis dans le canapé. Même Ylan Scott, mon avocat est là, lui aussi. Qu'est-ce qui se passe ?

Tom se lève pour se jeter dans mes bras. Dans l'élan, mes lunettes tombent au sol, mais c'est le cadet de mes soucis. Jax et l'avocat se lèvent pour me saluer, et ramasser les verres qui se sont détachés des montures avec le choc. J'ai l'impression d'assister à une réunion post enterrement, tant l'atmosphère est étouffante. Je serre Tom contre moi en relevant les sourcils vers Jax, pour l'interroger du regard. Celui-ci me répond par un clin d'œil. Ce ne sont pas des signes qui vont me faire comprendre la situation, mais le moment ne me semble pas bien joyeux. Une seule certitude s'impose à moi, plus jamais je ne douterais de mon instinct. Quand il me soufflera que Tom ait besoin de moi, j'accourais les yeux fermés. Quel euphémisme !

Tom est bouleversé, ça me fend le cœur de le voir aussi désemparé. C'est emmerdant, parfois, mais il est comme ça !

– Esté, je vais hériter d'un bébé, comme d'un paquet cadeau !

Instinctivement, je rigole. Il parle doucement, la bouche contre mon cou. Je ne suis pas certain, d'avoir bien compris ce qu'il vient de me balancer.

– Tu as dit quoi ?

– Je vais avoir un bébé.

Je le prends par les épaules en reculant, pour le regarder bien en face. Le sang déserte mon visage, mes jambes flageolent, sous le coup de sa déclaration.

– T'as bu Tom ? Un homme ne tombe pas enceint, donc tu as viré bi !

Il sourit, mais son expression est désabusée. Mattias et Liam, en revanche, gloussent dans leur coin.

– Non. C'est Zack, il a une petite fille, il faut que je la récupère. C'est encore un bébé, Zack est en prison, et sa mère est morte. C'est une fille qui s'en occupe, il faut que j'aille la chercher le plus vite possible, avant qu'elle ne soit contaminée par une seringue. Ou elle a faim… ou elle est sale… tu vois ? Enfin je ne sais pas… il faut que j'y aille, vite !

Il déblatère à une vitesse incroyable, complètement paniqué par les mots qu'il prononce, je n'ai toujours rien compris à ses explications, quand il reprend.

– Mattias va m'accompagner, et Mr Scott aussi, hein ? Interroge-t-il du regard l'avocat et le géant en les dévisageant, pour s'assurer qu'ils sont d'accord.

– Oui, je vais l'accompagner, pour avoir la garantie que les papiers de la petite sont en règle, me confirme Ylan Scott.

Je me tourne vers Jax et Liam, déstabilisé.

– Est-ce que vous avez une pièce, où je pourrais discuter avec lui ?

– Oui, la chambre d'amis, affirme Liam, en levant le bras en direction du couloir.

Jax se lève, presse rapidement mon épaule d'un air reconnaissant, et nous emmène dans une chambre, sobre, mais très jolie. J'entraîne Tom par la main à l'intérieur.

– Merci Jax, on revient très vite.

Il acquiesce, et sort en refermant doucement la porte.

– Allez raconte-moi, pourquoi tu te mets dans cet état ?

– J'ai peur Esté.

Je vois bien qu'il a peur, mais je cherche à comprendre. Je le laisse me donner les détails de la rencontre avec son frère. C'est là que je saisis, ce qu'il entend par « paquet cadeau » !

– De quoi, tu as peur ? Tu vas récupérer cette petite, tout va bien se passer.

– J'ai peur, pour après. Je ne sais pas m'occuper d'un enfant, moi ! crie-t-il, nerveusement. Ça me tombe dessus, comme ça, mais il faut que je travaille ! Comment je vais faire ? Il faut aussi que je passe par un juge, pour valider la tutelle.

– Et alors ?

– Le juge va me demander mon métier… enfin, tu sais. Ylan nous a dit, que ce n'est pas simple. Je suis homo, célibataire et gogo danseur, j'ai tout ce qu'il faut pour être emmerdé !

Merde, effectivement, cela peut poser un problème. Les juges pour enfants sont très regardants sur la moralité. Un gay, célibataire et gogo danseur…

– Tom, écoute-moi. Si tu as besoin d'argent, j'en ai. Si tu me laisses t'aider, je t'aiderais. Fais les choses dans l'ordre. Si j'ai bien compris, tu dois d'abord récupérer cette petite, alors tu vas faire ça, ensuite tu aviseras, une chose après l'autre.

– Esté, je n'ai pas besoin de ton argent. J'ai des économies, je ne veux pas être embêté, c'est tout ! Elle n'a même pas deux ans, j'ai peur, je n'y connais rien aux enfants, moi !

– Tom, cet avocat coûte cher, laisse-moi t'aider. Je suis seul, avec plus d'argent que je ne pourrais en dépenser, s'il te plaît. Allez, viens, on va rejoindre les autres au salon.

Il ne me répond pas, mais ne refuse pas non plus. Je n'ai pas menti, je suis prêt à tout pour l'aider et qu'il veuille l'entendre ou pas, l'argent achète presque tout aux états unis. Je le ramène au salon auprès des autres, qui attendent en buvant du café. Je hoche la tête vers Jax pour le rassurer, qui joint ses deux mains en signe de remerciement.

Ces mecs ont des liens tellement forts, que ça donne envie.

– Ylan, fais ce que tu as à faire, sans regarder à la dépense, occupe-toi de cette affaire. Tom est un peu perdu, je passerais à ton cabinet très vite, pour en discuter.

Il me regarde, comprenant ce que je veux dire. Si Tom décide de garder l'enfant, il n'a pas les meilleures références pour demander la tutelle définitive. Certaines choses peuvent passer à la trappe, c'est très courant. Je ne suis pas d'accord, avec le système qui décrète que les riches ont tous les droits, mais dans cette situation, et puisqu'il s'agit de Tom, je mets mes principes de côté, pour n'en voir que les avantages. Comme quoi, on peut avoir une certaine philosophie de la vie et penser que l'argent ne fait pas le bonheur. Mais si ! Ne pas avoir de problèmes financiers, arrange bien des choses, c'est triste, mais réel. Les avocats américains ayant pignon sur rue, ont l'habitude de régler les situations les plus inextricables, à coup de milliers de dollars, voire des millions, pour les affaires les plus compliquées. Ylan Scott fait partie des meilleurs, il trouvera une solution. Le seul problème sera de convaincre Tom.

– Je vais faire mon possible. Mais je ne veux pas te mentir, j'ai déjà expliqué à Mr Kolinski, par quoi il allait passer. Ça ne va pas être une partie de plaisir. En attendant, récupérer cette enfant est la première chose à faire. Vous pouvez la garder quelque temps, pour voir si vous pouvez en assumer la charge, avant de déposer la demande de tutelle. Rien ne presse, après tout, elle a vécu dans un squat, sans que personne ne se soucie d'elle. Quelques jours de plus n'y changeront rien. La suite, nous la gèrerons le moment venu.

Tom se tourne vers moi, les traits plus détendus.

– Merci de m'aider Esté, il faut que j'achète un petit lit, peut-être, non ?

– Oui, je pense, tu me laisses t'accompagner ?

– Si tu veux.

– Moi aussi je viens, lui dit Jax en se levant.

– Je viens avec vous, demain, nous partons quelques jours Jax et moi, alors si on peut t'aider, dit Liam en lui tapotant l'épaule.

– Bon, alors je porterais les sacs, rétorque Mattias.

– Merci, mais nous allons ressembler à la compagnie créole, balance Tom en riant.

Jax jette sa tête en arrière en éclatant d'un rire franc, qu'il n'arrive pas à contenir, suivi de Tom qui le regarde, avant de cacher ses yeux avec son avant-bras. Nous les dévisageons en souriant, mais sans comprendre.

– Je rentre au cabinet, dit Ylan en se levant, sacoche en main. Je m'occupe immédiatement de fixer un rendez-vous avec cette Jen. Je vous rappelle dans la journée Mr Kolinski. Mais j'aimerais connaître cette histoire de compagnie créole, avant de partir.

– C'est Jax, dit Tom en le montrant du doigt. Le jour où il a revu Liam et Jude au commissariat, il les a appelés la compagnie créole !

– C'est vrai ça, Jax ? Demande Liam en riant, toutefois.

– C'est vrai chéri, désolé, lui dit-il en s'essuyant les yeux.

Il le rejoint pour caresser le bras de son compagnon, qui le regarde en souriant, et déposer un baiser léger au coin de ses lèvres.

– Ça, lance Tom en riant. Terminé ! Plus de bécotages devant la petite. Vous avez intérêt à vous tenir mieux que ça, on dirait que vous êtes en rut, comme les chiens !

Quelques éclats de rire, fusent.

– Il n'y a rien de mal à ça, depuis quand, es-tu devenu aussi pudique ? Abruti !

On le dévisage tous, en attente d'une réponse.

– Depuis que je connais l'existence de la petite !

– Alors, commence par mettre des *boxer*s, lui rétorque Jax en le montrant du doigt.

– Ça jamais, mon engin a besoin de respirer !

Ce pauvre Ylan Scott sort en gloussant, se demandant très certainement, où il a mis les pieds. Nous quittons l'appartement, dans des éclats de rire qui détendent l'atmosphère, à la recherche d'un magasin spécialisé dans les affaires pour bébé. Avant cela, je récupère dans la Mustang une casquette, que j'enfonce sur ma tête pour me cacher, et enfile la paire de lunettes de soleil, en réserve dans la boîte à gants. Celles que je portais en arrivant sont foutues, et je n'ai nulle envie de me retrouver encore une fois, devant un attroupement si l'on me reconnaît. Nous partons à pied, pendant que Liam et Mattias, eux, suivent dans l'escalade qui servira à transporter le meuble. Cela fait tellement longtemps, que je n'ai pas marché dans une rue, naturellement, sans prise de tête, accompagné d'amis. Je me revois, trois ans en arrière. Des années que j'ai vécues, certes sans trop d'argent, mais libre de me balader incognito, avec l'homme que j'aimais. Une vie simple, mais insouciante, j'étais tellement heureux.

TOM

Mattias et Liam, tournevis en main, font le tour du lit blanc à barreaux, que nous avons installé dans la chambre qu'occupait Jax. Ils s'assurent, que tous les éléments sont bien fixés. Le lit adulte reste à sa place, car il appartient au propriétaire de l'appartement, nous l'avons juste poussé contre le mur. Il reste suffisamment de place pour caser celui de Klara. Je ne l'ai jamais vue, mais quand je l'imagine dans ma tête, je suis heureux, et terrorisé à la fois. C'est paradoxal, mais là, devant ce lit minuscule, je n'arrive pas à me dérider, malgré les problèmes qui vont me tomber dessus, je le sens ! Heureusement, mes amis sont là, autour de moi. Ils sont ma vie, une montagne de solidarité et d'amour, derrière laquelle je me sens protégé de tout. Une famille qui me soutient, et qui aujourd'hui encore, est dans ma maison à monter un petit lit. Pour accueillir le mieux possible, une petite fille qu'ils ne connaissent pas. L'enfant d'un homme qui leur a fait du mal. Cet homme, c'est mon frère. Je regarde Liam, admiratif. D'abord pour l'amour qu'il donne à Jax, ensuite, pour m'avoir accepté dans leur vie, sans aprioris. Face aux liens fraternels et indestructibles, que Jax et moi avons tissés depuis l'enfance, il aurait pu être jaloux. Exiger de Jax qu'il fasse un choix entre lui et moi. Mattias, mon nounours, il est arrivé dans ma vie comme un cheveu sur la soupe, il compte tellement, lui aussi, malgré qu'il m'énerve à se mêler de mes affaires. Je ne comprends toujours pas, comment j'ai pu m'attacher à lui de cette façon. S'il avait été plus vieux, j'aurais pu le considérer comme mon père.

Brad et Orlando débarquent, eux aussi, ils ont acheté une parure de draps. Jax et Liam, ont acheté une poussette, la plus chère du magasin, je ne suis pas certain qu'elle soit pratique, mais elle est trop belle. Mattias a payé un module qui fait de la musique. Une tortue bleue, qui projette une myriade d'étoiles de toutes les couleurs, au plafond, et qui se remet en route, dès que l'enfant pleure. La vendeuse lui a pourtant dit que c'était pour des bébés, plus petits, mais il l'a prise quand même. Il a ricané en me disant « Si tu as quelqu'un dans ton lit, et que tu es occupé, ça t'évitera de débander, le temps que tu finisses, elle patientera en écoutant de la musique ». Comme si j'allais la laisser pleurer ! Espèce de couillon ! L'escalade de Liam, ressemblait à un fourgon de déménagement. Et moi, ils m'ont permis de lui acheter un doudou. Là, c'était non négociable ! Mais je les ai laissé faire, je vois bien qu'ils sont heureux de participer, mais surtout, c'est leur façon à eux de me soutenir, dans cette épreuve. Oui, ça va être compliqué, mais ça m'émeut, de les savoir autour de moi. Ces mecs, sont un cadeau de la vie, une part de moi. Nous nous sommes adoptés sans contraintes, par choix, et ils sont plus qu'importants à mes yeux.

Estéban, a tenu à acheter quelques vêtements, tellement jolis. De toutes les couleurs, alors qu'on ne sait même pas, si elle est… grande, petite, mince, potelée ? J'ai eu beau protester, il n'a rien voulu savoir, lui non plus. Je n'ai pas pu refuser, il se serait senti exclu. Venant de lui, cela m'a touché, encore plus. Qu'est-ce qu'il attend de moi ? Surtout maintenant, que me retrouve avec une petite fille sur les bras, et les problèmes qui ne vont pas manquer de me tomber dessus.

Je suis quelqu'un qui pardonne tout, même les choses les plus graves, mais là, il faut que je pense à Klara. Dans quelques heures, je ne serais plus seul dans la vie. Cette petite fille passera avant tout, j'espère en être capable, il ne peut pas en être autrement. Cela fait quelques jours qu'Esté et moi nous sommes rapprochés, et quelques jours plus tôt, nous avons même fini dans son lit. Mon Dieu, je ne me suis pas posé de questions. Je ne suis pas du genre, à vivre d'amertume et de ressentiments. Moi, les « je t'aime moi non plus », je n'en veux pas, dans ma vie. C'est oui ou c'est non ! Je n'ai pas envie de vivre, ce qu'ont vécu Jax et Liam. Fuir leurs sentiments, se tourner le dos pendant des mois, et vivre en souffrance. Ils ont perdu du temps bêtement, avant de se retrouver.

Estéban, je l'ai aimé. C'est mon premier amour, mais il m'a fallu du temps pour lui faire confiance. Quand ses racines se sont implantées, au fond de mon cœur, elles m'ont emprisonné, comme des tentacules. Alors, s'il veut sincèrement de moi, je suis prêt à faire un autre essai. Moi, quand je donne mon amour, c'est pour la vie, j'en suis certain ! Je suis venu me réfugier chez lui après le procès, parce que je l'aime toujours, malgré moi. Mais il va falloir qu'il me démontre, qu'il mérite la seconde chance que je lui donne. Sinon, c'est moi qui le laisserais tomber, et là, plus rien ne pourra me fera revenir. J'ai trop souffert quand il est parti, sous prétexte qu'il ne voulait pas être un boulet, sa maladie n'étant pas une excuse valable, à mes yeux. C'était à moi de décider, pas à lui. Heureusement que Klara est trop petite et innocente, pour avoir des idées pareilles. Depuis quand, remplace-t-on l'amour par la pitié ? Moi je n'ai pas peur de m'engager. Je compte avoir une sérieuse discussion avec lui, et il va comprendre, que je prends mes propres décisions. Je vais élever Klara, si je peux. S'il m'aime, autant que je l'aime, je le prends aussi, malvoyant ou pas. L'amour n'a pas de règles.

– Tom, ton téléphone sonne, gueule Jax depuis le salon.

Je me précipite hors de la chambre, heurtant, de plein fouet cet imbécile, qui arrive en courant comme un dératé, avec le combiné en mains. Résultat, il titube, bascule en arrière, pendant que moi, j'atterris sur le sol de la chambre, avec un grand « boum ».

– Putain de bordel de merde ! Tom, je me suis broyé le coccyx !

– La ferme, ça te fera l'occasion de monter Liam, remercie-moi ! Merde, j'ai mal au cul moi aussi !

– Ta gueule, abruti ! Hurle Jax.

– Et toi, arrête de dire des gros mots devant la petite, je lui crie en colère.

Il me regarde, grimaçant avec incrédulité.

– Elle n'est pas encore là ! Putain, mon cul, Liam, chéri, vient m'aider s'il te plaît, ce mec va me tuer !

Jax, affalé, une main coincée derrière lui, plaquée sur son cul, attend, la main tendue, l'air implorant, pendant que Liam le regarde, stoïque, sans bouger d'un poil.

– Je ne peux pas, je monte le lit, répond sa moitié en riant.

Esté doit penser qu'on n'a pas la lumière à tous les étages, du moins Jax et moi. Les autres, plus sains d'esprit, nous sauvent la face. Dieu merci !

– Je parie que t'es fâché, à cause de l'histoire de la compagnie créole, balance Jax à sa moitié. Tom, je te jure, que si tu caftes une fois de plus ce que je te raconte, ça va barder !

– C'était y'a longtemps, y'a prescription ! Liam, va le relever, et mets-lui un doigt dans la raie, pour masser son os pété. Mattias, si tu continues à ricaner comme un grand con, je te démolis un tibia, vu que je ne peux pas atteindre autre chose !

Je me mets à quatre pattes, en frottant mes fesses, pendant que les autres ricanent, comme des imbéciles heureux, au lieu de nous aider. Mattias surtout. Il a du bol que je n'ai pas le temps de m'occuper de lui, sinon… je me précipite sur Jax, toujours étalé, qui masse son postérieur, pour lui arracher mon téléphone des mains. Je l'enjambe pour le laisser à ses jurons, et me barrer dans le salon en traînant la patte.

C'était bien Ylan Scott. Je rappelle l'avocat qui répond, dès la deuxième sonnerie.

– Bonsoir Mr Kolinski, j'ai appelé la jeune femme qui s'occupe de votre nièce. Elle peut déposer la petite demain matin, vers onze heures. Je lui ai donné rendez-vous « chez Luigi », le restaurant Italien, sur Sunset Boulevard. Vous êtes d'accord ?

Je reste muet un instant, avec l'impression de vivre dans un rêve. Mais non, c'est réel.

– Bien sûr que je suis d'accord, on se retrouve là-bas, ou je passe à votre cabinet ?

– Non, retrouvons-nous là-bas. Maître Freeman m'a remis l'accord que votre frère a signé, vous désignant tuteur légal de Klara.

L'intonation de sa voix me rassure. Jax, a toujours fait les éloges de son patron, comme étant l'un des meilleurs avocats de L.A. C'est vrai, qu'il se démène pour m'aider. Il n'était pas obligé de m'accompagner voir Zack, mais d'après lui, cela faisait partie de son travail. Je n'y crois pas une seconde, je pense plutôt, que c'est un homme qui a de l'empathie. Quand Jax est sorti de prison, il a payé ses études, l'embauchant par la suite, peu de gens auraient fait ça. En revanche, la facture va être salée, mais peu importe, je ne peux pas faire face à cette situation, seul.

– Merci Maître Scott.

– De rien, à demain Mr Kolinski. Ah, venez en voiture, ça fait loin pour ramener un enfant jusqu'à chez vous.

– Oui, merci encore.

Je reviens dans la chambre en boitant. Jax est toujours au sol, allongé, une main plaquée sur son visage.

– Alors ? demande-t-il, en se redressant.

Je lui tends la main, pour l'aider à se relever, en jetant un regard méchant vers les abrutis qui l'ont laissé comme ça.

– Demain matin à dix heures, chez Luigi, un restaurant sur Sunset Boulevard.

Il se redresse en grimaçant. Bon, son os n'a pas l'air cassé, ça fait super mal le coccyx. J'ai envie de rigoler, mais pour une fois, je me retiens.

– Si tu laisses mon tibia tranquille, je t'emmène, crie Mattias.

– Merci, je te pardonne pour cette fois.

– Je peux vous accompagner ? demande Estéban en se rapprochant de moi, pour remettre en place une mèche qui s'est échappée de mon chignon ?

– Oui, tu peux venir.

Je hoche la tête en souriant. L'air heureux qu'il me renvoie, me conforte dans l'idée, que j'ai raison de le laisser revenir dans ma vie. J'ai besoin de lui, de son soutien, je ne veux pas compter éternellement sur les autres, pour tracer ma route. Chacun doit vivre sa vie, de son côté. J'espère seulement, que je ne me trompe pas encore une fois, en lui faisant confiance.

ESTÉBAN

Tom se retourne dans le lit. Il n'a pratiquement pas dormi de la nuit. Après avoir monté le lit, déballé la poussette et rangé la chambre, nous avons préparé tous les deux, une grosse casserole de pâtes à la bolognaise, et une salade. Ils sont tous restés manger, à la bonne franquette car le canapé est un peu petit. Les deux tatoueurs sont revenus eux aussi, après leur travail, dîner avec nous. Nous nous sommes installés sur des coussins, avec Brad, Tom, Orlando et Jax. Liam et Mattias quant à eux, sont confortablement assis sur le canapé. Tom leur a fait comprendre, que nous leur cédions la place, pour préserver leur vieille carcasse. Ils ont grogné. C'était comme un repas de famille, joyeux, auquel ils m'ont intégré avec gentillesse, avant de rentrer chez eux, tard. Après avoir rangé, et fait la vaisselle avec Tom, nous avons plié et rangé les habits achetés l'après-midi, dans le placard de la chambre et préparé le lit de Klara. Quand il m'a demandé de rester avec lui, j'ai cru que mon cœur allait exploser de bonheur. Bien, que je n'aie rien prévu pour me changer le lendemain matin, j'ai accepté. Mattias dort chez Liam, et Jax pour être sur place et nous emmener au rendez-vous. Je me sens, comme doit se sentir un couple qui attend son premier enfant, alors qu'il ne s'agit pas de mon enfant. Je ne sais pas comment Tom vit ce moment, mais moi, pour rien au monde je ne voudrais être ailleurs.

Je l'appelle doucement, pour vérifier s'il dort.

– Tu ne peux pas dormir ?

– Non.

Je m'approche pour le serrer contre moi. Sa tête se pose sur mon torse. Il soupire, j'imagine, tout ce qui doit lui passer par la tête. Se retrouver, du jour au lendemain avec un enfant à charge, ne va pas être facile, surtout avec les difficultés qui s'annoncent. Tom est bon et courageux, plus encore, que je ne l'imaginais. Il ne demande rien à personne, jamais. Là, il va se retrouver avec une petite fille qu'il n'a jamais vue, pourtant, au lieu de se défiler, il va la prendre en charge, comme la personne merveilleuse, qu'il est. Plus jamais, je ne quitterais un homme pareil ! Je compte me battre pour lui, pour nous et pour cette petite fille, s'il m'accepte auprès d'eux.

Je lui caresse tendrement le dos. J'attends qu'il se mette à parler, je sais qu'il va le faire, je le connais bien.

– Esté ?

– Oui.

– Tu attends quoi, de moi ?

– Tout.

– C'est-à-dire ?

– Toi, en entier, tel que tu es.

– Je ne vais plus être seul, et il y aura des problèmes. Je ne veux pas de quelqu'un qui se barre à la moindre difficulté.

Je retiens ma respiration, quelques secondes. Comment faire pour lui démontrer, que je ne commettrais plus cette erreur ? Je ne sais pas.

– Plus jamais, je te le jure Tom. Je ne sais pas comment faire, pour te convaincre que je t'aime toujours autant, sinon plus, et que je me sens minable.

– Écoute, je sais que la menace de la cécité te fait peur, mais pas à moi. Moi, ce qui me fait peur, c'est que tu finisses par te rendre compte, que tu as une vie tranquille, et qu'avec moi, et ce qui me tombe sur le dos, la tranquillité, c'est fini. Je préfère coucher, sans rien attendre.

Mon cœur tambourine dans ma poitrine. Je suis prêt à me rabaisser au niveau zéro, pour le reconquérir. Coucher… je cherche les mots adéquats, pour exprimer toute la tendresse, tout l'amour qu'il m'inspire, en caressant lentement sa tête, pour entremêler mes doigts dans ses cheveux.

– J'ai presque vingt-six ans, je t'aime. Plus rien ne pourra me séparer de toi, à part la mort. Si tu m'acceptes, les difficultés nous y ferons face, ensemble. Tom, les deux années que j'ai passées avec toi, ont été les plus belles années de ma vie. Deux ans de bonheur ! C'est peu deux années, mais pour moi, elles représentent plus, que toutes les autres années réunies. Je sais que j'aurais dû te parler, mais j'étais mal. Si je pouvais faire machine arrière, j'aurais accepté le contrat de mon producteur, mais je t'aurais emmené avec moi. Sans toi, je ne serais pas parti, je regrette.

– Il faudra que tu me prouves ce que tu me dis !

Mon inquiétude retombe et fond comme neige au soleil, en entendant ses paroles.

– Je sais, j'y passerais ma vie, s'il le faut.

Je ramène sa tête vers moi, pour m'emparer de sa bouche avec passion. Son corps chaud et brûlant se détend contre le mien, je me tourne pour presser mon érection contre la sienne. Plus jamais je ne m'éloignerais de lui, pas même une seconde. Je tâtonne derrière moi pour récupérer le flacon de lubrifiant et en verser dans ma main, avant de m'emparer de nos deux sexes. Sa main se joint à la mienne, pour accélérer frénétiquement le mouvement. Son corps se cambre à la recherche de plus de friction, mais je ne veux pas qu'il jouisse comme ça. Je retire nos mains, délaissant nos hampes qui reviennent se plaquer contre nos ventres. Un grognement de protestation sort de sa bouche. Je descends sur son cou pour le lécher, caresser ses flancs et ses abdos, finement musclés, avant d'y faire courir ma langue. Il gémit, j'ai tellement envie de lui, que j'en frissonne. Ma bouche recouvre chaque centimètre de sa peau. Dessinant les contours de son torse, de son ventre, qu'elle parcourt pour en mémoriser chaque courbe. Mes lèvres s'emparent de son membre et l'avaler entièrement avec ferveur. Un gémissement rauque sort de sa gorge. Sa main empoigne mes cheveux pour me faire accélérer le rythme.

– Bon Dieu, c'est bon Esté.

Je délaisse sa queue, pour descendre un peu plus bas. Traçant une ligne humide jusqu'à ses bourses, que j'aspire, avant de remonter, pour l'engloutir encore.

Son sexe durcit, prenant un peu plus d'ampleur contre mon palais, et un soupçon salé envahit ma bouche. Son corps frémissant, tremble contre le mien. Son bassin s'active, ondule, vient à ma rencontre. J'accélère pour le dévorer en gémissant, excité par ses râles, le suçant de plus en plus vite. J'agrippe mon érection engorgée, pour la caresser au rythme de mes va et viens, je ne vais pas tenir longtemps. Quelques succions de plus, et le son de ses halètements sont suffisants pour me faire perdre les pédales, et m'avouer vaincu. Ma jouissance explose, je me répands sur les draps avec un grognement étouffé. Un cri lui échappe, ses muscles se tendent, frémissent, avant qu'un jet, chaud et crémeux, m'emplisse la bouche. Je continue de lécher son sexe, récupérant jusqu'à la dernière goutte de sa semence, attendant que ses tremblements cessent, pour remonter et m'effondrer en sueur le long de son corps.

– Et toi ? Demande-t-il les paupières baissées.

– J'ai fini, je n'ai pas pu me retenir, j'admets en grimaçant.

Je me décale sur le côté, pour nettoyer rapidement avec des lingettes, mes mains, et les dégâts sur le drap. Il s'installe, un bras en travers de mon torse, une jambe sur mon ventre, en ronronnant contre mon cou, et le parsemant de baisers. Je caresse ses cheveux, et en quelques secondes, il s'endort, son corps blotti contre le mien.

Je suis le premier levé. Je l'observe quelques instants, endormi, alangui, les cheveux en bataille. Qu'est-ce qu'il est beau ! J'enfile un *boxer* pour filer vers la cuisine, préparer du café que je ramène quelques minutes plus tard, dans deux mugs. Il me regarde en souriant, les yeux bouffis par le sommeil.

– Du café ? Merci. Je pourrais m'habituer à ça, tu sais.

Il s'étire langoureusement, avant de se redresser.

– J'espère bien.

Je m'installe au bord du lit, en attendant qu'il se cale confortablement contre son oreiller, pour lui tendre la tasse.

– Tiens, bois tant que c'est chaud. Ensuite, on refait ton lit, et douche.

– D'accord.

Son sourire est sexy et provoquant, je lui souris en retour. Tout est tellement simple et naturel en cet instant, que je profite de ce moment pour m'en imprégner, avant le retour à la réalité.

Mattias stationne la Mustang dans un parking souterrain, proche du restaurant où le rendez-vous a été fixé. Je visse ma casquette sur la tête en ajustant mes lunettes de soleil, avant de descendre du véhicule.

– On n'a pas pensé au siège auto, rappelle Mattias.

Tom se mordille la lèvre, en soupirant, dépité.

– Ouais, comment va-t-on faire ?

Hier, aucun d'entre nous n'a pensé au siège auto. Merde, je réfléchis cinq minutes. La Mustang n'est pas le véhicule idéal, pour installer un siège auto.

– Nous pourrions en acheter un avant de repartir, mais on va s'embêter pour le fixer à l'arrière. Pour aujourd'hui, tu la prends sur toi Tom, bien attachés avec la ceinture, ça devrait le faire ! Avec un peu de chance, on ne croisera pas les flics. Sinon, tant pis.

Nous contournons la voiture pour traverser l'avenue, Tom enroule ses doigts aux miens, plaquant nerveusement de l'autre main, le doudou qu'il a acheté hier, contre son torse. Je me demande s'il ne devrait pas le garder pour lui. J'esquisse un sourire, face à cet homme superbe qui s'accroche à moi, et à un bout de chiffon à tête de lapin, tout en regardant devant lui, sans rien dire. Mattias jette furtivement un regard perçant dans notre direction. Notre vie, ou du moins, la sienne, va prendre un autre tournant, dans quelques instants.

– Tu veux que je te tienne la main, moi aussi ? Lui lance Mattias.

Il tente de rester sérieux en guettant la réaction de Tom, qui ne tarde pas à venir.

– Pfff ! Avance et tais-toi, espèce de Pink Floyd !

Un rire nerveux nous gagne, mais cela nous détend. Nous n'allons pas adopter un animal à la SPA, nous venons chercher une enfant, à moitié abandonnée. Encore quelques mètres, et nous rejoignons Ylan Scott, qui nous attend devant la porte de l'établissement. Il nous salue amicalement, nous faisant signe d'entrer. Au fond, assise dans un box, une jeune femme attend, un enfant lové dans ses bras. Je n'aperçois qu'une masse de cheveux blonds ondulés, plus clairs que ceux de Tom, mais presque identiques. Elle est là ! Tom reste scotché à les fixer, pendant que la jeune femme, qui vient de nous apercevoir, nous adresse un signe mal assuré, de sa main libre. Je m'avance, en suivant l'avocat, qui la rejoint la main tendue, avant de s'écarter pour laisser la place à Tom.

– Bonjour, lui lance l'avocat. Je suis Me Ylan Scott, et voici Tom Kolinski, le frère de Zach. C'est lui, qui va prendre Klara en charge.

– Bonjour, je suis Jen, enchantée, et elle, c'est Klara.

La jeune femme désigne la petite fille, calée entre ses bras, avant de se tourner dans ma direction, pour me détailler, en fronçant les sourcils, avant de s'intéresser à Tom et à Mattias. Elle ne doit pas avoir plus de vingt ans, jolie comme un cœur, avec des traits fins et doux, et des yeux pétillants, d'un gris argent magnifique. Tom, pleure, les mains plaquées sur le visage, envahi par l'émotion.

– Oh mon Dieu !

Il avance timidement jusqu'à elles, pour repousser quelques mèches du visage de l'enfant. On ne voit qu'un bout de joue, mais elle est rose et potelée.

– C'est Klara ?

– Oui, c'est elle, elle est magnifique n'est-ce pas ?

Tom promène doucement le bout de l'index sur le front de la petite fille. Les larmes roulent sur ses joues, sans discontinuer. C'est ce moment que choisit Klara pour se réveiller. Elle tourne la tête, et de grands yeux dorés, pleins de sommeil, s'attardent sur Tom, puis sur moi. Elle le fixe de ses orbes brillantes, avant de se détacher brusquement de la jeune femme, pour se redresser, en tendant ses bras vers lui, comme si elle l'avait reconnu.

Tom hésite une fraction de seconde, décontenancé, lui tend le doudou, qu'elle empoigne fermement, avant de la prendre dans ses bras, pour la serrer contre lui.

– Je ne suis pas étonnée, lui lance la jeune femme les yeux embués. Vous ressemblez beaucoup à Zack. En plus jeune… et en plus beau, mais vous lui ressemblez beaucoup.

– Merci, lui répond Tom en hoquetant, et en caressant le dos de l'enfant.

– Installons-nous, et réglons cette affaire, avant que cela ne devienne compliqué pour la petite, rappelle l'avocat avec son professionnalisme habituel. N'oublions pas, qu'elle est en terrain inconnu. Elle doit être perdue, la pauvre.

– Oui, vous avez raison, je réponds en hochant la tête.

Nous nous installons autour de la table. Mattias se dirige vers le comptoir du bar, pour commander des boissons, avant de revenir s'installer à nos côtés.

– J'ai commandé des cafés pour nous, et un chocolat avec du lait tiède et une paille, pour la petite, nous dit-il, fier de lui.

– Je vous remercie d'avoir pris soin d'elle, commence Tom en s'adressant à Jen.

Elle hoche la tête, tristement.

– Elle est petite, un enfant ne mérite pas de vivre dans ce bourbier, au milieu d'une bande de camés. Moi, je suis arrivée là, il y a quelques mois, mon compagnon avait disparu. Je l'ai retrouvé après des semaines de recherches, installé dans ce squat. J'essaie de le sortir de là, mais il est trop accro. J'ai cru que je pourrais y arriver, mais, son addiction… je l'aime, vous comprenez ? J'ai trouvé un job, dans un magasin d'alimentation, je commence dans dix jours. Ensuite, avec mon premier salaire, je prendrais une location, pour partir de là, avec, ou sans lui. Mais je ne peux pas garder Klara, il faut que je travaille. Je l'adore, mais elle n'est pas à moi. Je m'en suis occupée du mieux que j'ai pu, avec les moyens du bord. Regardez, ses vêtements sont minables, propres, mais usés jusqu'à la corde. Moi aussi, je vais pouvoir me reprendre en mains et quitter ce taudis.

– Et Zack, il s'en occupait ?

– Non, il l'aimait c'est certain, mais il était incapable de s'en occuper. Trouver une dose était son seul but, quant à Naomie, sa mère, apparemment elle était pire. J'ai entendu par les autres, que Klara a été sevrée à l'hôpital, après sa naissance. Elle est née prématurée, avec le « symptôme de sevrage du nouveau-né ». Elle a reçu une dose de morphine toutes les trois heures au début, pour pallier les manques, puis ils ont diminué les doses, petit à petit, pendant presque deux mois. Cela paraît insensé, mais c'est la réalité. Elle a souffert, autant qu'un drogué qui n'a plus rien à s'injecter, souffle-t-elle la voix cassée par l'émotion.

Elle arrête de parler quelques instants, pour essuyer ses joues mouillées de larmes, Mattias lui tend deux serviettes en papier, qu'il attrape sur le présentoir qui trône sur la table du restaurant. Elle tamponne ses yeux, avant de reprendre

– Je ne veux pas imaginer ce qu'elle a subi. Malgré tout, c'est une battante, et elle pète le feu, toujours joyeuse, en revanche, elle ne parle pas beaucoup, quelques mots, tout au plus. Zack a bien fait de vous appeler. Elle sera mieux avec sa famille. Et vous avez l'air gentil.

C'est inimaginable. Nous sommes tous les trois désarçonnés par ce que l'on vient d'entendre, mais c'est la réalité. Bien installés au chaud dans nos maisons, nous n'imaginons pas ce qui se passe autour de nous, parfois. Même Ylan, qui a l'habitude de voir, et d'entendre des choses terribles, avec le métier qu'il exerce, mais qui va être papa dans quelques mois, frotte nerveusement ses bras. Mattias triture fébrilement ses cheveux longs, pendant que je me perds, à travers les verres teintés de mes lunettes, dans le regard embué et bouleversant de Tom.

– Merci. Est-ce que je peux faire quelque chose pour vous, Jen ? Demande Tom.

– Non merci. Moi, je me débrouillerais, l'important, c'est elle.

– Merci pour tout, lui répond-il, en souriant tristement.

Il fouille dans la poche arrière de son pantalon, d'où il sort une enveloppe, qu'il tend à la jeune femme, qui le regarde en fronçant les sourcils.

– Qu'est-ce que c'est ?

– Un peu d'argent. Ce n'est rien, comparé à ce que vous avez fait pour elle. Prenez-le, cela vous aidera, lui dit-il, en faisant glisser l'enveloppe dans sa direction.

– Je ne prends pas d'argent, vous en aurez besoin pour lui acheter des vêtements, les siens sont usés.

Elle repousse l'enveloppe vers lui, en secouant la tête fermement.

– Prenez-le, j'ai déjà ce qu'il faut pour elle. Il lui saisit la main, lui glisse l'enveloppe entre les doigts, l'obligeant à les refermer pour la garder. À l'intérieur, il y a mon nom, mon adresse et mon numéro de téléphone, aussi. Prenez tout, et si vous avez besoin d'autre chose, ou si vous voulez voir Klara, appelez-moi. N'hésitez pas…

Elle consent enfin, à prendre l'enveloppe, en baissant les yeux.

– Merci beaucoup, je vais la cacher, sinon mon compagnon va me la prendre. Il vole tout ce qui peut acheter une dose.

– Je vois, partez vite de cet endroit, alors ! Lui lance Ylan Scott en la regardant durement. Si vous restez là, vous aurez des problèmes.

Elle hoche affirmativement la tête les yeux baissés. Le serveur arrive avec nos cafés. Klara, toujours accrochée au torse de Tom, et à son doudou, le suit du regard, avant de tendre le bras, pour attraper au vol une tasse qu'elle manque de renverser.

– Là ! dit-elle en désignant le plateau.

On éclate tous de rire. Mattias lui passe devant le nez un mug qui dégage des effluves appétissants de chocolat, elle tend les bras en s'élançant vers lui, intéressée par la paille qu'il fait danser devant ses yeux. Le traitre !

– Mattias, tiens-la bien doucement, sinon tu vas la broyer !

– Dis plutôt que t'as les boules qu'elle soit venue si vite avec moi, beauté ! Tu ne fais pas le poids, face à un chocolat !

Tom se renfrogne gentiment, mais il sourit. Klara entoure la paille de sa petite bouche et aspire une grande quantité de boisson, toussant et nous aspergeant tous. Jen nous regarde et se met à rire, mais sa joie n'atteint pas ses yeux. Cette jeune femme aussi, trimballe son lot de misères. Je suis admiratif, face à cette personne, qui s'est occupée d'une petite fille, sans aucune obligation, juste par compassion.

– Ce sont les aléas, nous dit-elle. Klara est une petite fille facile à vivre, et pas sauvage pour deux sous. En revanche, elle est hyper rapide, quand elle veut quelque chose, attention de ne rien laisser traîner.

Une lueur de tendresse filtre à travers ses yeux, quand son regard s'arrête sur la petite fille, qui, elle, ne s'intéresse qu'à la boisson qu'elle a devant les yeux.

Mattias lui essuie la bouche avec une serviette en papier, Tom se lève pour lui tapoter doucement le dos, pendant que la choupette continue de se remplir l'estomac, sans les calculer.

– Nous allons rentrer, te débarbouiller et te changer, hein bébé ? T'en as bien besoin, lance Tom.

– Je rentre au cabinet messieurs, nous dit l'avocat en se levant. J'ai des dossiers importants à traiter, et mon assistant est parti en vacances.

– Ylan, je passerais à ton cabinet, pour discuter avec toi de certaines choses, j'appelle pour prendre un rendez-vous, merci pour ton attention.

– Je vais rentrer aussi, nous dit Jen en se levant. J'ai du trajet à faire. Je vous laisse ce petit sac avec sa carte d'identité, et quelques vêtements. C'est tout ce qu'elle a. Tom, merci pour elle, et merci pour l'enveloppe. Je vous inscris mon numéro sur une serviette, si vous avez un souci avec la demoiselle, appelez-moi !

Elle dépose les maigres effets de la petite, qu'Ylan Scott s'empresse de déballer, pour s'assurer, que le document d'identité est bien présent. Elle prend un stylo dans son sac, marque son numéro et se lève pour embrasser Klara. Cette dernière continue d'aspirer sa boisson en faisant des bulles, assise sur les genoux de Mattias qui se marre de la voir faire. Elle caresse la joue de l'enfant les larmes aux yeux.

– Excusez-moi, mais je pars immédiatement, ça me fait mal au cœur de la quitter.

Sans un mot de plus, elle fait demi-tour, pendant que Tom la suit des yeux, jusqu'à ce qu'elle disparaisse.

– La pauvre, j'espère qu'elle s'en sortira, ce n'est pas une vie pour elle, non plus !

Il glisse la serviette en papier avec le numéro dans la poche arrière de son jean en se levant, prêt à partir. C'est le moment que choisit la petite pour se mettre à pleurer, en voyant que Jen a disparu. Elle crie en se tortillant pour tenter de se dégager de l'emprise de Mattias. De grosses larmes roulent sur ses joues, ses pommettes sont rouges, jusqu'à ce qu'elle aperçoive Tom devant elle, et stoppe ses hurlements comme par magie, en tendant les bras vers lui.

Tom à qui il ne faut pas plus, commence à pleurer submergé par l'émotion.

– Elle arrête de brailler dès qu'elle me voit ! Vous avez vu ? Ça fait deux fois ! Viens avec tonton, mon amour. Oui, tonton est là !

Mattias me regarde en pouffant, mais les larmes aux yeux. Moi, encore une fois, je me passe la main sous les lunettes pour me frotter les miens. Mais je ris, parce que si vous voyiez la tête de Tom, en ce moment, et l'air gâteux qu'il affiche. Bon sang, je crois que la situation ne va pas être risible à chaque fois, mais là, elle l'est ! On dirait un idiot, avec ses yeux de merlan frit. Cette petite va le mener par le bout du nez, il ne sera pas le seul, nous aussi !

Il est plus de treize heures, quand nous arrivons chez lui. Heureusement, aucun policier sur la route, pour nous arrêter sans siège auto. Nous allons directement dans la chambre de la petite, pour préparer des vêtements neufs. Je choisis une jolie robe parme que je montre à Tom, puis nous entrons dans la salle de bains où je la déshabille, pendant que Tom fait couler l'eau de la douche, en attendant la bonne température.

– On va l'asseoir sur le bac, pour pas qu'elle glisse, me dit-il.

– Oui, ça vaut mieux.

Pour des novices, on ne se débrouille pas trop mal. Je dépose la petite dans le bac, pendant que Tom commence à lui mouiller les cheveux.

– T'as vu Esté, elle a les cheveux comme moi, et les yeux aussi, dit-il l'air rêveur.

– Oui Tom, elle te ressemble beaucoup, elle est magnifique, comme toi, je lui dis en le regardant tendrement.

Il me sourit, d'un air radieux et on ne peut pas faire, plus beau que ça ! Tom qui sourit, c'est la lumière qui éclaire mon univers. Seigneur, j'espère pouvoir regarder ce sourire sur son visage encore longtemps ! En attendant, je m'en repais, m'en nourris pour le garder au fond de ma mémoire, et de mon cœur, au cas où.

Je sors de la petite pièce, trop exigüe pour s'y tenir à deux et commence à éplucher des pommes de terre, pour préparer une purée. Ça aussi, il va falloir s'y mettre, un enfant a besoin de repas équilibrés. Le problème, c'est que cet enfant n'est pas à moi. J'aimerais tellement faire partie de leur vie, à tous les deux, pour toujours. Tom, Klara, et moi. Une famille, complète, avec les amis en prime, bien sûr. Je mets à bouillir les patates en préparant trois couverts que j'entasse sur l'îlot central, tout en écoutant les rires de Klara et de Tom, qui me parviennent depuis la salle de bains. Un moment après, ils apparaissent tous les deux, trempés. La petite enroulée dans une grande serviette, et Tom avec les cheveux qui dégoulinent sur son tee-shirt.

– Mais, qu'est-ce que vous avez fait ?

– On a joué un peu, elle m'a arraché le jet des mains, et m'a aspergé, regarde dans quel état je suis !

Klara récupère dans ses petites mains, les gouttes d'eau qui s'écoulent des cheveux de Tom, avant d'apercevoir les assiettes sur la table, et tendre les bras dans ma direction.

– Mattias a raison, tu ne feras pas le poids, face à celui qui se tiendra près de quelque chose qui se mange !

– Non, mais il faut que je l'habille, d'abord. Ensuite, je la laisse aller, où elle veut. Allez mademoiselle, pas question d'attraper froid !

Il revient quelques instants plus tard, avec Klara qui trottine, pieds nus derrière lui. Elle est coiffée, jolie comme un cœur, dans sa nouvelle robe à volants, qu'elle tient de ses deux mains par l'ourlet, pour la faire bouffer.

– On a oublié de lui acheter des chaussures, des chaussettes, et des slips, elle est cul nu, sous sa robe !

J'éclate de rire. Là, c'est le pompon ! Six, nous étions six, et aucun d'entre nous n'a pensé à ça ! J'arrive à le convaincre de me laisser la petite, et de sortir acheter ce qui lui manque, pendant que je termine de préparer le repas.

TOM

Des slips, taille deux ans, douze paires ! Des chaussettes, douze paires ! Quatre paires de minuscules baskets, genre la reine des neiges, et Mickey, plus une brosse à cheveux, rien que pour elle ! Heureusement, que j'ai regardé la pointure des chaussures qu'elle portait, avant de sortir faire les achats. Ça fait beaucoup de chaussettes, et beaucoup de slips, je sais, le problème, c'est que je ne veux pas en manquer ! Et une boîte de lego, il faut qu'elle joue, aussi, non ? Pfff… en attendant, ça ira. Mais il doit encore manquer un truc, c'est certain, vu comment on est partis !

Cette petite, c'est un rayon de soleil, une petite boule d'amour, qui vient d'entrer dans ma vie, pour la combler de bonheur. J'ai douté pendant deux jours, me demandant si j'allais la garder, ou la laisser, pour qu'une bonne famille, en prenne soin. Mais, quand mes yeux se sont posés sur elle, mes doutes se sont évaporés, instantanément. J'ai compris, que jamais, je ne pourrais la confier, à personne. Le pire reste à venir, mais pendant quelques jours, je ne veux penser qu'à nous, et apprendre à m'en occuper, du mieux que je pourrais. Aujourd'hui, il ne me manque rien ! Elle a l'air tellement facile, et joyeuse. Elle s'exprime mal, mais je n'en suis pas étonné, vu l'ambiance dans laquelle elle a vécu. Elle est jolie, dans sa robe neuve, un peu maigrichonne, mais ça va. Tout ça, grâce à cette jeune fille, qui est tombée du ciel, dans ce taudis de merde. Comment a-t-elle pu survivre, au milieu de ces shootés, qui, au lieu de se sortir de l'impasse dans laquelle ils se trouvent, regardent un bébé déambuler autour d'eux sans le voir ? Je suis dégoûté, et soulagé à la fois, de la savoir chez moi, à l'abri. J'ai jeté ses vieux vêtements défraîchis, ainsi que les chaussures qu'elle avait aux pieds, tant ils étaient usés, et je l'ai frottée avec un gant de toilette, pour la débarrasser de l'odeur de tabac, qui imprégnait sa peau et ses cheveux. Ma tête bouillonne en pensant à mon frère, et aux conditions dans lesquelles, il a laissé vivre son enfant.

Zack, comment as-tu fait, pour ne pas voir, dans quelle misère tu as élevé ta fille ? Comment peut-on tomber, aussi bas ? Elle sera entourée principalement d'homosexuels, puisque, mes amis le sont pratiquement tous, sauf Mattias, qui n'a jamais laissé voir, à quel genre il appartient. D'ailleurs, je m'en fous. J'aime ce mec, et son orientation sexuelle n'a aucune importance, à mes yeux. Brad ne l'est pas, lui non plus. Ce qui m'importe, ce sont les actes. Ce sont eux, qui démontrent la valeur d'une personne qui veut t'aider, sans rien attendre en retour. Des personnes qui me prouvent que je suis important à leurs yeux, et que, par un juste retour des choses, j'aiderais aussi. Ils sont comme ça, les amis que je me suis choisis. Oui Zack, nous sommes homosexuels, mais, des êtres humains avant tout ! Comme vous ! Et non pas des pervers, comme bon nombre de personnes, s'imaginent ! Notre vie est semblable à la vôtre, elle n'est pas différente. Et quand Jax, Liam, Brad et Orlando, connaîtront ta petite fille, ils l'aimeront, eux, j'en suis certain, la couveront, et s'en occuperont s'il y a besoin. Et surtout, ils la verront ! Elle ne sera plus le petit fantôme, qui déambulait au milieu de corps bouffés par le vice. Ils sont homosexuels, mais ce sont des gens bien, bien mieux, que tes amis à toi !

J'entre dans l'appartement, où une bonne odeur assaille mes narines. La table est dressée, la choupette installée par terre, sur un coussin, devant une assiette de purée-jambon, il lui a enfilé un de mes tee-shirts, par-dessus ses vêtements. Et elle mange, avec appétit, les nôtres sont remplies de purée, avec un steak.

– Tu lui as mis un de mes tee-shirt ? dis-je en riant.

– Pour éviter les dégâts. Regarde, elle a tout salopé autour d'elle ! J'ai dû la servir, elle hurlait devant l'assiette vide.

– Tu as bien fait, regarde, j'ai acheté tout ce qu'il faut, je crois.

– Vient manger Tom, ça va refroidir, on verra ça après.

Je m'installe, face à lui, pour commencer à manger, en saisissant sa main posée sur la table, pour entrelacer mes doigts aux siens, en le regardant. Son sourire m'ébranle, ses yeux verts, débarrassés de ses lunettes, calées sur le haut de sa tête, reflètent une lueur de félicité. Nous mangeons d'une main, relevant les paupières de temps en temps, pour nous regarder. Klara, elle, ne nous prête aucune attention, trop occupée à étaler de la purée sur la table, tout en essayant avec une grimace, de lécher la commissure de ses lèvres barbouillées. Nous éclatons de rire devant le tableau. Un tableau, qui n'a pas de prix.

Après avoir tout rangé, mis la choupette à la sieste, avec un slip, des chaussettes, et une bonne toilette qu'elle n'a pas appréciée, nous nous installons sur le canapé. Se retrouver tous les deux, ça fait du bien. Après l'euphorie de ce matin, il faut réfléchir posément à la situation, car bientôt, il faudra passer par la case « juge des tutelles », pour officialiser la garde de Klara, et je veux mettre toutes les chances de mon côté.

– Il faut que je me prépare Esté, les problèmes vont arriver.

– Je le sais !

– Tout à l'heure, en rentrant je parlais à Zack dans ma tête. J'aurais voulu lui dire en face, que je ne l'ai pas cru, quand il a dit qu'il n'était pas homophobe. Et je m'en fiche, qu'il le soit ou pas. Mais j'aurais dû lui dire, que sa fille vivra au milieu de mes amis, qui eux aussi, sont homosexuels, et que ce n'est pas un crime.

Esté prend ma main, en m'attirant contre lui.

– Tu sais bien, que les préjugés ne cesseront jamais, vraiment. On s'en fout Tom, nous on sait qui on est, c'est le principal. Regarde-toi, qui peux se vanter d'avoir autant de courage ? T'en connais beaucoup, toi, des gens capables de mettre de côté, leur vie bien rangée, pour se charger d'une petite fille ? Pas moi. Je suis fier de toi, tellement fier ! Même si je le voulais, je ne pourrais pas être plus fier. Mais il va falloir que tu prennes des décisions radicales, c'est certain. Tom… j'ai réfléchi. Tu me laisses parler et ensuite, tu me diras ce que tu en penses, ok ?

Il me serre contre lui, en caressant mon bras. Je suis disposé à l'écouter, car je suis perdu. J'ai besoin d'aide, je le reconnais. La venue de cette petite fille va bouleverser ma vie. Je suis disposé à me battre, pour la garder avec moi, mais si je ne suis pas seul, c'est plus facile. Esté a toujours été plus sensé que moi. Il est plus jeune, mais, mais plus posé. J'ai Jax, aussi, je sais qu'il ne me lâcherait pas, mais si je peux avancer autrement, je préfère le laisser profiter de sa vie avec Liam.

– D'accord.

– Je pense à tout ça, depuis hier. Je t'ai juré que je ne fuirais plus, plus jamais ! Cette seconde chance que tu me donnes, je ne la gâcherais pas, si tu veux de moi. Tom, tu dois parler à ton boss, démissionner du club, trouver un emploi que les juges vont considérer comme « décent ». Et si tu veux… je te propose de t'installer avec Klara, dans ma maison. Elle aura sa chambre, un jardin pour jouer, il y a des magasins partout, des parcs pour la promener, c'est tranquille, bien plus qu'ici. C'est un bel endroit, pour élever une petite fille. Il y a une crèche au bout de la rue, sinon, nous pouvons employer une nounou. On pourra partir travailler sans se soucier de savoir à qui la laisser. Et puis tu pourras prendre mon SUV, il ne sert à rien dans le garage. J'ai pensé à te le laisser, même si tu décides de rester ici. Si tu veux, on peut garder cet appartement quelques mois, pour te rassurer. De cette façon, si la vie avec moi ne te convient pas, tu peux revenir ici. Tom, je t'aime depuis la première fois que nos yeux se sont croisés, il y cinq ans. Jamais je n'ai cessé de t'aimer, alors cette proposition, est réfléchie et sincère. Je veux vivre avec toi et Klara. Et si tu me demandes de venir chez toi, eh bien je viendrais ici, même si je prends le risque que les journalistes me repèrent. Tom… dit quelque chose !

– Tu m'as demandé de te laisser finir.

– J'ai fini, tu peux parler.

– Je réfléchis.

– Ah ! Dépêche-toi, alors.

– Si je veux !

– D'accord, j'attends.

Il faut d'abord, que les battements de mon cœur, qui cogne contre ma poitrine, se calment. Je suis sonné par sa proposition. Je l'aime aussi, ça, c'est certain. Une vie à trois, dans cette belle maison ? Il nous offre son amour, et une vie de famille, dans un environnement que je n'aurais pu espérer pour Klara. Mais le côté matériel m'importe peu, c'est sa proposition qui est importante. Peu importe l'endroit où l'on vit, si c'est entouré d'amour. J'ai tellement espéré, que Jax soit heureux, que je n'ai jamais pensé à moi. Peut-être, parce qu'après le départ d'Esté, je ne me suis jamais projeté dans la possibilité d'une vie à deux, avec personne d'autre. Esté, et moi, avions fait des projets improbables, à l'époque, mais qui peuvent devenir concrets, aujourd'hui. Un appartement, un travail et un enfant… ça c'était une utopie, mais on avait le droit de rêver. Ce rêve, il est là, un mot de moi, et il se concrétise. Un seul mot…

– Et mes amis ?

Il ne prend, pas même une seconde, pour réfléchir à ma question, avant de me répondre d'un ton affirmé.

– Ils seront chez eux, aussi. Ce sera ta maison, notre maison. Ils viendront quand ils le voudront, pourront y dormir… comme tu voudras. Nous y ferons des barbecues, tous les week-ends, si tu veux. La maison est grande, ils pourront même rester dormir, s'ils ont trop bu. Ça ne changera rien à la vie que tu as menée, dans cet appartement. Ça sera plus grand, c'est tout !

– Oui.

– Oui, quoi ?

– Oui, je veux.

Il éclate de rire face à ma réponse, décidée, catégorique. Me serre deux fois plus fort, au risque de me broyer les os. Je le tire par les bras, pour le faire basculer au-dessus de moi, en lui empoignant les cheveux pour le rapprocher, et parsemer son visage de baisers, avant de m'emparer de sa bouche. Un baiser torride et dévastateur qui me coupe la respiration. Quand nos lèvres se séparent, ses yeux magnifiques capturent les miens, pour ne plus s'en détacher pendant quelques secondes.

– J'ai gardé mon vieux pickup déglingué, me lance-t'il.

– C'est vrai ? Tu sais que je l'adorais, ce pickup ?

– Oui, mais le SUV est tout neuf, et plus confortable pour Klara. Tu prendras celui que tu voudras, Tom.

– Esté, tu sais que je n'ai rien à t'offrir moi !

– Toi tu n'as rien à m'offrir ? Tu as à offrir quelque chose de si précieux, que même tout l'or du monde ne pourrait pas acheter. Toi et Klara. Ce que moi je te propose, n'est rien en comparaison, crois-moi.

– Merci, mais je ne déménage pas demain, hein ?

– Ok, tu le feras quand tu voudras. Tom, va voir ton patron au Warehouse, explique-lui tout ça, il comprendra.

– Oui, je me change et j'y vais. Tu surveilles choupette, hein ?

– Je la surveille, ne t'inquiète pas.

Il me serre contre lui, dépose quelques baisers mouillés sur mes lèvres et je pars dans ma chambre en riant, pour me changer.

Kane, mon patron a été plus que compréhensif. Cet homme, je lui dois beaucoup. Il m'a offert un job, c'est grâce à lui, j'ai pu déménager du quartier miteux de South Central, où nous vivions avec ma grand-mère, pour me retrouver dans celui-ci, le quartier gay de West Hollywood. Le loyer est cher, mais encore, grâce à lui, j'y ai un appartement, avec un loyer, raisonnable. Le quartier est tranquille et animé. J'adore ce coin de LA, et je m'y sens, chez moi. Danser, j'aime aussi, c'est pour cela que j'ai hésité autant à changer de job. Travailler ici, m'a permis de bien vivre, je peux gagner jusqu'à cinq mille dollars mensuels ! En tant que graphiste, je gagnerais bien moins. Allez dire à une prostituée de changer de métier, pour devenir caissière dans un supermarché, vous verrez ! Je ne suis pas prostitué, mais mon raisonnement est le même, tout se résume à l'argent. Avec l'arrivée de Klara, je n'ai plus le choix.

– Tom, je comprends ta démarche, je vais juste te demander un service, viens danser ce week-end, ça me laissera huit jours, pour te trouver un remplaçant.

– Ok, je viendrais danser ce week-end.

– Pourquoi tu ne t'installes pas graphiste à ton compte ? Je peux te donner tous mes *flyers* à réaliser, ainsi que les encarts publicitaires, pour les soirées à thèmes. Tu sais que nous en organisons souvent, je peux aussi te recommander auprès de mes concurrents. Nous travaillons dans le même domaine, mais nous sommes amis. Il y a pas mal de travail, tu gagnerais bien ta vie.

– Tu crois qu'ils s'adresseraient à moi ?

– Bien sûr que oui, je le crois !

– Merci beaucoup Kane, je me renseigne, et je reviens vers toi.

– Je peux compter sur toi, ce week-end ?

– Oui, c'est promis.

– Je t'admire Tom, et je soutiens ta démarche. Ça va être compliqué, mais si je peux t'aider, je le ferais. Entre homosexuels, il faut se soutenir, tu vas nous manquer ici.

– Merci Kane.

Je suis triste. Ce job va me manquer, j'adore danser, j'aime faire la fête, voir tous ces corps masculins qui se dandinent langoureusement au son de la musique, qui se frottent, s'embrassent, sans se demander ce que l'on peut penser d'eux. J'aime la lumière des spots, l'ambiance feutrée, l'atmosphère que dégage le milieu de la nuit, entouré de mâles, qui, comme moi se retrouvent entre eux, dans un seul but, passer une bonne soirée. Ceux qui viennent ici, le soir, même s'ils sont hétéros, savent qu'ils entrent dans un établissement, gay. Moi, je m'y sens chez moi, et à l'abri, j'y reviendrais, mais plus pour danser autour d'une barre.

ESTÉBAN

Tom et Klara sont chez moi, depuis hier, enfin ! Après avoir accepté ma proposition, il lui aura fallu plus d'un mois, pour se décider à emménager à Venice Beach, emportant la totalité des affaires de la petite, alors qu'une bonne partie des siennes, est restée chez lui. Il a gardé son appartement, comme je le lui avais suggéré, avec l'espoir qu'il n'y remettra jamais les pieds. Là, encore, j'ai attendu sa décision, en ravalant mon impatience. Je suis rentré chez moi, le soir même de mon offre, me contentant de leur rendre visite, tous les jours. Il ne m'a pas demandé de rester non plus, alors j'ai ravalé ma peine, attendant patiemment, sans oser en reparler, qu'il se décide à emménager chez moi, par lui-même. J'ai bien fait ! Il y a trois jours, il m'a téléphoné pour me dire que si j'étais toujours d'accord, ils pouvaient emménager, le lendemain. Je n'ai pas hurlé de joie au téléphone, mais c'est tout juste ! Je pense, qu'il attendait de voir si j'allais tenir le coup, ou si j'allais laisser tomber. J'ai compris son hésitation, et malgré ma fébrilité, je me suis effacé pour lui laisser prendre ses marques avec Klara chez lui, tout seul. Après tout, c'est sa nièce. Il y a quelques années, il m'a laissé marronner pendant des semaines, avant de m'accepter dans sa vie.

Depuis la veille de l'arrivée de Klara, nous n'avons plus couché ensemble. Nous dormons dans le même lit, nous contentant de nous tenir dans les bras, et de nous embrasser. J'ai envie de lui à en devenir dingue, mais là encore, bien que je ne comprenne pas, j'attends qu'il vienne à moi de lui-même. Ce soir, il a invité tout le monde à dîner, et comme d'habitude, la princesse est passée de bras en bras, heureuse d'être le centre de toutes les attentions. Ces andouilles, complètement gâteuses, se sont disputées pour jouer avec elle. Mattias surtout, qui la regarde avec des yeux de merlan frit, et l'accapare autant qu'il le peut pour, l'entourant de toutes les attentions. Il ne nous manque plus rien. Ni slips, ni chaussures, ni les deux sièges auto indispensables que nous avons installés, un dans le SUV, l'autre dans la Mustang. Au cas où !

Ça paraît loin, le dernier week-end où Tom a dansé au Warehouse. Le DJ a annoncé son départ au micro, et il a reçu une ovation, des propositions obscènes, quelques mains qui l'ont tripoté, quelques smacks par-ci, par-là ! Bref, de quoi me faire dresser les poils de la nuque, mais j'ai pensé, que pour une dernière fois, je pouvais le supporter. Il était ému, a versé quelques larmes et j'avoue, qu'il m'a fait de la peine. Je suis heureux de le voir quitter ce job, par jalousie, c'est certain. Mais d'un autre côté, c'est là que je l'ai connu, là, que je suis tombé pour lui, en le regardant danser. Et je sais combien, il aimait ce qu'il faisait. Pour cette occasion, nous avons téléphoné à une société spécialisée dans le baby-sitting, ayant pignon sur rue, ils nous ont envoyé une jeune fille expérimentée, qui a gardé Klara, toute la soirée. Je tenais à être là, à ses côtés. Nous y reviendrons, pour y passer des soirées avec nos amis. Mais, plus tard.

Mattias a trouvé un appartement libre, dans l'immeuble qu'habitait Tom. L'appartement, juste en face du sien, dans le même palier, mais bien plus grand. Il l'a acheté et le meuble tranquillement, pour s'y installer. Pour l'instant, il est ici, et nous sommes très heureux de l'avoir avec nous. À vie, s'il le désire. Mais comme il dit, il faut qu'il fasse sa vie seul, lui aussi. Il m'a suffisamment aidé, en me trimballant à droite et à gauche. Maintenant que Tom est avec moi, et qu'il conduit, il en profite pour partir, et je le comprends.

Jax, Liam, Brad et Orlando viennent le dimanche, pour nous faire plaisir. Évidemment, la plage privée, la piscine, les barbecues, la tranquillité, en plus des franches rigolades, et Klara surtout, notre rayon de soleil à tous. Tom est soulagé de constater, que quelques kilomètres n'ont rien changé. Et moi, je vis sur un nuage.

Et il y a lui, Tom, qui s'est installé à son compte, graphiste. Avec déjà, deux gros clients, parmi les clubs gay de Los Angeles, deux autres discothèques réputées de Santa Monica, sans compter, « Blake Records ». J'ai convaincu Lucas et Silas, mes associés de lui confier le travail, plutôt que de chercher un employé. « L.A Protection & Security », la société de Mattias et Liam, dont il gère la publicité, fait aussi, partie de ses clients. Nous avons installé son bureau dans la pièce au sous-sol, avec tous les appareils nécessaires à son activité. Juste à côté de ma salle de musique. Pour l'impression, il fait appel à une imprimerie, avec laquelle il a signé un contrat, avec l'aide de mon comptable. Il est comme moi, ce n'est pas un homme d'affaires, mais dans son travail, il est bon, très bon. Je suis fier de lui.

Dans la salle de musique, une barre de pole dance, a été fixée. Pour lui… enfin, lui il se trémousse, pendant que moi, je lorgne, j'espère avoir droit à une lap dance, un jour… vous voyez ?

Et il y a les ennuis, qui vont nous tomber dessus !

J'écoute attentivement les explications de mon avocat, que je suis venu voir en prétextant un rendez-vous avec Silas, après avoir déposé Klara à la crèche, pour éviter d'affoler Tom, bien occupé avec son boulot.

– J'ai déposé la demande de tutelle, avec tous les documents demandés. M'affirme-t-il. Il devra passer par un psychologue, c'est obligatoire, puis vous recevrez la visite d'une personne mandatée par le juge, pour visiter le logement.

– Et, qu'est-ce que t'en penses ?

– Ils vont vérifier la moralité de Tom, les juges pour enfants vérifient, tout.

– Ça me paraît normal, mais maintenant, il est à son compte, il a quitté le Warehouse.

Il réfléchit un instant, avant de me donner la réponse, qui lui semble la plus juste. Il est normal de vérifier les antécédents d'une personne, qui va prendre en charge un enfant aussi petit. Mais, s'il s'agit d'un homme, et qu'il est célibataire, là, tout se complique.

– Je sais, mais compte tenu que c'est l'enfant de son frère, et que ce dernier est en prison, il va éplucher la vie de Tom. Pour s'assurer qu'elle est entre de bonnes mains.

– Putain… j'espère qu'il va s'arrêter à ce qu'il fait aujourd'hui !

– Moi aussi, mais je ne crois pas.

L'avocat lève les yeux du dossier ouvert devant lui, réfléchissant, en se pinçant le nez avec son pouce et son index. J'ai tellement peur qu'on puisse refuser à Tom, la tutelle de Klara, et qu'il pète un câble, que je suis prêt à tout, même à passer par des moyens illégaux, je pense à ça, mais je sais que ce n'est pas possible. J'ai l'esprit embrouillé, et je réfléchis n'importe comment.

– Écoute, mets-y les moyens qu'il faudra, financiers ou autres, peu importe.

Il hoche la tête, en recommençant à prendre des notes dans le dossier.

– J'ai compris Estéban, j'étudie d'autres possibilités. Au cas où.

– Je compte sur toi, merci Ylan.

Je sors de son bureau un peu dépité, j'ai peur. Si on nous enlève Klara, Tom va faire une dépression, et moi aussi.

Cette petite est devenue en quelques semaines, une lumière dans notre vie. Je l'aime, comme si c'était la mienne. Elle fait notre bonheur à tous les deux, même, si ce n'est pas facile tous les jours. Elle n'a que deux ans, nous sommes novices, mais nous faisons de notre mieux, pour qu'elle soit heureuse, et elle l'est ! Mais ce qui est certain, c'est que nous l'aimons, et si un juge tente de nous l'arracher, je ne laisserais pas faire. En partant, je croise Jax dans le couloir.

– Ça va, Esté ?

Je lui tends machinalement la main, mais il m'attrape par les épaules, pour me faire une accolade.

– Salut Jax, je vais bien, merci. Vous venez, dimanche ?

– Ben, si tu nous invites dans ton paradis… oui.

– Tu sais bien, que nous sommes heureux de vous avoir chez nous.

– Esté, je ne t'ai jamais rien dit, mais Tom en a chié quand tu t'es barré, et quand je me suis installé avec Liam, il a fait quelques conneries. Dieu merci, ça lui a passé. J'espère que cette fois-ci, tu l'as récupéré pour de bon, et que tu mesures la chance que tu as, d'avoir un mec comme lui. Je ne veux plus le voir souffrir à cause de toi. Maintenant, il y a Klara, alors ne fait rien que je pourrais te faire regretter, si tu agis comme un con. C'est valable pour les autres aussi, y compris Mattias, d'accord ?

Mon cœur cesse de battre quelques instants, jusqu'à aujourd'hui, Jax ne m'a jamais reparlé de ma séparation avec Tom. Je pourrais lui en vouloir de me mettre en garde, mais bizarrement, c'est tout le contraire, j'apprécie ce mec, et je sais que l'affection qu'il a pour mon homme est inébranlable. Il faut que je fasse avec, une amitié comme celle-là, il faut la respecter.

– Je sais, et je comprends tes remarques, mais je l'aime. Je ne me force à rien. Je n'ai pas d'explications valables à te donner, demande-les à Tom. Je ne me cherche pas d'excuses, mais… bref, je n'ai pas l'intention de le blesser. Et toi, ta vie avec Liam ?

Un sourire se dessine sur ses lèvres, Tom m'a raconté que ces deux-là, sont tellement amoureux, ont tellement galéré pour se retrouver, qu'ils ne se séparent que pour aller travailler.

– Je suis heureux Esté, c'est tout ce que je peux te dire. Il a changé ma vie.

– Je suis content pour vous.

– Esté… si vous aviez des problèmes, tu sais… par rapport à la petite. Tu me le dirais, pas vrai ? Pas par curiosité. Mais si je peux aider…

– Tu le sauras s'il y a un problème, je te le promets. À dimanche.

Je sors du cabinet, pour m'adosser contre le mur de l'immeuble, en attendant le chauffeur. Je pense à ma famille, si loin et dont je n'ai plus de nouvelles, depuis presque trois ans, à ma sœur, qui ne m'a jamais recontacté. Je sais, que les échos de ma carrière d'artiste, leur sont parvenus, mais qu'ils ne ressentent aucune fierté de ma réussite, au contraire. Elle leur fait peur. M'ont-ils oublié ? Est-ce que la déception d'avoir un fils homosexuel, s'atténuera un jour ? Ils me manquent. Grâce à Tom, j'ai une famille ici, mais je me sens quand même isolé, face à cette putain de maladie. Ils sont tous adorables avec moi, mais je ne suis qu'une pièce rapportée. Si je me retrouve seul, un jour, je n'aurais pas la force de continuer à vivre. Quelquefois, je m'assois sur le sable, face à la mer avec ma guitare, en regardant l'horizon, et je me dis qu'ils sont là-bas, de l'autre côté. Qu'il suffirait d'un rien, pour les revoir, même de loin. Ma mère, ma sœur, et mon père aussi. Malgré tout, je sais qu'ils m'aimaient, mais la peur des préjugés, ont été les plus forts. Plus importants, que de garder leur fils.

Je soupire. Le taxi est là, j'ai besoin de me retrouver dans les bras de mon amour, et d'oublier tout le reste, du moins pour aujourd'hui.

Klara court dans ma direction, à la seconde où elle me voit passer la porte de la crèche. C'est une boule d'énergie, mais tellement affectueuse. Je la cale contre mon cou, pour parsemer sa tête de baisers. La puéricultrice me fait un signe avec le pouce, en souriant. Choupette s'est bien adaptée aux autres enfants, quelques pleurs, les deux premiers jours, mais c'est tout.

– Tu m'as devancé de quelques minutes.

En entendant la voix de l'homme, qui est redevenu le centre de ma vie, je me retourne pour lui souffler ma réponse.

– Je viens juste d'arriver.

Il attrape ma main, et nous repartons vers la poussette qu'il a laissée devant l'entrée fleurie, contre le mur, tagué de dessins enfantins multicolores. Il installe la petite dans son siège, avant de se tourner vers moi, pour me faire pivoter contre un pilier, en posant ses lèvres sur les miennes.

– Tu m'as manqué, souffle-t-il contre ma bouche.

– Je suis parti à peine trois heures, tu m'as manqué aussi, mon amour.

Une vie somme toute normale, la vie de couple avec un enfant. Est-ce que j'ai le droit de vouloir plus ? Oui, l'entendre me dire qu'il m'aime.

TOIM

Je suis dans la vraie vie, celle de Monsieur et Madame tout le monde. Très loin du monde de la nuit, à travailler tous les week-ends, et glander le reste de la semaine. Maintenant, je travaille la semaine, pour me reposer le week-end. J'ai du mal à m'y habituer, mais je suis plutôt content de moi. J'ai une vie « respectable ». Ma petite entreprise de graphisme fonctionne bien, avec les clients que j'ai. Et je vais peut-être, pouvoir commencer à me verser un petit salaire. Grâce à Esté, qui m'a fourni le bureau, et l'équipement qui va avec. L'ordinateur dernier cri, un véritable Boeing, avec tous les logiciels requis, et une imprimante professionnelle, pour faire mon travail, dans les meilleures conditions. Esté a tout payé, j'ai accepté, car je n'avais pas les moyens d'acheter tout ce matériel haut de gamme, d'un coup. Mais tous les mois, je lui verserais une somme pour rembourser. Il a râlé, mais je tiens à ce que cette entreprise soit réellement, à moi. Tous les matins, quand je descends au sous-sol commencer mon travail, après avoir pris le petit déjeuner avec mon homme et la petite, je regarde mon nouvel environnement professionnel, que j'aime de plus en plus. C'est bizarre, mais je ne regrette rien. Je sens bien qu'Esté est préoccupé en ce moment, mais, il n'en parle pas nous vivons tous les deux, en essayant de préserver l'autre. Ils me croient tous naïf, et je le suis certainement, dans certains domaines, mais pas dans celui-là.

Ce qui me fait le plus de mal, quand je l'épie depuis la porte de la salle de musique, c'est de le voir pleurer sur quelques chansons. Il ne se plaint jamais, malgré cette putain d'épée de Damoclès qu'il a au-dessus de sa tête, avec la menace de sa cécité. Pourtant, il fait tout pour m'éviter les états d'âme, au lieu de penser aux siens. Plus le temps passe, plus je l'aime et je me sens bien avec l'homme qui, je l'espère, partagera ma vie pour toujours. Mais j'ai tellement peur de me tromper, encore une fois, que je n'ose pas prononcer ces mots. Pourtant, je sais qu'il les attend ! D'autres fois, il s'assoit sur le sable, au bord de l'eau, en regardant face à lui, sans bouger, il peut rester comme ça, des heures. Je ne lui demande rien, espérant toujours qu'il me raconte ce qui le tracasse, mais il ne m'a encore rien dit. Putain, ce n'est pas ça que je veux, j'ai l'impression qu'il s'en veut tellement de m'avoir quitté, il y a trois ans qu'il ne sait plus comment faire pour m'épargner le moindre tracas. Pour me prouver par mille attentions, tous les jours, que je suis important à ses yeux ! Je l'ai fait attendre plus d'un mois, avant de le suivre, et si je dors avec lui, on n'a pas consommé, depuis des semaines. Il ne m'a rien demandé, je sais qu'il attend, et maintenant, je suis certain que rien ne le fera fuir. Ce soir, après le dîner, je compte bien avoir une petite conversation avec lui.

Klara fait le pitre, avec une peluche plus grande qu'elle, une licorne géante, que Mattias lui a achetée, et lui a donné ce soir, avant le dîner. Comme nous avons refusé qu'elle donne à manger à la peluche, elle nous a tapé une crise monumentale, en tapant des pieds. Il a fallu que je me fâche, contre Mattias, surtout. Là, on vient de la coller au lit, avec son pyjama jaune à l'effigie de Raiponce. Il paraît que ce n'est pas un dessin animé de son âge, m'a dit Brad, qu'est-ce que j'en sais ? Ils ont qu'à pas vendre de pyjamas en taille trois ans avec ce flocage ! Je m'en fous, c'est pour aller au lit ! Elle, elle tire sur le haut, pour regarder l'image de la fille aux cheveux longs, et ça a l'air de lui plaire. Pfff… on est toujours un peu perdus ! Il manque souvent quelque chose, on en rit, mais on avance ! L'autre jour, elle a fouillé dans la chambre de Mattias, elle en est ressortie avec un de ses caleçons, à la main. J'en ai profité pour le placer bien devant moi, en vérifiant la taille, en lui signifiant, que le renflement du caleçon, destiné à caser ses parties intimes, était peut-être un peu disproportionné, par rapport à ce qu'il avait à proposer, en réalité. Il m'a arraché le caleçon des mains, en me frappant avec, comme un malade. J'en pouvais plus ! La prochaine fois, j'ouvre la porte de sa chambre à Klara, pour qu'elle fouille, en espérant qu'elle en ressorte avec un gode, pour le dire devant tout le monde !

Je rejoins Esté sur la terrasse, avec deux bières décapsulées. Il est assis, sur une marche, pensif, le menton posé sur sa main. Mattias est sorti boire un coup, je ne sais où, il n'a rien voulu me dire. Bouffon !

– Tu t'endors ? Je demande, en m'asseyant auprès de lui.

– Non, je pensais à Klara, c'est son anniversaire dans huit jours.

Il n'a pas oublié, je souris.

– On lui fera une petite fête, et on invitera tout le monde, viens-là !

Je lui désigne un transat, installé au bord de la piscine, et le laisse s'y installer. Je pose les deux bières sur la petite desserte pour m'incruster à califourchon sur ses jambes et me coucher sur lui, la tête sur son torse. Il me caresse les cheveux d'une main, en faisant de petits cercles sur mon dos du bout de ses doigts. Ma position préférée.

– Qu'est-ce qui te tracasse ?

Il me saisit le menton, pour m'obliger à le regarder d'un air étonné.

– Mais rien !

– Je sais que tu te fais du souci, allez, parle-moi !

Il soupire, le regard vague, mais je ne compte pas le laisser se défiler, je veux être son soutien, aussi sûrement qu'il est le mien. Un couple, ça se construit à deux, en commençant par se faire confiance.

– J'ai peur de ta réaction, si le dossier de Klara pose un problème. J'ai peur de devenir aveugle, et je pense à ma famille.

Je me recouche sur lui. Je comprends ce qu'il doit ressentir, être rejeté par les siens, a dû être une épreuve terrible à surmonter. Je n'ai pas vécu cela, mais j'ai perdu tout le monde, je n'ai plus personne, à part des amis fidèles.

Je cherche les mots, pour bien lui faire comprendre que je suis là, prêt à le soutenir. Que mon amour est assez fort pour l'aider à surmonter les épreuves, et que nous devrons les résoudre, tous les deux.

– Je suis là, et je veux que tu me parles, quand ça ne va pas. Je ne suis pas en sucre, je pensais que m'installer avec toi, c'était pour être ensemble, avec le bon et le moins bon. Parle-moi de ta famille.

– Ma sœur s'appelle, Marie. Quand je suis parti, elle avait onze ans. Aujourd'hui, elle est adulte, je pense qu'elle m'a oublié, elle aussi. Mes parents m'ont obligé à partir, pendant qu'elle était à l'école, sans pouvoir l'embrasser. C'est ça, qui me fait mal. Mon père non plus, ne m'a pas embrassé ce jour-là. Il est descendu travailler à l'épicerie, en dessous de l'appartement, sans un regard. J'espère qu'il était triste. J'aime le penser, ça me soulage un peu. Ma mère m'a filé une enveloppe avec deux mille euros, elle ne m'a pas serré dans ses bras, elle n'a pas pleuré. Moi oui, je pleurais, je voulais me retenir, mais j'en étais incapable. Un mâle ne pleure pas, chez nous, il doit être fort, montrer qu'il est un homme. Mon père m'a dit qu'il comprenait pourquoi j'étais pédé, quand où il m'a fichu à la porte.

Je le coupe, sidéré par ce que je viens d'entendre. Comment peut-il imaginer des choses pareilles ? On dirait qu'il a honte de ce qu'il est, son père est une belle enflure. Là, je ne peux pas me taire, pas question !

– Tu ne te sens pas un homme ? Pourtant, quand on fait l'amour, c'est bien à un homme que j'ai affaire ! Un homme courageux qui s'est retrouvé seul, à dix-huit ans pour traverser le monde et qui a réussi sa vie. Tu pleures ? Tous les hommes pleurent. C'est quoi cette réflexion de merde, que je viens d'entendre ? Les homos pleurent et les hétéros, non ? Qu'est-ce que tu dois penser de moi, qui aie toujours la larme à l'œil ! Je suis quoi, moi, Esté ?

Je le secoue fermement, avec colère, agrippé à son tee-shirt. Esté est toujours enfermé dans le placard, je ne m'en suis jamais rendu compte. Pas avec nos amis, mais dans sa tête, oui ! Dans le placard le plus difficile à ouvrir, celui du mental. Je reprends, toujours hors de moi.

– Tu es encore dans le placard !

– Mais non !

Oh que si, il l'est ! J'ai suivi sa carrière depuis le début. Il a été flashé par des paparazzis, mais jamais surpris avec qui que ce soit ni hommes ni femmes d'ailleurs. Jamais, il n'a étalé sa vie privée, alors, de deux choses l'une : Soit, il s'est branlé pendant trois ans, soit, il est très malin ! Je me pose la question, seulement aujourd'hui.

– Tu n'as pas couché, pendant trois ans ?

Je le regarde fixement, l'air sévère, je ne me contenterais pas d'une réponse succincte, et d'un mensonge non plus.

– Prostitués.

– Comment ?

Il soupire lamentablement, avant de parler plus fort.

– Je faisais téléphoner Mattias, pour faire venir un… Escort.

Des Escort ! Franchement ! J'en reste muet.

– Pour éviter les gros titres dans les magazines people, reprend-il dans un murmure, si ténu, que je dois presque coller l'oreille à sa bouche, pour comprendre ce qu'il me dit.

– Ça veut dire, que nous ne pourrons jamais marcher tranquillement dans la rue, de peur qu'un journaliste te reconnaisse ?

– Non, je n'ai jamais dit ça, arrête Tom ! Je t'aime, mais je ne veux pas notre vie étalée dans les journaux, c'est tout.

– Et si on nous surprend, tu diras quoi ?

– Rien du tout, je les emmerde ! Allez, on arrête de parler de ça, je t'en prie Tom.

Il me regarde, les larmes prêtes à déborder de ses yeux verts mais pour cette fois, je veux qu'il en verse des larmes ! Estéban est beau quand il rit, mais tout aussi beau, quand il pleure. Et c'est bien un homme, un vrai !

– Attends, reprend-il subitement en redressant la tête. Tu avais quelqu'un, toi, avant de revenir avec moi ?

– Le petit serveur du Warehouse, rien de sérieux. Il a laissé un message sur mon téléphone pour me dire qu'il partait à Seattle, ça fait plus d'un mois, déjà.

– C'est tout ?

– Et, quelques coups d'un soir.

– Beaucoup ?

– Quelques-uns… oui.

Il me regarde de ses yeux perçants en hochant lentement la tête, convaincu. Je m'empêtre dans le mensonge et le déni. Dans ma tête, je n'ai pas menti, j'omets, juste de rajouter que j'ai eu une période, où il n'y a que le train qui ne m'est pas passé dessus, sans compter les extras, en pratiquant les lap dance privées. Je me sens minable, mais comme il n'y avait pas de pénétration, et qu'aucun client n'a posé ses mains sur moi, je préfère me taire, en espérant que ça passe à la trappe. Mais, oui, c'est sexuel tout de même, puisque je les ai sucés. Je range le « truc » dans un coin de mon cerveau, en me promettant de lui avouer, plus tard… peut-être.

Je me redresse pour reprendre les bières. Il tente de s'asseoir, tortillant ses jambes entravées par les miennes. Je ne me pousse pas, trop bien installé, en le laissant se débrouiller, mort de rire.

– Tom, tu fais chier, quand même !

J'éclate de rire, en le voyant se tordre avec une grimace. Il me jette un regard furieux, avant que le rire l'emporte, lui aussi. Je pose ma bouteille sur la table pour retomber sur lui de tout mon poids. Déséquilibrée, la canette se renverse sur son tee-shirt, nous faisant glousser comme des imbéciles. Putain, ce sont les moments comme ça, qui sont importants, il ne se passe pas grand-chose, mais un moment heureux, avec la personne que l'on aime. Oui, ça c'est important.

– Esté, je t'aime.

ESTÉBAN

Je m'assure, que les dizaines de ballons qu'Ana, la femme de ménage, m'a aidé à accrocher un peu partout sous la terrasse, sont bien en place. Les banderoles, les drapeaux à l'effigie de dessins animés, plus celle où il est écrit « joyeux anniversaire » Klara. Je tiens à prendre ma douche, avant le retour de Tom, qui est sorti acheter quelques packs de bière en plus, avant de récupérer la choupette à la crèche. Oui, nous l'avons larguée ! Tom avait du boulot, moi aussi. Ça lui fait du bien d'être avec d'autres enfants, et nous l'étouffons un peu. C'est rare qu'elle ne se retrouve pas dans les bras de l'un ou de l'autre, à se faire câliner. Mais au lieu de bosser, il s'est incrusté dans la salle de musique, pour m'allumer, en dansant à poil. Je ne l'ai pas laissé finir, lui ai sauté dessus, et ça valait le coup d'attendre. Quand il s'est approché de moi, avec sa démarche féline, ses cheveux lâchés autour de ses épaules, en me répétant inlassablement qu'il m'aimait, mon cœur s'est rempli de ses paroles.

L'avocat lui a téléphoné, pour s'assurer qu'il avait bien reçu la convocation, du psychologue, désigné par le juge, à son cabinet. L'autre rendez-vous sera avec une assistante sociale, qui, elle, viendra directement ici. À la suite de ça, ils remettront leur rapport au magistrat qui étudiera le dossier, et convoquera Tom à son tour, pour prendre sa décision. J'angoisse et je ne suis pas le seul. C'est pour cette raison, qu'il est sorti un moment de son bureau, pour me retrouver, pour tenter d'oublier, que les choses sérieuses commencent.

Ils sont tous là, les bras chargés de cadeaux. Le bout de choux, tire sur les papiers d'emballage multicolores. Et nous, agglutinés autour d'elle, comme si on montait la garde devant la reine d'Angleterre. C'est pathétique ! On s'extasie, on applaudit. Elle, elle nous montre le jouet, chaque fois qu'elle en sort un, de son papier, et elle rit. Voilà, ce que l'on pourrait perdre, sur la décision d'un homme, qui ne nous connaît pas, mais qui détient le pouvoir de foutre notre vie en l'air. Surtout, celle d'une petite fille innocente et sans défense, qui, à deux ans, a déjà plus souffert, que certains adultes dans une vie entière.

Nous l'installons dans son parc, avec ses nouveaux trésors, pour éviter de la perdre de vue, et qu'elle file droit dans la piscine. Nous, nous nous installons sur les fauteuils, autour de la table, avec une bière pendant que Liam et Jax s'occupent d'allumer le barbecue. Brad et Orlando se chamaillent gentiment, ils ont l'air d'avoir repris leurs esprits. Mattias est assis un peu plus loin, il regarde Klara, jouer. Cela fait presque trois ans, qu'il est auprès de moi, et je ne comprends toujours pas, pourquoi il est si seul. Il sourit constamment, il a l'air heureux, mais j'aimerais vraiment qu'il rencontre une femme. Mattias est adorable, d'une beauté sauvage. Pourquoi es-tu si seul Mattias ?

En voyant Liam, épousseter le tee-shirt de Jax, parsemé de cendres du barbecue, en le sermonnant pour avoir soufflé sur les braises, j'ai envie de rire. Tom, les regarde en secouant la tête, avant de se tourner vers moi, pour me regarder fixement. Le regard brûlant, nous nous dévisageons, en souriant. Il tend sa main pour prendre la mienne, et entrelacer nos doigts. Je regarde furtivement vers la mer, comme j'ai l'habitude de le faire, chaque fois que ma famille me manque. Je ne ressens plus, le besoin de m'asseoir seul, sur le sable. Face à cette étendue d'eau immense, à travers laquelle j'avais l'impression de leur parler. Comme si de l'autre côté, ils pouvaient me voir et m'entendre. Aujourd'hui, je fais un pas de plus, vers cette vie que je n'ai pas choisie, celle d'une vie d'orphelin, sans l'être vraiment. Je ne suis plus orphelin, je n'ai plus de père, plus de mère, mais j'ai autour de moi, des hommes qui m'ont accepté, malgré le mal que j'ai fait à l'un d'entre eux. Ils me prouvent qu'une amitié forte n'a pas besoin de conversation tous les jours, que ce n'est pas toujours nécessaire d'être ensembles, mais que tant que l'amitié vit, on ne se sépare jamais. Peut-être que je vais perdre la vue, mais je suis certain qu'ils seront là. Et avec cette petite fille magnifique, et mon Tom, c'est l'apothéose !

Tom se lève pour offrir une nouvelle tournée de bières, quand le téléphone de Jax qu'il a posé sur la table, se met à sonner. Je me lève précipitamment pour lui tendre. Il regarde l'écran, et un air surpris, mais heureux s'affiche sur son visage. Il prend l'appel en se mettant à l'écart, pendant que Liam et Tom, le suivent des yeux, les sourcils froncés. J'espère, que rien ne viendra ternir cette belle soirée. Il revient quelques minutes après, se jette au cou de Liam, qui l'enlace en lui caressant le dos, avant de revenir d'un air radieux, auprès de Tom.

– C'est Brandon, lui dit-il complètement euphorique. Il revient à L.A.

– Brandon vient te voir ? lui répond Tom, avec un sourire.

– Non, il vient pour rester ici, il va rester, Tom !

– Oh, Jax, c'est merveilleux.

– Mon frère revient dans quelques jours, ça fait dix-sept ans que je ne l'ai pas revu, vous vous rendez compte ?

Tout à coup, comme si la nouvelle venait à peine d'atteindre son cerveau, il s'affale sur un transat, la tête couverte de ses deux mains, en jurant. La joie et la surprise mêlées, ont raison de son self contrôle.

– Oh putain, répète Jax. Brandon revient, je n'arrive pas à y croire.

– Jax, lui souffle doucement Mattias, en se rapprochant. C'est une bonne nouvelle, non ?

– Oui, répond-il, en se redressant. Je l'espère, mais j'avoue, que ça m'inquiète un peu. Excusez mon attitude, mais je croyais que je ne le reverrais jamais. Putain !

– Tu n'as pas à t'excuser, c'est normal de réagir comme ça, après dix-sept ans, lui dit gentiment Mattias, riant et lui pressant l'épaule.

– Regarde Mattias, lui dit-il, en lui montrant l'écran. Regarde mon frère, c'est tout ce que j'ai de lui, une photo qu'il m'a envoyée il y a plus de huit mois, sans me dire où il était. Il ne me donnait que très peu de nouvelles.

Mattias regarde la photo affichée sur l'écran d'accueil, l'expression neutre.

– C'est ton frère ?

– Oui, avec les cheveux presqu'aussi longs que les tiens. Il était dans les marines, il doit en être parti depuis un moment. Forcément, sinon ses cheveux ne seraient pas aussi longs, non ?

Il semble pensif, inquiet, les yeux rivés sur l'écran.

– C'est certain, lui répond Mattias. À l'armée les cheveux sont rasés d'office.

– Il me racontera peut-être. Oh bon sang, Tom, je vais revoir Brandon !

Il contourne Mattias pour se rapprocher de Tom, et lui montrer la photo. Puis, il tourne son bras, pour afficher fièrement, l'écran aux yeux de tous.

– Regardez, il est beau non ? Je n'en reviens pas, répète-t-il en secouant la tête, incrédule.

Bon sang, la photo affichée à l'écran montre un homme debout, très grand, les cheveux longs balayés par le vent, un visage plutôt beau, et agrémenté d'une barbe très courte. Ses yeux sont sombres, mais pas aussi foncés que ceux de Jax. Habillé d'un pantalon en cuir, et d'un tee-shirt à lanières, ouvert jusqu'à la naissance de ses pectoraux puissants. Putain de merde ! On croirait presque voir Mattias, en un peu moins grand, et moins musclé, mais quand même, quel mec !

– Mattias, tu le trouves comment toi ? Demande Tom en ricanant.

L'intéressé se retourne vers Tom, une lueur malicieuse dans le regard.

– Très bel homme.

– Puisqu'on est en famille, tu pourrais nous montrer tes pectoraux, pour voir et comparer avec ceux de Brandon, poursuit Tom sans se démonter.

Mattias lève les yeux au ciel, clairement exaspéré. Nous éclatons tous de rire, suivis par Mattias, qui d'un coup, retire son tee-shirt pour découvrir sa poitrine. Moi, je l'ai déjà vu torse nu, Orlando et Brad aussi, puisqu'il a fait quelques tatouages chez eux. Mais les autres restent scotchés sur lui, bouche bée, y compris Liam. Sa peau est recouverte d'encre, les tatouages maoris d'une beauté incroyable, recouvrent sa musculature impressionnante, jusqu'en bas de ses pectoraux puissants. Les dessins se poursuivent sur ses épaules ultra larges, et sur ses bras aux biceps proéminents. Ce type est une sculpture vivante. Tom, qui n'a toujours pas fermé la bouche, le montre du doigt, les yeux écarquillés.

– Oh putain ! Ooooooh !

Je hoquète de rire, les larmes aux yeux, face à l'expression et au bégaiement de Tom. Je n'ai pas le temps de me remettre de mon fou rire, que Mattias s'avance vers lui, aussi rapide qu'un félin, le bascule sur son épaule, sort de la terrasse et balance un Tom, hurlant sa misère, tout habillé dans la piscine. Comme ça, c'est fait !

Le reste de la soirée a été aux confidences. Après les hurlements de rire, que nous sommes payés sur le dos de ce pauvre Tom. Après s'être changé et tenté à son tour de pousser le mastodonte dans l'eau, il a repris un bain forcé, un de plus ! continuant de grogner dans sa barbe, chaque fois que Mattias passe près de lui, cette fois il a compris ! Les conversations ont tourné essentiellement sur Jax, qui nous a raconté un peu de sa vie. Et tour à tour, nous avons tous fait pareil, j'ai parlé du rejet de mes parents, en terminant par leur dire, que j'avais un sérieux problème avec ma vue. Je voulais qu'ils comprennent, que je portais mes lunettes de soleil constamment, pour préserver mes yeux le plus possible, ils méritent de savoir. Finalement, moi qui me plains, d'avoir été jeté dehors sans scrupules, je me rends compte en écoutant Jax, que j'ai eu de la chance, par rapport à lui.

***

J'attends, assis dans une salle d'attente minuscule. Sommairement meublée, de quatre chaises et d'une petite table, de laquelle débordent quelques magazines de psychologie, qui doivent dater des années quarante. J'essaie de trouver un article intéressant, mais il leur manque plusieurs pages, pendant que Tom, est à l'intérieur du cabinet du fameux psychologue. Mr Frost, mandaté par le juge. Ma jambe droite bat frénétiquement, pendant que tente en vain, d'arracher une cuticule qui dépasse de mon ongle. Je vais péter un câble !

L'attente est insoutenable. Ce psychologue de mes deux aurait pu accepter ma présence. Après tout, Klara vit avec nous deux, et nous deux, nous sommes un couple. Manquerait plus, que l'assistante sociale, qui doit se pointer demain après-midi, à la maison me jette dehors de mon salon tiens ! Pourvu qu'il se débrouille bien, qu'il ne s'énerve pas ! Je le connais mon chéri, quand il prend la mouche, il ne prend pas de pincettes, il peut sortir du grand n'importe quoi. Il est bien capable de l'envoyer chier, sans en mesurer les conséquences. Putain ! Je me lève faire les cent pas, me rassoie, prends un livre que je feuillette, sans regarder les images ni lire les articles.

TOM

Je prends place dans le fauteuil, face au psychologue, assis de l'autre côté de son bureau, habillé comme une relique des années cinquante. Sa tronche ne me dit rien qui vaille. Il manipule tranquillement la souris de sa main droite, fixe l'écran de son ordi, en plissant ses yeux de… fouine, signe, qu'il est myope comme une taupe, et de sa main gauche, il tapote son bureau. Le tapotement est tellement régulier, que j'ai l'impression de vivre les prémices de la torture qui m'attend. Je sens venir le truc, gros comme une maison.

– Mr Kolinski, lance-t-il d'un coup. Donc, vous avez demandé la tutelle de votre nièce, Klara Kolinski. C'est bien ça ?

– Oui monsieur.

Rien que le son de sa voix, me file des boutons. Évidemment que c'est ça, sinon, je ne serais pas là !

– Bien, alors, dîtes-moi tout.

Il veut que je lui dise tout. Mais quoi… tout ? Ça commence fort ! Des gouttes de sueur dévalent le long de ma colonne vertébrale.

– Qu'est-ce que vous voulez savoir ?

– Je vous l'ai dit, Mr Kolinski. Tout. Votre métier, votre vie, tout ce que vous pourrez m'en dire. Ensuite, je vous poserai des questions.

J'inspire, j'expire, lentement, doucement, pour qu'il n'entende pas, mais au coup d'œil furtif qu'il me lance, je comprends que c'est râpé.

– Eh bien, je suis graphiste à mon compte, nous vivons à Venice Beach, dans une grande maison avec mon compagnon, Estéban Réal et Klara.

Le type à la face de rat, tapote toujours sur son bureau, en promenant ses doigts sur le clavier pour prendre quelques notes, et lève furtivement ses yeux.

– Bien, depuis quand, à votre compte ?

– Un mois et demi, je lâche, presqu'en murmurant. Mais mon entreprise marche bien, j'ai de bons clients.

– Que faisiez-vous, avant ?

– Euh… j'étais barman Monsieur, pour payer mes études et mon loyer.

– Dans quel établissement ?

– Le Warehouse, c'est une boîte de nuit.

– Et comment ça se passe, avec la petite ?

Elle a un prénom, la petite, connard. Ce n'est pas un objet, c'est un être humain ! J'ai envie de hurler, mais aujourd'hui, il faut que je réfléchisse bien avant de parler. Esté me l'a dit.

– Très bien, elle est facile à vivre et nous avons pris nos marques maintenant. Elle est joyeuse et s'est bien adaptée à la crèche. Elle adore mon compagnon aussi. Tout va très bien.

– Votre enfance, vous pouvez m'en parler ?

Je ne vois pas ce que mon enfance vient faire dans un dossier de tutelle. Peut-être qu'il veut tout savoir pour se faire une idée par rapport aux actes de Zack, je n'en sais rien. Alors je lui dis tout, je raconte le décès de mes parents, la grand-mère formidable, qui nous a élevés Zack et moi, son décès, aussi, quand j'avais à peine dix-huit ans. Puis, le job dans un magasins de vêtements, jusqu'à mon emploi au club. Mais j'omets de préciser que j'étais principalement danseur de pole danse à moitié dévêtu. Mon ancien boss, devenu aujourd'hui mon client, m'a conseillé de ne pas tout dire, en m'assurant que si un travailleur social venait lui poser des questions, il affirmerait, que je ne travaillais que derrière le bar. Je précise au psychologue que j'ai quitté le travail de nuit, en m'installant à mon compte, pour m'occuper de Klara dans les meilleures conditions, et qu'en plus, je travaille de chez moi.

À la maison, j'ai bassiné Esté pour qu'il m'entraîne avec les questions-réponses, comme des idiots. Cela n'a servi à rien, sauf à rigoler quand même un bon coup, et à me rappeler, de ne pas prononcer le mot « pole danse ». J'ai seulement donné le nom du club, je doute que le personnage connaisse l'établissement, mais on ne sait jamais. Chaque fois que je dis quelque chose, il secoue la tête de haut en bas, en l'écrivant minutieusement. Il avait l'air mou, mais pas du tout. Je comprends immédiatement, qu'il ne s'agit pas du genre d'un psychologue, qui utilise ses études pour aider moralement les gens, non, celui-ci travaille pour l'état. Il pose les questions, écrit comme un robot, sur son ordinateur, toujours sans me regarder, en accumulant les données, avec lesquelles il va rédiger son compte rendu. C'est tout, pas de discussion superflue ou inutile à ses yeux. Putain, je boue intérieurement !

La vie de Klara va se jouer sur quelques phrases, la façon dont j'ai répondu, mais surtout, la façon dont ce monsieur les aura interprétées. Je m'attendais à des questions pertinentes, ou du moins, concernant le comportement de la petite, depuis qu'elle est avec nous. Je ne sais pas au juste à quoi je m'attendais, mais certainement pas à un questionnaire froid et impersonnel. Et c'est ma vie avant Klara qui l'intéresse, pas celle que j'ai aujourd'hui.

– Très bien Mr Kolinski, une dernière question. Vous avez vingt-huit ans, êtes en couple non officiel, depuis très peu de temps, donc si demain vous vous retrouvez seul avec cette enfant, vous comptez faire comment ?

Enfin une question intelligente !

– Comme tous les parents qui se retrouvent seuls avec un enfant, je suppose. Je l'élèverais seul. Mais ce n'est pas à l'ordre du jour monsieur, notre couple est solide, je connais mon compagnon depuis cinq ans. Et le plus important, nous aimons Klara, comme si c'était notre fille.

– Bien Mr Kolinski, je vous remercie pour votre collaboration. Je rédige mon rapport aujourd'hui même, pour le remettre à Mr le juge.

– Euh… Mr s'il vous plaît, vous pensez qu'il pourrait y avoir un problème ?

– Je ne peux pas répondre à ça Mr Kolinski, c'est le juge qui prend les décisions, moi je me contente de rédiger un rapport, mon travail s'arrête là. Au revoir monsieur.

Il se lève tranquillement de sa chaise, contourne le bureau, se plante devant la porte pour l'ouvrir en me tendant la main, me signifiant que l'entretien est terminé. Voilà ! Je sors, tremblant et dépité. Estéban est debout dans la salle d'attente, j'imagine à son air inquiet qu'il a passé un mauvais moment, lui aussi. Terrain hostile !

– Tom, comment ça s'est passé ?

– Viens, sortons d'ici, cet endroit me donne la chiasse.

Je lui laisse le temps d'enfiler sa casquette et ses lunettes de soleil, et nous sortons du cabinet situé dans un bâtiment indépendant, à quelques mètres du tribunal, dans lequel sont installés les bureaux de tous les travailleurs sociaux de l'état de L.A. Dans les couloirs, « Foster Care », est inscrit sur plusieurs affiches, cela veut dire, famille d'accueil. Cela ne correspond pas à ce que nous voulons pour Klara. Nous, nous voulons être ses parents, à part entière, pour la vie.

Mais je suppose qu'il faut passer par cette étape, avant d'avoir l'agrément et une adoption, en règle.

Nous sommes un peu perdus tous les deux, tout est arrivé tellement vite ! Et cet après-midi, l'assistante sociale doit venir pour voir l'environnement dans lequel nous vivons, et rencontrer Klara.

***

J'accueille une dame devant la porte, assez jolie, très bien habillée, qui affiche un sourire sincère sur le visage en me tendant la main. Klara, calée contre ma hanche, s'affaire à grignoter son boudoir sans la calculer, et marque un mouvement de recul, quand la dame lui caresse la joue de son pouce, en lui disant bonjour.

– Bonjour, Tom Kolinski ? Je suis Mme Reynolds, dit-elle en me tendant une carte qui décline son identité, et son statut d'assistante Sociale, auprès du gouvernement fédéral de L.A. Je suis l'assistante Sociale, mandatée par le juge Lewis.

– Bonjour Madame, entrez et installez-vous.

Je n'ai jamais été aussi guindé, poli et bien habillé de ma vie. Esté m'a obligé à enfiler un pantalon à pinces, une chemise classique, et des mocassins qui me font un putain de mal aux pieds. Depuis ce matin, je marche en claudiquant, je ressemble à un pantin ridicule. Esté a beau me dire que je suis beau, moi, je n'aime pas. Le problème, est en dessous, j'ai dû lui emprunter un caleçon, obligé ! Mes attributs, n'apprécient pas de balloter dans ce style de pantalon. Ça gratte un max, et les couilles qui grattent… c'est une plaie. Bref !

Je lui désigne le canapé qui trône dans le grand salon, elle s'installe en jetant un coup d'œil appréciateur au reste de la pièce, avant de s'asseoir confortablement, pour sortir de sa sacoche un dossier et un stylo.

Esté nous a rejoint quelques minutes après. Nous répondons de notre mieux, laissant Klara comme d'habitude, faire sa vie avec ses jouets, étalés un peu partout dans la pièce. L'assistante fait très attention à notre comportement avec elle, mais nous agissons comme tous les jours, moi, qui me précipite, dès qu'elle risque de tomber, en la suivant continuellement, et Esté qui l'accapare pour jouer. Visite guidée de l'entièreté de la maison, surtout la chambre de la choupette, la procédure normale. Et ensuite, la vie de Zack, passée au crible, ainsi que la mienne. Quand j'ai senti que la visite prenait fin, je me suis permis de demander, pourquoi la vie d'Esté, n'était pas prise en compte.

– Mr Kolinski, ce cas est particulier, me dit-elle gentiment, en caressant les cheveux de Klara, qui tourne autour de nous en babillant. Cette petite devrait être en famille d'accueil depuis sa naissance, je ne comprends pas comment il est possible, que la maternité n'ait pas signalé ce cas le jour de sa naissance, aux services sociaux. Elle aurait été adoptée depuis longtemps, c'est inacceptable ! Elle n'a que deux ans, et vous êtes célibataire, même si vous vivez en couple. Les renseignements sur Mr Réal n'intéressent pas le juge. Pour lui, il s'agit d'une demande individuelle. Les rendez-vous avec Mr Frost, le psychologue et moi-même, ne servent qu'à vous donner l'agrément en vue de l'adoption, ce dossier va être instruit en urgence.

– Le fameux programme Foster Care ? Je lui demande.

– C'est cela. Les enfants qui entrent dans ce programme, sont des enfants qui peuvent bénéficier d'une adoption plénière, puisqu'ils sont pupilles de l'état.

– On ne peut pas revenir en arrière, je lui lance. Si nous avions su que Klara était dans cette situation, j'aurais dénoncé mon frère, moi-même. Maintenant qu'elle est là, avec nous, elle doit rester ici, avec sa famille. Nous nous en occupons bien. Elle compte plus que tout pour moi, et pour mon compagnon, aussi. Pas vrai Esté ? Je lui demande, en me tournant vers lui.

– Oui, elle sera notre priorité madame, je peux vous l'assurer.

L'assistante se tourne vers Esté, en hochant la tête avant de continuer.

– Le compte rendu de mon dossier sera en votre faveur. Mais je tiens à vous dire, pour avoir été témoin de quelques cas similaires au votre, que cela risque d'être un peu compliqué. Les juges sont plutôt favorables à un placement en famille d'accueil, et ensuite, ils choisissent le dossier des adoptants, par ordre de priorité. Les couples mariés et hétéros sans enfants, d'abord. Puis, hétéros avec enfants, avec de très bonnes situations, et en dernier, les couples d'homosexuels mariés. Autant vous dire, que les homosexuels célibataires, sont relégués tout au bout de la liste, quand cela concerne des enfants de moins de six ans.

– Vous voulez dire qu'on va nous refuser ?

Le sang quitte mon visage, je me tourne vers Esté, affolé, qui semble en panique, lui aussi.

– Ce n'est pas possible, je crie. Klara est ma nièce, les liens du sang doivent passer avant tout le reste.

– Ne vous affolez pas tout de suite, je n'affirme rien, me dit-elle doucement en me prenant la main. Je vous explique juste la situation, mais je vous comprends. Je voulais vous prévenir, notre pays a la réputation d'être un pays « open » en ce qui concerne les adoptions, mais la réalité, c'est que les couples homosexuels, même ici en Californie, sont relégués au second plan, c'est pour cela qu'ils ont plutôt recours à la GPA, quand ils en ont les moyens.

Nous restons assis sur le canapé, sans parler, après son départ, les pensées se bousculent dans ma tête. Klara sur les genoux d'Esté, moi qui tiens sa petite main entre la mienne. Elle nous regarde tour à tour, avant de commencer à s'énerver, pour s'extirper et filer comme une petite bombe vers ses jouets. Je me cale contre son torse, à la recherche de sa chaleur et son soutien.

– Esté, s'ils essaient de nous arracher Klara, je ne les laisserais pas faire !

ESTÉBAN

Quatre jours, que l'assistante sociale nous a rendu visite, quatre jours, à tenter de me concentrer, sans parvenir à terminer la mélodie de la dernière chanson que j'ai écrite. Mes doigts glissent sur les cordes de ma guitare, en vain. À côté, dans son bureau, Tom est sensé travailler, mais sans y parvenir, non plus. Nous avons décidé de garder Klara à la maison, plutôt que de la déposer à la crèche, atterrés par l'idée, que les services sociaux viennent nous la prendre là-bas. Si le juge ne donne pas une réponse au plus vite, nous allons péter une durite. Tom est à la limite de la paranoïa, c'est tout juste s'il n'a pas installé le lit de la petite dans notre chambre, pour mieux pouvoir la surveiller. Devant sa détresse, j'ai téléphoné à mon avocat, qui m'a répondu que nous devions attendre la décision du magistrat qui lui sera transmise par courrier recommandé, et qui ne devrait plus tarder.

Nous sommes donc, tributaires du juge, point. Ça, nous le savions déjà !

Exaspéré, je me lève, guitare en mains, pour rejoindre ma famille dans l'autre pièce. Je frappe doucement en ouvrant la porte, sans attendre de réponse. Tom, assis sur une couverture, maintient Klara, calée entre ses cuisses, tout en faisant tourner les aiguilles d'un module, pendant qu'elle s'extasie, en tapant dans ses mains, chaque fois que la musique se déclenche. Je m'installe face à eux. La tristesse que renvoient ses prunelles dorées, atteint les profondeurs de mon cœur, qui cesse de battre un instant. Je soutiens son regard, en posant une main sur sa cuisse, en la serrant tendrement, avant de laisser mes mains s'activer sur les cordes en entonnant la comptine des « Fingers family ». Tom fait bouger ses doigts un par un, devant une Klara, captivée, qui tente de l'imiter en souriant. Tout y passe, « Brother John », « Itsy Bitsy », « SpiderTwinkle » et « Little Star », jusqu'à ce que ses yeux commencent à papillonner, et qu'elle s'endorme contre lui.

– Merci, mon amour.

Son regard est magnifique, doux. Je tends mon bras pour caresser sa joue, qu'il presse contre ma paume.

– Je n'arrive pas à travailler, je suis mieux ici, avec vous.

– Je suis heureux d'être avec toi ici, Esté, je t'aime tant… excuse-moi, pour tous les ennuis que j'emmène dans ta vie.

– Pour rien au monde, je ne voudrais être ailleurs. Tu es ma raison de vivre, sans toi j'aurais sombré, Tom. C'est moi qui dois m'excuser, de ne pas pouvoir faire plus, pour t'aider. Je t'ai promis que tout irait bien. Aujourd'hui, je me rends compte, que ce n'est pas aussi simple.

– Non, c'est moi, qui incite tout le monde, à me dire ce que j'ai envie d'entendre, mais je suis lucide, ne t'inquiète pas.

Je m'avance pour déposer un baiser sur ses lèvres, les larmes au bord des yeux. Putain, j'aimerais alléger sa peine, qu'il trimballe comme un poids qui ne le quitte plus, depuis quelques jours. Mais je ne sais pas comment faire, je suis aussi apeuré que lui.

Les petits pas d'Ana, notre femme de ménage, qui vient tous les matins depuis le déménagement de Tom et Klara, se font entendre dans le couloir. J'embrasse Tom, avant de me lever pour aller à sa rencontre.

– Monsieur Réal, votre avocat vient d'arriver.

Je me fige un instant, en entendant Tom se relever doucement pour ne pas réveiller Klara. D'un hochement de tête, il me fait comprendre qu'il a entendu, avant de passer devant moi, pour emprunter les marches qui mènent au salon. Ylan Scot est là, installé dans un fauteuil, une tasse de café, posée devant lui. Je fais signe à Ana de nous emmener la même chose, pendant que Tom dépose la petite dans sa chambre.

– J'ai reçu la décision du juge, il y a deux heures.

Ses épaules affaissées et son air ennuyé, nous confirment qu'il ne va rien nous annoncer de positif.

– C'est-à-dire ? Demande Tom sur la défensive.

– Il veut placer Klara en famille d'accueil, en attendant d'étudier.

Nous sursautons les deux devant cette absurdité, Tom tremble comme une feuille, le visage de plus en plus cramoisi par la rage.

– Pas question, crie Tom en se levant brusquement du canapé.

– Je ne suis pas d'accord, je rétorque en prenant Tom par les épaules. La petite restera avec nous, l'assistante sociale nous a assurés, être en notre faveur.

Ylan nous observe. Je sais, qu'il fait tout ce qu'il peut pour nous aider, que cette situation le dépasse, mais bon sang, il faut qu'il trouve une solution, à tout prix !

– Elle l'a fait, répond Ylan en soupirant. Mais le psychologue n'a pas été de votre côté, Tom.

– Je l'emmerde ce trou du cul ! Continue à vociférer Tom, qui ne contrôle plus ses nerfs. Il n'a pas à juger ma vie, je n'ai pas dit que j'étais gogo danseur, merde !

Il se retourne pour pleurer la tête contre mon cou. Ses épaules tressautent, ses poings serrent mes bras tellement fort, qu'il va m'arracher la peau. Mes bras s'enroulent à sa taille, parce que, putain, je pleure aussi. Des larmes de dépit, de dégoût. Toutes sortes de sentiments mêlés, tellement nombreux, que je suis incapable de les énumérer.

– Ils comptent faire comment ? Nous ne leur laisserons pas ! Je balance entre mes dents, les lèvres tremblantes.

– Un travailleur social viendra la chercher vendredi, pour l'emmener en famille d'accueil. Je suis désolé.

Le corps de Tom raidit contre le mien.

– Alors, nous n'avons que trois jours pour nous retourner, c'est ça ?

– Je te promets Estéban, que nous trouverons le moyen de la récupérer, mais en attendant, il ne faut rien faire qui puisse empirer les choses.

Je n'écoute plus ce qu'il nous dit, j'en veux à la terre entière, même à lui, qui pourtant, se démène à nos côtés. Je me retourne, entraînant Tom avec moi dans notre chambre, pour nous allonger en travers du lit, en le tenant contre moi. Mon cœur bat sourdement dans ma poitrine. Là, dans le silence de notre chambre, nous restons enlacés sans parler. La peur, que cette histoire puisse avoir raison de notre couple, me broie les entrailles. Tom a tout lâché, son job qu'il adorait, son appartement, chamboulé toute sa vie. Aujourd'hui, nous sommes considérés comme incapables de nous occuper d'une enfant, alors qu'elle est chez nous, depuis plus de deux mois. Une famille d'accueil bien bigote, serait mieux ? Tout le monde sait, qu'un bon pourcentage de ces familles d'accueil, fait ce travail pour l'argent que ça leur rapporte, pas par amour des enfants. Certains articles dénonçant des cas de maltraitance, font la une des journaux dans ce pays. Alors pourquoi ? Pourquoi, prendre le risque de la placer chez des personnes, qu'elle ne connaît même pas, après la vie qu'elle a eue ?

TOM

Deux jours, que je tourne dans L.A, pour rendre visite à tout le monde, Brad et Orlando à leur salon de tatouage, Liam et Jax, chez eux, et Mattias à son boulot. Il est encore chez nous, mais son futur appartement étant meublé, il y passe pas mal de temps, pour ranger ses affaires avant d'emménager. Je le soupçonne de reculer son départ pour rester à nos côtés, le temps de régler cette affaire. Comme si cela ne suffisait pas, j'ai insisté pour passer voir mon ancien boss au club ! Et devinez avec qui ? Esté et Klara. Mon homme, sans lunettes et sans casquette, qui, avec mes conneries, s'est fait repérer en sortant dans l'avenue, par une fan hystérique. Un attroupement s'est formé autour de nous, avec en prime, l'apparition de deux photographes, dans la minute qui a suivie. Nous avons été flashés et traqués comme des animaux. Maintenant, je comprends mieux ses réticences, quand il affirme, que la célébrité n'est pas faite pour ceux qui veulent une vie, tranquille. Demain, nous ferons la une d'un magazine people, c'est indéniable. Ils ont terrorisé Klara qui hurlait. Nous avons fait demi-tour, en courant pour nous réfugier au Warehouse, en attendant que Mattias vienne nous sortir de là. Tout va bien dans le meilleur des mondes. Tout ça, pour demander des conseils aux uns et aux autres. Je ne sais plus à quel saint me vouer. Après-demain, une personne est sensée venir nous arracher Klara, mais je ne compte pas lui remettre entre les mains, je suis prêt à en assumer les conséquences. Demain, Esté doit se rendre impérativement, chez Blake Records. J'aurais toute la journée, pour cogiter seul et prendre une décision. Je ne fais rien de bon, en ce moment, rien de sensé, je le sais. Je suis envahi par une boule qui me bloque la poitrine, et le soir, dans notre lit, nous restons blottis l'un contre l'autre, juste comme ça, sans parler, par peur d'exprimer cette douleur. Libido en bas des chaussettes, bonne humeur envolée, plus envie de rien !

La pire nuit de ma vie, à réfléchir comme un con. Hier soir, avec Esté, nous avons écumé toutes les possibilités, sans trouver d'échappatoire. J'ai pris ma décision, sans lui en parler. Je prends Klara, et je me tire !

***

La descente au sous-sol est compliquée, avec Klara calée contre ma hanche, et les deux gros sacs, que j'ai préparés au plus vite. Esté est sorti de la maison, pour attendre son taxi au bout de la rue. J'ai failli éclater en sanglots, quand il m'a embrassé en me serrant contre lui, avant de partir. Je le trahis en agissant comme ça, mais si je lui révèle mes intentions, il aura des ennuis. Sans compter la presse, qui s'empressera de faire des choux gras sur son compte. Je sais qu'il craint les médias, comme la peste. Je mets Klara à l'abri, point final. Ma première idée est de partir jusqu'à Seattle, en voiture. Là-bas, il y a Jamie, qui pourrait m'héberger quelques jours, le temps de me retourner. L'avion, c'est exclu, je serais tracé tout de suite, la petite n'a pas de papiers en règle. Impossible, sans finir embarqué par les flics, avant de passer les barrières de la porte d'embarquement.

J'actionne la fermeture centralisée, Klara, que j'ai posée parterre trottine derrière moi, en babillant tranquillement. Je balance mes bagages dans le coffre, avec un petit sac contenant quelques jouets, et un autre avec des sandwichs, une gamelle des pâtes et quelques biscuits pour elle. Je rajoute plusieurs bouteilles d'eau, en prévision, avant d'installer choupette sur son siège.

– Tu comptes te tirer comme un voleur ?

Je sursaute, mon cœur fait un bon dans ma poitrine, prêt à sortir de ma cage thoracique. J'étais pourtant certain d'être seul dans la maison. J'attends, le corps entièrement tétanisé, en m'appuyant contre la portière du véhicule, la tête appuyée contre mon bras. Je ne dis rien, aucun son ne sort de ma gorge, bloquée par l'angoisse, en attente de la réaction de Mattias.

– Tu comptes aller où, comme ça ?

Le ton est sec et tranchant, je l'entends se rapprocher de moi.

– Je ne sais pas, je réponds doucement.

Je n'ai qu'une envie, c'est de me foutre à chialer, comme un gosse pris la main dans le sac, et qui attend sa punition. Dans ma tête, rien d'autre ne compte, qu'éloigner Klara des rapaces. L'idée de l'imaginer dans leurs mains m'est insupportable. C'est ma nièce bordel ! Elle n'est pas seule au monde, pour faire partie de cette putain de loi, selon laquelle, dès qu'un enfant est déclaré adoptable, c'est famille d'accueil obligatoire ! Moi, je ne compte pas, je l'aime de tout mon cœur, mais ça ne compte pas !

– Je n'accepte pas cette loi qu'ils nous imposent, Mattias. Klara doit rester avec moi. Je ne la remettrais pas, à cette assistante sociale de mes deux. Laisse-moi partir, s'il te plaît.

– Tu auras des ennuis, si tu arrives à la garder cachée, comment vas-tu faire, le jour où elle devra aller à l'école ?

– Je n'en suis pas là, je me barre, c'est tout, je n'ai rien à perdre. S'ils la prennent maintenant, ils ne la rendront jamais, et tu le sais.

– Tu as beaucoup à perdre.

– Alors tant pis, mais j'aurais essayé.

Je contourne la voiture pour m'installer au volant. C'est la voiture d'Esté. Elle ne m'appartient pas, mais je la prends quand même, j'espère qu'il comprendra. Ce qui me fait le plus mal c'est de le laisser, lui, derrière moi. Malheureusement, je n'ai pas d'autre option. Ma fuite risque de tourner au vinaigre. Sans nous, sa vie sera plus tranquille et sans médias, pour le harceler de questions.

Mais ça me fait mal, putain !

– Monte dans mon véhicule, je vous emmène.

– Non Mattias, je pars seul.

– Écoute-moi, pour une fois, abruti ! Je t'emmène et c'est tout. J'appelle Liam, pour lui raconter un bobard. En attendant, récupère tes affaires, mets le siège auto et la petite dans ma voiture. Tu as compris, Tom ? I.M.M.E.D.I.A.T.E.M.E.N.T !

Je m'empresse de faire ce qu'il me demande, comme poussé par une force, que je ne ressentais plus, depuis quelques jours. La poussée d'adrénaline remonte. Je m'affaire comme un dératé en fixant le siège auto dans son SUV, avant d'attacher Klara, et balancer les affaires dans le coffre. Je sais qu'il va m'aider. La chape de plomb juchée sur mes épaules, s'allège, un tout petit peu. J'ai confiance en lui. Je sais, qu'il ne va pas nous laisser au bord de la route ni nous emmener directement, au poste de police le plus proche.

– On va où ? Je ne veux pas que tu ais d'ennuis, à cause de moi.

– Si tu la fermes, personne n'aura d'ennuis, à part toi. Tu en auras Tom, crois-moi, mais discuter avec toi, quand tu as une idée dans la tête, ne sert strictement à rien, pas vrai ? Alors je préfère t'emmener chez mon père, et savoir où tu te trouves.

– Chez ton père ? Je ne veux pas que l'on sache où je suis, pas même, Esté !

Il n'a rien voulu savoir et face à sa détermination, et à l'urgence de la situation, je n'ai pu que m'incliner. Presque deux heures de route, Klara a dormi tout le trajet. Mon Dieu, aide-moi ! Je ne suis pas croyant, mais je suis prêt à dépenser, tout le fric que contient mon portefeuille, plus celui que j'ai dans le sac, en cierges. Et j'en ai un paquet ! Toutes mes économies, en espèces, plus de trente-six mille dollars. L'argent engrangé au Warehouse, en tant que gogo danseur. Encore quinze minutes, et nous arrivons devant l'entrée d'une propriété immense, fermée par un portail en fer forgé. Mattias stoppe le véhicule, pour taper un code sur le clavier d'ouverture, avant de reprendre le volant, sans me regarder. Il se gare devant la véranda gigantesque d'une grande bâtisse, de laquelle sortent trois hommes, une bière à la main, en se chamaillant. Le plus âgé des trois, marque un temps d'arrêt, avant de s'élancer dans notre direction, pour se jeter dans les bras de Mattias, qui l'attend les bras ouverts, contre sa voiture.

– Mon fils, bienvenue, ça c'est une surprise !

ESTÉBAN

Allongé sur mon lit, je pleure toutes les larmes de mon corps. Ça y est, Tom est parti avec Klara. Je savais, que cette idée lui trottait dans la tête, et qu'il allait se barrer, avec la petite. En accord avec Mattias, nous nous sommes arrangés pour le surveiller, et le surprendre au moment où il prendrait la poudre d'escampette. Je préfère avoir été l'instigateur de sa destination. J'ai prétexté une réunion chez Blake records, en attendant au bout de la rue. J'ai senti à ses regards fuyants, qu'il allait partir aujourd'hui. Je ne me suis pas trompé, Mattias a réussi à l'intercepter, puisqu'il est parti avec lui. Dieu merci ! Jusqu'au bout, j'ai espéré qu'il ne le ferait pas, sans m'en parler. Je préfère les savoir à l'abri, chez John, tout de suite prêt à les recevoir, plutôt que perdu vers une destination inconnue. Ce n'est pas bien, mais sachant qu'il n'avait nulle part où se réfugier, je ne regrette rien.

Jax et Liam sont au courant, je viens de les avertir. Tom n'est pas une tête en l'air, loin de là. Il est complètement givré pour certaines choses, surtout pour faire l'imbécile, mais il a la tête sur les épaules. Mettre à l'abri, une enfant qui a souffert, en est la preuve, même si l'on peut penser, qu'il agit comme un décérébré. Non, il faut se trouver dans cette situation, pour comprendre que l'amour n'a pas de prix, il fait passer Klara en premier, au détriment de notre vie à nous. Surtout de son avenir à lui, car il risque gros dans l'histoire. C'est tout à son honneur. Et malgré qu'il n'en sache rien, il est loin d'être seul, nous sommes tous là, pour l'aider et trouver une solution. Que l'on vienne me dire après cela, qu'il ne mérite pas, d'avoir la garde exclusive et inconditionnelle de sa nièce, tiens !

J'ai appelé Ylan Scott, pour le prévenir de son départ avec la petite, sans prévenir personne. Il n'a pas eu l'air étonné, me promettant de nous soutenir, quoi qu'il arrive. Et moi, je suis là, à me traîner comme un zombi dans la maison, en état de manque. Tom, mon amour, n'est plus là, mon cœur saigne en pensant, que peut-être, je ne le reverrais jamais. Encore une fois, je suis seul, mais ce n'est pas la même douleur. Je pensais, que la perte de ma famille, avait été la chose, la plus terrible que j'avais vécue. Eh bien non, aujourd'hui, c'est l'enfer !

Auprès de lui, j'ai appris, qu'aimer, c'est devenir quelqu'un pour l'autre. Résumer l'amour que j'ai pour lui, se révèle plus compliqué que respirer. Il m'a appris l'amour lucide, celui qui vous fait accepter l'autre, avec ses qualités et ses défauts. Le véritable engagement. Voilà ce que Tom représente pour moi. Tout.

Je souris, en imaginant la réaction du travailleur social, quand il va voir qu'il ne reste plus personne à récupérer. Klara est partie ! Mais quand je pense à la réaction de Tom, quand il saura que sa destination était préparée. Quelle merde !

J'attrape mon téléphone, qui s'obstine à sonner depuis une demi-heure, sans arrêt. Je n'ai pas la tête à ça. Je m'apprête à le balancer avec rage à l'autre bout de la pièce. Quand j'aperçois, le nom de l'avocat sur l'écran, je m'empresse de décrocher.

– Oui.

– Ylan Scott. Estéban, je vais passer à ton domicile, pour attendre les services sociaux avec toi. Après, je vais t'exposer une idée, peut-être qu'elle ne te conviendra pas, mais au point où vous en êtes, il n'y a rien à perdre.

– Ok, je n'avais pas l'intention de leur ouvrir la porte, mais si tu crois que c'est mieux.

– J'en suis certain, j'arrive dans une heure, environ.

– Ok, si tu veux.

L'eau ruisselle sur mon corps, et me fait un bien fou. Ça efface les traces de larmes, et ça réveille. Ylan m'a parlé d'une possibilité, et si c'est faisable, je compte bien l'exploiter. Recroquevillé dans le bac, je laisse l'eau s'écouler sur moi, sans bouger. Il faut que je réagisse si je veux pouvoir aider Tom, au mieux, ce n'est pas avec des atermoiements, que je vais me rendre utile. Je me redresse, m'empare du gel douche pour commencer à frotter vigoureusement mon corps, les épaules redressées, et la tête haute.

Ylan arrive quelques minutes à peine, avant qu'Ana se précipite vers la porte. Nous y sommes ! L'avocat se lève, pour accueillir la personne qui va entrer dans mon salon. L'homme doit avoir une quarantaine d'années, et n'a pas l'air trop con, mais je me méfie.

– Bonjour Messieurs, je suis Adam Sims, je suis mandaté par le juge Lewis, pour emmener Klara. Son sourire est avenant, j'ai presque de la peine pour lui, quand Ylan va lui annoncer la couleur.

– Bonjour Mr Sims, Ylan Scott, avocat et voici Mr Estéban Réal, le propriétaire de cette maison, et le compagnon de Tom Kolinski, l'oncle de Klara.

– Oh, mais je vous connais, lance-t-il en s'avançant vers moi, un air radieux sur le visage. Mais, je croyais que votre nom était, Blake !

– Non, Blake était mon nom de scène.

– Mr Sims, reprend l'avocat, Mr Tom Kolinski a disparu avec Klara, nous ne savons pas où il se trouve. Nous avons tenté de le contacter, mais il ne répond pas. J'ai bien peur qu'il ait fait une bêtise. Mr Réal était absent, et je pense que dans son désespoir, Tom n'ait pas réalisé les conséquences de ses actes.

Tom est parti depuis hier, déjà, mais Ylan sait ce qu'il fait, en omettant ce détail. Et effectivement, ce matin, je me suis rendu à Blake Records, pour assister à la réunion que nous tenons mensuellement avec mes associés. S'ils vérifient, il n'y aura pas de soucis, heureusement.

– Oh bon sang, oh merde ! Répète le pauvre mec, paniqué. Je suis dans l'obligation d'appeler le juge, pour le prévenir. Je vais devoir attendre ici ! La police, qu'il ne va pas manquer d'envoyer, viendra vérifier qu'ils ne sont pas dans la maison. Merde ! Il va avoir des ennuis, déblatère-t-il en marchant de gauche à droite, tout en se grattant la tête.

Je compatis, devant sa mine déconfite, il n'a pas l'air d'un mauvais bougre, il fait juste son travail. Ces gens-là ne sont pas inutiles, au contraire, mais dans notre cas, si.

– Nous en sommes conscients, Mr Sims, asseyez-vous et téléphonez à votre juge pour le prévenir, je rétorque en haussant les épaules.

Il s'installe dans le fauteuil, pour appeler monsieur « je décide de la vie des autres ». Il transpire beaucoup, l'affolement se lit sur son visage crispé, et sur la tension de ses épaules, crispées. Il a l'air d'une personne, qui va annoncer la découverte d'un cadavre.

– Je peux vous proposer quelque chose à boire ? Je lui demande, quand il range son téléphone dans la poche intérieure de sa veste de costume.

– Un verre d'eau, s'il vous plaît. Vous êtes gentil, merci.

– Allons Mr Sims, lui dit Ylan en souriant, et en lui tapotant l'épaule. Remettez-vous, les ennuis ne sont pas pour vous !

– Je sais, mais ces choses-là me mettent mal à l'aise, vous savez. Je travaille dans ce service depuis dix-neuf ans, et je ne m'y habitue pas. Ma mère me dit toujours que je suis trop sensible, une brave femme, ma mère.

Je pose le verre d'eau devant lui, il a un air un peu ridicule, mais il est émouvant, dans sa façon de s'exprimer.

– Vous avez vu beaucoup de personnes, s'enfuir avec leurs enfants ? Qu'est-ce qu'il risque ? Je demande en m'installant, face à lui.

– Oh oui, plusieurs fois, mais que des femmes. C'est plus rare que les hommes emmènent leurs enfants, moi je n'en ai vu que deux, dans toute ma carrière. Et ils risquent la prison, c'est grave, et les cautions demandées pour être libéré avant le procès, sont faramineuses. Oh bon sang ! Pourquoi il a fait cette bêtise ?

– Il a eu peur de perdre définitivement la petite, lui répond l'avocat. C'est un couple gay.

– Oh bon sang ! Je sais, j'ai lu le dossier hier. Je suis homosexuel, moi aussi, je compatis, vous savez !

Ah ben merde ! Le pauvre homme me fait pitié, maintenant. Il est compatissant et a l'air de bien connaître les discriminations dont nous sommes les victimes, dans presque toutes les situations. Sauf pour le mariage, car malgré les réticences de certains groupes religieux, et puissants, la loi prime, et ne peuvent rien y faire. Une loi, est une loi.

– Est-ce que vous croyez que l'on peut faire quelque chose, pour récupérer Klara ?

– Malheureusement, je n'en ai aucune idée, m'annonce-t-il en soupirant. Mais, vous, vous êtes connu, peut-être, que vous pourriez alerter les médias.

Les médias ? Exposer ma vie, et mon homosexualité, devant la face du monde ? Je me redresse sur le canapé, les coudes sur mes cuisses, en passant fébrilement les mains dans mes cheveux. Les médias… je les ai fuis, comme la peste. C'est en grosse partie, à cause de leur harcèlement, qui pourtant, n'était pas si insupportable que ça, envers moi, que j'ai abandonné la scène. Mais je suis conscient, que si je leur donne un bon steak à se mettre sous la dent, ils peuvent être une porte de sortie, inespérée. Je tourne la tête vers Ylan, qui me regarde fixement, en m'adressant un hochement de tête discret.

La sonnette de la porte d'entrée, nous fait sursauter. Je pense que la police est là, sans avoir déclenché les sirènes de leur voiture. J'entends Ana ouvrir la porte, pour les inviter à entrer. Trois policiers en uniforme se présentent devant nous, et nous informent qu'ils doivent vérifier la maison, et les annexes. Je les invite à s'exécuter, d'un air blasé. Mr Sims reste avec nous dans le salon, pendant que les agents font le tour de la maison, chacun de leur côté. Ils reviennent dans la pièce, après avoir mis notre chambre, qu'ils ont fouillée en dernier, sens dessus dessous. Dans l'espoir, sans doute, de trouver un indice qui pourrait les mener jusqu'à lui. Ils se contentent de nous affirmer, que Tom et la petite, sont bien absents. Quand ils nous informent, qu'un signalement sera diffusé, dans les postes de police du pays, pour lancer un avis de recherche, pour enlèvement. Je boue !

– Un enlèvement ? Ce sont les services sociaux, qui ont voulu enlever la petite, il a fui pour éviter ça ! Mon compagnon n'a rien enlevé du tout ! Et nous, s'ils l'avaient prise, nous aurions pu porter plainte pour enlèvement, aussi ? Je lance d'un ton rageur.

– C'est un enlèvement, Monsieur, me répond le flic en me fusillant des yeux.

– Ça, c'est votre avis, pas le mien !

Ylan Scott me regarde, mais c'est de la solidarité, que je lis dans son regard. Les trois policiers ne me répondent pas.

– Messieurs, leur lance-t-il d'une voix forte, en les regardant avec sérieux. Faites votre travail, moi je ferais le mien.

Ils se dirigent tous les trois vers la porte pour repartir. Le travailleur social se lève de son fauteuil, en s'épongeant le front avec la serviette en papier, que je lui ai posée sur la table, sous le verre d'eau.

– Bonne fin de journée, Mr Blak… euh Réal, excusez-moi. Je vous souhaite bon courage, et bonne chance.

Il prend ma main dans les siennes, pour la serrer chaleureusement, fait de même avec Ylan, qui lui adresse un sourire. Je remercie avec sincérité cet homme pour sa gentillesse et son empathie, face notre situation. Mais aussi pour son conseil.

– C'est justement de ça, que je voulais te parler Estéban. Des médias, m'annonce l'avocat.

TOM

John, le père de Mattias ! Je reste dans la voiture, pendant que les deux géants, tombent dans les bras, l'un de l'autre. L'homme qui serre son fils dans ses bras, est à peine plus petit, et bien moins musclé, mais tout aussi charismatique. Son teint est mat, ses yeux, couleur chocolat, surmontés de sourcils fournis, mais bien dessinés. Les cheveux poivre et sel, ondulés, sont retenus par un élastique derrière sa nuque, et descendent, presque, jusqu'en dessous de ses omoplates. Ils sont plus longs que ceux de mon ami. Des muscles bien dessinés tendent les manches de sa chemise, nouée au-dessus de son nombril. Les boutons ne sont pas fermés et ses pectoraux, couverts d'une toison de la même couleur que ses cheveux, ne cache rien des dessins qui se trouvent dessous. Ses cuisses sont habillées d'un short en jean, couvert de boue, mais ses mollets sont bien visibles. Ils sont tatoués jusqu'aux chevilles, avec le même genre de dessins, que ceux que Mattias porte, sur son torse, et sur ses bras. Il doit avoir une bonne cinquantaine d'années, mais il est beau, racé. C'est un Maori, c'est certain.

Je tourne la tête dans tous les sens, en admirant le paysage qui s'étale devant moi. Une chaine de montagnes apparaît, tout près, derrière la cime des arbres. Tout autour de la maison principale, plusieurs gros bâtiments et un corral équipé de barrières. Un homme sort de ce qui ressemble à une écurie immense, tirant derrière lui, par le licol, un cheval superbe. Je me souviens qu'Esté m'a parlé d'un ranch, dont le père de Mattias est propriétaire et y élève des chevaux. L'environnement est calme et magnifique. Klara dort toujours sur son siège, la bouche ouverte. Je souris en la contemplant. Un mince filet de bave, ruisselle de ses lèvres à son menton en terminant sa course sur son tee-shirt.

– Alors, qu'est-ce qu'on a par ici ?

La voix grave du père de Mattias, qui me regarde à travers la vitre ouverte du véhicule, et que je n'ai pas vu s'approcher, me fait sursauter.

– Oh ! Mais y'a une naine à l'arrière, dit-il en contemplant Klara tout sourire. Et toi petit, tu comptes garder le cul collé sur ce siège, encore longtemps ?

J'ouvre la portière pour sortir de la voiture, et étirer un peu les jambes pour le saluer.

– Bonjour monsieur, je suis Tom, un ami de Mattias. Il m'a dit qu'il nous emmenait chez vous, mais je ne veux pas déranger.

– Houlà, alors Mattias, tu m'as emmené une pipelette ?

Mattias ricane dans son coin, comme l'abruti qu'il est avant de répondre.

– T'as même pas idée papa, tu sais comment on l'appelle ?

– Non, mais je sens que tu vas me le dire.

– La fouine !

Oh putain ! ni une ni deux. Je m'élance vers lui comme une furie, en lançant ma jambe en avant, pour lui asséner le coup de pied du siècle, dans le mollet. Comme j'ai un mauvais karma en ce moment, il saisit ma cheville au vol, et m'envoie valdinguer en arrière, comme une merde, le cul dans la poussière. Il me relève, aussi rapidement qu'il m'a fait tomber, en me plaquant contre lui. Je cherche ma respiration, la taille enserrée dans l'étau de ses bras, comme dans une prise de judo. Il s'esclaffe, la bouche grande ouverte et je vois ses putains d'amygdales. Son père ricane, lui aussi de son côté, comme un abruti.

– Oh Mattias, je crois qu'on va rigoler pendant quelques jours ! lance-t-il, en essuyant les larmes de rire, qui s'écoulent de ses yeux. Allez petit, viens là que je te dise bonjour dans les règles de l'art ! Je m'appelle John et je suis l'illustre père du mastodonte qui se trouve là, bienvenue au « Farmer Randall Ranch », petit !

Mes épaules, qu'il serre de ses grandes mains, tressautent, quand il m'assène une bonne claque sur l'omoplate. Il m'a salué dans les règles… mais pas de l'art ! Je frotte mon cul d'une main, et mon dos de l'autre. Mattias m'a emmené en terrain hostile, putain de bordel à queue !

– Je sors le petit trognon de la voiture, lance le père, en se désignant de l'index.

Je hoche la tête dans leur direction en les regardant, les yeux exorbités, comme si j'avais devant mes yeux, deux psychopathes. Ce sont des psychopathes !

– Tom, viens avec moi prendre tes bagages, pendant que le vieillard récupère le petit bijou, glousse Mattias en désignant son père, qui s'affaire à détacher Klara.

Je passe derrière la voiture, pour m'emparer des sacs qui contiennent les gâteaux, l'eau et les jouets, pendant que Mattias prend les deux gros sacs, d'une seule main.

– Eh, pauvre chèvre, je lui lance les dents serrées. Je suis certain d'avoir un bleu au cul, tu vas me le payer, Mattias !

Il éclate de rire, encore une fois. Il va finir par me faire détester son air joyeux, qui commence à me donner la chiasse.

– Tu sais ce que j'aime le plus chez toi, Tom, et pourquoi je t'apprécie, autant ?

– Non, mais dis-moi vite, que je puisse réfléchir au moyen de te claquet le beignet !

– C'est ça, justement ! Tu n'as peur de rien ! On peut t'avoir cinquante fois, tu persistes, encore et encore. Tu ne lâches jamais rien ! Je t'admire Tom, si j'ai un fils, un jour, j'aimerais qu'il soit comme toi, à l'identique !

Il s'arrête pour me dire tout ça, face à face. À moi ! Un homme tout riquiqui, comparé à sa stature imposante, et léthale. Il me dit ça, avec un air sérieux, en plus ! Je le regarde, pour tenter de déceler de l'humour ou de la moquerie dans ses paroles, mais je n'en vois pas. Je suis ému. Mattias, c'est mon modèle, mon héros, depuis qu'il nous a sauvés de Zack. Une pointe de fierté m'envahit.

– Tu es sérieux ?

– Oui Tom, très sérieux. Tu es courageux et je t'admire réellement.

John est arrêté derrière nous pour nous regarder, un sourire au bord des lèvres. Klara, toujours endormie et calée contre son torse, paraît encore plus petite entre ses bras puissants. Je le surveille discrètement, du coin de l'œil, pour m'assurer qu'il ne va pas la broyer, on ne sait jamais. Ce mec ressemble à un sauvage, mais non, il la tient avec douceur.

– Bon, je te crois, je réponds à Mattias avec un sourire, les yeux embués par l'émotion. Mais tu n'échapperas pas à ma vengeance.

– Je n'en attendais pas moins d'un homme de ta trempe. Allez, rentrons boire un coup et nous installer.

Je suis les deux hommes à l'intérieur de la maison, dans une pièce immense. Une salle à manger, où trône la plus grande table que j'ai jamais vue, encadrée de chaises en bois massif. Deux buffets anciens travaillés de sculptures, habillent un mur près de la cheminée. Un peu plus loin, un immense canapé, recouvert de plaids colorés, des fauteuils et au milieu de tout ça, une table basse, étroite, mais très longue. Dans une pièce séparée par un mur bas et une arcade j'aperçois la cuisine. Au fond, un grand hall au bout lequel, se dresse un escalier en bois majestueux, qui doit mener à l'étage. C'est immense. Même la maison d'Esté est minuscule, comparée à celle-ci.

– Mattias, fais monter le petit, et donne-lui mon ancienne chambre. Installe aussi les barrières amovibles, que tu coinces sous le matelas, pour éviter que la petite ne tombe du lit.

– Tu as gardé ça ? Demande Mattias surpris, à son père.

– Oui, elles sont dans le placard, tu vois, ça sert !

Je suis Mattias dans les escaliers, puis le long d'un couloir, qui dessert au moins cinq chambres. Il ouvre l'une d'entre elles en m'invitant à entrer. Waouh ! Elle est magnifique. La commode ancienne, du même style que le buffet en bas. Le lit est immense, recouvert d'une couette en patchwork coloré avec plein de coussins. La tête de lit est une œuvre d'art, sculptée de barques et de personnages qui rament, des tortues, des poissons. Tout se rapporte à l'eau, au ciel et à la mer. Deux chevets travaillés à l'identique, une commode et un grand placard. Derrière une porte, se trouve une salle de bains, ultra moderne avec douche, baignoire et toilettes. Une porte supplémentaire, donne accès à une petite chambre meublée d'un petit lit blanc, simple, mais jolie.

– C'était la chambre de mes parents, me dit-il. Et celle-ci, c'était la mienne.

– Jusqu'à quel âge, je lui demande en éclatant de rire.

– Deux ans idiot ! répond-il, en me claquant l'épaule

Si je ne fous pas le camp d'ici, ils vont me tuer ! Néanmoins, je continue de rire, encore. Quand je vois son gabarit, j'ai du mal à l'imaginer, petit, dormant dans ce lit. Quand mon fou rire se calme, je tourne la tête dans sa direction, pour me rendre compte qu'il rit autant que moi. Je me reprends, ému de constater, qu'ils nous offrent certainement, la plus jolie chambre et la plus confortable.

– Elle est belle cette chambre, trop belle pour moi.

Il secoue la tête et son index, en signe de refus.

– Non, tu gardes celle-ci. Mon père dort dans celle du fond, depuis que ma mère est morte. Il y a plus de vingt ans, qu'il ne met plus les pieds ici. Moi, je suis en face, si tu as besoin. Comme ça, Klara sera à côté de toi.

– Je ne veux pas déranger, Mattias. Il faut qu'on dise à ton père, que je suis en fuite, je ne veux pas lui attirer d'ennuis.

– Oui, on va lui dire, allez, range tes affaires, et douche-toi si tu veux. Moi je descends voir, si Klara s'est enfin réveillé.

– Merci pour tout, Mattias.

Il acquiesce d'un mouvement de tête, avant de sortir en refermant la porte derrière lui. Je m'assois sur le rebord du lit, en promenant les yeux autour de moi. Mattias est bien gentil, mais nous imposer chez son père, sans l'avoir prévenu, ça me gêne. Qu'est-ce qu'il va penser, quand il saura que la justice va me rechercher ? L'angoisse revient, je pense à Esté qui doit être dans tous ses états, je m'en veux d'être parti comme un voleur, il me manque tellement. J'ai peur de passer le reste de ma vie en fuite, et de ne jamais le revoir, ni Jax… lui, aussi. Je suis désespéré.

Je descends après avoir tout rangé, et pris une bonne douche. J'entends des éclats de rire, qui proviennent de la cuisine. Klara, assise sur une chaise haute, s'empiffre d'un beignet. Autour d'elle, les deux géants rient en la surveillant, accompagnés d'une femme d'un certain âge, affublée, elle, d'un tablier gris à rayures sorti d'une autre époque. Elle tente de nettoyer les mains de la choupette, en lui retirant le gâteau bien gras. Elle peut toujours courir ! En m'apercevant, elle pose le torchon sur la table pour s'élancer dans ma direction en trottinant. Pourvu qu'elle soit moins timbrée que les deux autres !

– Oh mon Dieu, comme il est beau ! Mais un peu malingre, quand même. Mattias, c'est Tom, le papa de ce petit bijou, je suppose ? Je suis Nina, la femme à tout faire, me dit-elle en serrant mes mains dans les siennes. Viens t'asseoir ici mon petit, tu as faim ?

– En fait, c'est la chef de cette maison, lance Mattias en m'adressant un clin d'œil.

– Non merci madame, mais un café, je veux bien.

– Oh, madaaaaame ! Voyez-vous ça ! Nina, ça ira, pas de chichis, dans cette maison. Allez hop, assis, je t'emmène un café.

Elle m'installe sur un tabouret, contre l'îlot, en me tirant par le coude. Il ne me manque plus que le bavoir ! Ils sont tous fous dans cette maison, adorables, mais givrés, jusqu'à la couenne !

– Mr Randall, je vous remercie pour votre accueil, je lance nerveusement, sans savoir par où commencer. Mais je voudrais vous parler.

– Ce soir petit, je pars m'occuper de mes chevaux. On a le temps, Mattias te fera visiter le ranch après manger.

Il embrasse Klara sur la joue, passe à côté de moi, en pressant gentiment mon épaule, avant de quitter la maison.

ESTÉBAN

La gorgée de whisky que je viens d'avaler, me brûle la gorge. Je pose le téléphone sur la table, avec soulagement, Mattias vient de me confirmer qu'ils sont bien arrivés chez John. Profitant de l'absence de Tom, qui prend sa douche, pour me rassurer et me demander d'en informer Jax et Liam. Klara est avec Nina, l'intendante de la maison et son père dans la cuisine, elle a senti l'odeur des gâteaux, et en a pleuré pour en avoir. Je n'imaginais pas, qu'une enfant de deux ans pouvait manger autant ! Mais je n'ai retenu qu'une chose, ils sont entre de bonnes mains et cela me soulage un peu, malgré le manque. Je bois encore quelques gorgées, avant de partir voir mon associé Lucas, chez Black Records, j'ai un truc important à y faire. Un Uber passe me prendre dans moins d'une heure, j'ai les boules, mais je compte aller jusqu'au bout, sans me défiler. Tom et Klara restent ma priorité. Ylan m'a envoyé un texto, me demandant de regarder au plus vite, la couverture et le contenu d'un magazine people, sorti ce matin même. J'ai envoyé Ana l'acheter, et le whisky n'est pas de trop pour endormir mon anxiété, en attendant de découvrir le topo.

Je feuillette les pages, une par une. Trois pages, rien que pour nous ! La première, prise à la sortie du Warehouse, quand nous avons rendu visite à son ancien boss. On y voit, Tom avec Klara, dans les bras. Moi, je marche près d'eux, en poussant d'une main, la poussette vide, mon bras droit, autour des épaules de Tom. Nous regardons tous les deux la petite, en souriant. La seconde est identique, mais mon visage est enfoui dans le cou de Tom. La troisième nous montre tous les trois, revenant au Warehouse, Klara dans mes bras, cette fois, dans lequel nous nous sommes réfugiés, pour échapper aux photographes. C'est la première qui fait la couverture, avec en gros titre « Estéban Blake a quitté la scène, pour se consacrer à sa famille. La vérité sur son orientation sexuelle enfin révélée ». Sans compter les commentaires, sur les trois pages intérieures. Elles révèlent mon mariage secret, avec un inconnu au visage d'ange, et notre supposée paternité. Ils n'émettent aucun doute sur le géniteur, compte tenu de la blondeur, et de la couleur des yeux de la petite fille. Mais une question se pose, cette petite fille a-t-elle été conçue par GPA ? Voilà ce que j'ai fui ! Les journalistes de ce genre de magazine, qui ne vivent que de ragots, de suppositions et de mensonges, pour vendre leurs torchons. Mais qui vont me servir aujourd'hui. Enfin, pas eux, je vais taper dans le sérieux, heureusement, il en existe aussi.

– Arrange-moi une interview télévisée avec elle alors.

Lucas, note consciencieusement sur un carnet, le numéro de la régie « NBC Universal », une des chaines de télévision les plus populaires, pour m'arranger une interview, dans l'émission « Today ». Je sais que la présentatrice va accepter tout de suite, car elle a tenté une approche à plusieurs reprises, que j'ai toujours refusée. Là, avec la parution dans le magazine de ce matin, elle va être plus qu'intéressée de me recevoir. C'est notre dernier recours.

***

Jax et Liam insistent pour que je reste dîner, je ne refuse pas, trop content de me trouver en leur compagnie, plutôt que dans ma maison vide.

– Tu es certain, que Tom ne se doute pas, que vous avez organisé son départ ? Demande Liam, avec une moue sceptique.

– Non, j'en suis certain, il ne serait pas parti avec Mattias, autrement.

– Tant mieux ! Mattias, va s'occuper de les garder bien au chaud, personne n'ira les chercher là-bas, nous dit Liam. Il comptait partir où, avec la petite ?

– D'après Mattias, il n'avait rien de prévu, il partait un peu à l'aventure. Je me doutais qu'il avait cette idée derrière la tête et que je lui ai demandé de le surveiller.

– C'était à prévoir avec Tom, siffle Liam. Cela dit, il a une belle paire de couilles !

– Je confirme, j'admets dans un hochement de tête, en souriant

– Oui, enfin… Liam ne voulait peut-être pas dire ça, il ne les a jamais vues, ses couilles, nous balance Jax en pouffant. Mais si tu le dis !

– Jamais vu ses couilles, répond Liam en balançant la tête, de gauche à droite. Mais le bout de son gland qui dépassait de son short, oui ! Le soir ou il t'a honoré avec sa lap danse devant tout le monde. Tu te souviens ? Il est givré ! Je n'ai jamais autant ri de ma vie, je crois ! Tu aurais vu ta tête et celle de Mattias. Un moment épique !

– Oh oui, la honte de ma vie ! Je réponds en me cachant les yeux de ma main. Vous imaginez ? Éjaculer devant tout le monde ! Mais bon… soyons compatissants, c'est Mattias qui va se le taper. Je suis certain, qu'il sera à deux doigts de le noyer dans le lac, avant la fin de la semaine.

Nous rions tous les trois de bon cœur. Après tout, on peut bien se moquer un peu de lui. C'est un vide monumental d'être là, à rire de ses frasques, alors qu'il est absent.

Je reçois la confirmation que j'attendais par Lucas. Shirley Lennox, la présentatrice vedette de l'émission « Today », m'invite sur le plateau pour un enregistrement, en direct, le lendemain même. C'est l'habitude de la maison. Pas de préparation, c'est le deal. Je vais exposer ma vie devant tout le monde. Pour une fois, je ne peux pas dire que ça me plaît, certainement pas, mais, devant les soucis de Tom, y'a pas photo. Je préfère me donner en pâture aux requins.

***

Mesdames et Messieurs, bonjour. Aujourd'hui, nous avons l'immense plaisir de recevoir l'une des Stars, les plus discrètes, de notre pays. Elle nous fait l'honneur, d'accepter cette invitation. Mesdames et Messieurs… Estéban Blake !

Les quelques spectateurs présents sur le plateau, et sélectionnés pour assister en direct à l'émission, se lèvent pour applaudir. Une centaine, tout au plus. Mais grâce aux technologies modernes, et à l'angle des prises de vue des caméramans, pour ceux qui regardent de chez eux, depuis leur écran télé, cela donne l'impression, qu'ils sont au minima, deux fois plus. J'avance nerveusement vers le centre du plateau, où Shirley m'attend avec un sourire éclatant, la main tendue dans ma direction. La transpiration humidifie le dos de ma chemise, qui colle à ma colonne vertébrale. Je frotte fébrilement ma main droite, contre le denim de mon jean, en m'avançant vers elle, avec un sourire crispé.

– Estéban Blake, c'est une joie pour moi de vous recevoir. Merci, d'avoir accepté notre invitation sur ce plateau.

– Bonjour à tout le monde.

Je serre la main de la jolie Shirley, avant de pivoter la main levée, pour adresser un salut vers les participants, qui se sont levés, pour applaudir et siffler. Le sourire que je leur adresse est sincère, sans fans, rien n'aurait été possible. J'attends que la présentatrice, m'adresse un signe pour m'installer, face à elle. Dans le fameux fauteuil rouge, qui a accueilli les fesses de tout le gratin de L.A, et d'ailleurs. Un jeune homme de la régie, affublé d'une oreillette, dépose devant nous sur la petite table basse, deux bouteilles d'eau minérale, avant de repartir discrètement.

– Tout d'abord, Estéban, commence-t-elle, sans se départir de son sourire. Il y a quelques mois, vous avez annoncé que vous vous retiriez de la scène, sans expliquer à vos nombreux fans, la raison de cette décision. Pouvez-vous nous parler aujourd'hui, des raisons qui vous ont poussé à vous retirer, après trois ans de succès phénoménal et quatre albums ? « I Don't Forget », suivi de « Only for you », « Fly higher », et le dernier, « I remember everything », que s'est-il passé pour qu'une Star montante et en pleine gloire, décide du jour au lendemain de revenir à l'anonymat ?

Je me prépare mentalement à répondre. Il le faut. Rien pour l'instant, n'est de l'ordre du privé, mais je suis venu pour ça.

– Le succès a peut-être été, trop soudain. Je n'ai pas supporté de vivre en semi-liberté, je n'étais pas préparé à ça… je pense. J'ai eu besoin de prendre du recul. Remettre les pieds sur terre, m'a permis de me retrouver. J'estime être meilleur auteur-compositeur, que chanteur.

– Est-ce que vous songez à revenir ? Regrettez-vous, de vous être éloigné de vos fans ?

– Je regrette mes fans, je leur dois tout. Mais non, je ne pense pas à revenir sur scène. Je compose et j'écris, pour les autres. La musique, c'est ma vie. J'ai grandi en Espagne, avec une guitare entre mes mains. Je préfère écouter mes chansons, chantées par quelques voies incroyables, qui vont arriver d'ici peu, et qui chantent bien mieux que moi.

– Vos fans aimeraient connaître quelques bribes de votre vie, pouvez-vous nous en dévoiler, un peu ?

– Eh bien, je mène une vie simple et tranquille, réponds-je, en passant la main dans mes cheveux.

– Un magazine a publié des photos de vous, accompagné d'un jeune homme et d'un enfant, qui semble être une petite fille. Pouvez-vous nous parler, au moins de cela ?

Je prends un peu d'air dans mes poumons, avant de me préparer à répondre, à ce qui va suivre. Quelques gouttes de sueur dévalent mon front, et ma colonne vertébrale. Mes mains sont moites. Ce n'est pas le meilleur moment de ma vie, je dois l'avouer.

– Oui. Il s'agit de mon compagnon et de sa nièce. Une petite fille, que nous espérons de tout notre cœur pouvoir adopter.

– Estéban Blake est donc gay ! Avis à la gent féminine, lance-t-elle avec un rire cristallin, en secouant une main parfaitement manucurée, devant elle.

– Oui, je suis gay !

J'avoue, en m'emparant de la bouteille d'eau, pour soulager ma gorge asséchée. La présentatrice semble percevoir mon malaise. En bonne professionnelle, elle commence à classer les fiches qu'elle tient devant elle, en me laissant quelques secondes de répit. Le temps nécessaire pour me reprendre, sans que les spectateurs perçoivent ma nervosité. Elle, elle l'a captée.

– Cette petite fille, n'est pas issue « d'une gestation pour autrui », comme l'annonce la presse ?

– Non. Comme je vous l'ai dit, il s'agit de la nièce de mon compagnon. Pour des raisons privées, que je n'invoquerais pas sur ce plateau, nous la gardons avec nous. Or, le juge pour enfants, a décidé de nous l'enlever. Il a décidé de la placer en famille d'accueil, en attendant d'étudier la demande d'adoption, que mon compagnon a déposée.

– Est-ce que vous pensez que le juge a pris cette décision, parce que vous êtes un couple d'homosexuels ?

– Oui, j'en suis certain. Personne ne me fera penser le contraire. En dehors du fait qu'elle est considérée, comme entrant dans la catégorie des enfants adoptables, à la suite de la perte de ses parents, il est quasiment certain, que si nous étions un couple hétéro, aucune réserve n'aurait été émise. Le juge nous aurait concédé le droit de la garder. Je pense, que notre couple réunit tous les critères, pour que l'adoption nous soit accordée sans problèmes. Sauf un… notre homosexualité.

Je prends une grande inspiration, passant fébrilement ma main sur les mèches qui balaient mon front, pour les repousser avant de reprendre.

– Mon compagnon a pris la petite et s'est enfui avec elle, sans en informer qui que ce soit. Même pas moi. Je me fais du souci, je veux qu'ils rentrent à la maison, tous les deux, mais pas au détriment de la petite. Je connais bien mon compagnon, tant que le juge ne reviendra pas sur sa décision, qui est inacceptable, il ne rentrera pas.

– Est-ce que vous êtes mariés ?

– Non. Nous nous connaissons depuis cinq ans, mais n'avons pas franchi le pas. Mes trois années de carrière nous ont séparés. Aujourd'hui, nous tentons de réparer ce retard. Le mariage n'est pas exclu, en ce qui me concerne.

– Merci pour votre franchise. Quand vous avez commencé votre carrière, vous étiez déjà avec votre compagnon ?

– Exact.

– Au moins, vos fans comprendront mieux ! Vous n'avez jamais été surpris en bonne compagnie, par les paparazzis. Ni homme ni femme, d'ailleurs !

– Il est, la seule compagnie que j'ai toujours voulue avoir. C'est la personne avec laquelle j'espère passer le reste de ma vie. Je n'ai besoin de rien d'autre. Hormis la petite, bien entendu, et ma musique. Ces trois choses-là, comblent entièrement ma vie.

– Estéban Blake. Merci, d'avoir accepté de partager un peu de votre quotidien, avec nous. Je pense, que la grande majorité des spectateurs qui regardent ce live, sont de tout cœur avec vous. Je vous invite d'ailleurs, à contacter la régie, si un rebondissement avait lieu, dans cette affaire. De façon à tenir les téléspectateurs informés de la suite, si vous êtes d'accord, bien entendu.

– Merci beaucoup de m'avoir reçu. J'espère de tout cœur, que l'issue sera favorable. Je ne manquerais pas de vous en informer, pour diffuser l'information. Il est grand temps que les problèmes que rencontrent les couples homosexuels, avec les dossiers d'adoption, soient connus de tous. Merci pour votre accueil.

Le caméraman dirige l'objectif vers le public, pour filmer les applaudissements. L'assistant de régie revient vers moi, pour me délester du micro-cravate, et du petit boitier récepteur, caché à l'arrière de la ceinture de mon jean. Il faut encore défaire les fils, qui passent derrière mon dos, pour détacher le petit micro, épinglé au col de mon tee-shirt. Les caméras sont coupées, et je peux enfin pousser un soupir de soulagement. Shirley me prend la main pour me féliciter.

– Estéban, cette émission peut vous aider. Je suppose que vous en êtes conscient, et que c'est la raison de votre demande d'interview. Ne manquez pas de me faire part du résultat. Les médias ne sont pas toujours une mauvaise chose, surtout dans votre cas. Cela peut aider, croyez-moi !

– Merci encore. Je vous promets de vous tenir au courant, avant que les paparazzis fassent des choux gras de tout ça, en inventant tout et n'importe quoi.

***

De retour chez moi, je m'affale sur le canapé, pour remettre mes idées en place. Qu'est-ce que tu fais en ce moment, Tom ? Mes yeux s'embuent, dès que je me retrouve seul. La solitude est ma pire ennemie. Nous venions de nous retrouver, mais il faut croire que le bonheur, ce n'est pas pour nous. Si mon père me voyait, il me traiterait de tafiole larmoyante, avec son air écœuré, comme lorsqu'il m'a foutu à la porte. Je viens de m'exposer comme un tableau, moi, qui ai passé ma vie à me murer dans le silence, dans mon pays, et encore ici. Je ne veux pas perdre l'homme de ma vie ni la petite non plus, mais je ne me sens pas bien du tout. Si ce dernier recours ne fonctionne pas, notre vie va devenir un enfer. Si je perds ça, je vais mourir de douleur.

Je m'allonge, pour me recroqueviller comme une âme en peine, incapable de supporter plus longtemps, ce mal-être qui me broie le cœur. Perdu dans ce chagrin qui refait surface. Tom, reviens-moi, s'il te plaît !

TOM

– Tu vas te baigner dans ce lac ?

Mattias, assis sur un promontoire herbeux, regarde l'eau fixement, l'air soucieux, les bras enroulés autour de ses genoux.

– Non, je réfléchis.

– Tu réfléchis, à quoi ?

– Oui, il y a quelques problèmes au ranch, et mon père me balance ça, comme si c'était banal !

Il ne sourit pas ce matin, son expression inquiète sur le visage, ne me rassure pas du tout.

– J'espère que vous n'avez pas d'ennuis, par ma faute !

– Non, rien à voir avec toi. On nous a volé un cheval, cette nuit. Si je mets la main sur le voleur, il va vite comprendre, qui je suis réellement.

– Qu'est-ce que tu comptes faire ?

– T'inquiètes, mon père a des méthodes catholiques, les miennes sont plus radicales. Comment va Klara, ce matin ?

– Nina l'accapare dans la cuisine. Elle a dévoré un petit déjeuner, mais elle a lorgné sur les cookies.

Je m'installe auprès de lui. Ce fichu pantalon me gêne, je n'ai rien emmené de pratique, à me mettre sur le dos. Toutes mes fringues, sont faites pour être portées en ville. Fais chier, tiens ! John, m'a proposé de monter à cheval dans la matinée, et bête comme je suis, je n'ai pas dit non. Le problème, c'est que je ne suis jamais monté sur un cheval de ma vie. Maintenant, pour ne pas passer pour un blaireau, je vais me ridiculiser, devant tout le monde !

– Et toi Tom, comment vas-tu ?

– Pas bien. Esté doit être dans tous ses états, sans nouvelles, mais je ne peux pas me permettre de lui en donner. Comment je vais faire ? Je suis paumé, et j'ai peur.

– Tant que tu resteras ici, tu ne risques rien du tout. Esté comprendra, ne t'inquiète pas.

– Bien sûr que je m'inquiète, à sa place, je serais fou d'angoisse ! J'ai réfléchi, cette nuit, je vais partir avec Klara. J'irais à Seattle, j'ai un pote là-bas, et quelques économies. Je vais faire le nécessaire pour garder ma nièce, quoi qu'il m'en coûte. Je ne tiens pas à créer des ennuis à ton père. J'irais au Mexique, s'il le faut.

– Je suis assez grand pour te répondre, petit, lance John en arrivant silencieusement, derrière nous, nous faisant sursauter. Mattias m'a raconté les raisons de ta fuite, avec le bout de choux. Qu'est-ce que tu veux aller foutre au Mexique, devenir gaucho ? Tu restes ici, et tu n'en bouges pas, compris ? Je suis un Maori, originaire des îles Cook. Si Mattias t'a emmené ici, considère que tu es chez toi. Allez, à cheval maintenant, montre-nous comme tu es bon, sur le dos d'un quater horse !

– Tu sais monter à cheval ? Me lance Mattias, en riant.

– Évidemment ! Je réponds au géant, avec flegme en haussant les épaules.

– Je veux voir ça !

Nous suivons John, en direction des écuries, oh putain ! J'ai l'impression que je vais me liquéfier sur place. Il suffirait d'un mot, un seul, pour éviter de monter sur le canasson de malheur, qu'un type emmène déjà dans ma direction, en le tirant par le licol. La bête est magnifique. Un Palomino beige clair, avec une crinière blanche assortie. Plus petit que moi au garrot, mais son air nerveux, puissant et son regard vif, ne m'annoncent rien, qui vaille la peine d'être vécu. Je me penche un peu sous son ventre, en apercevant un truc qui cloche sous l'animal. Si le ridicule ne tue pas, je peux m'en sortir avec une pirouette. Certain qu'ils tentent de me refiler un animal avec un handicap, je me tourne vers John et Mattias, fier d'avoir percé à jour, leurs mauvaises intentions.

– Il a cinq pattes, ce cheval ?

Les deux imbéciles, regardent dans la direction où sont posés mes yeux, tournent la tête l'un vers l'autre, en éclatant d'un rire, que je n'oublierais jamais de ma vie. John tombe à genoux les mains levées vers le ciel, pendant que Mattias, pose ses mains contre le mur de l'écurie, à moitié écroulé, à force de ricaner. Le type qui tient ma monture, est secoué par des spasmes nerveux. Qu'est-ce que j'ai dit, qui a pu les mettre dans un état pareil ?

– C'est… pas une… patte… C'est son… tente de m'expliquer, Mattias.

J'en peux plus, qu'ils rient comme des bossus, sans me donner d'explication rationnelle ! Franchement, je ne vois pas ce qu'il y a de marrant. J'ai lu dans un magazine, que certains animaux, naissaient avec des déformations de ce genre. J'ai même vu un chat à deux têtes, dans une autre publication. Ils me prennent pour un ignare, mais je n'en suis pas un ! Je les observe encore, quelques secondes, en me repenchant pour regarder sous le ventre de l'équidé, plus attentivement. Et là, ça fait « tilt » dans ma tête, comme une ampoule qui s'allume ! Ma bouche s'étire dans un sourire, et j'éclate de rire, sans pouvoir me retenir. Pas longtemps, toutefois. Quand j'entends le hennissement de la bestiole, et que j'aperçois la rangée de dents énormes qu'elle arbore, en remuant la tête dans tous les sens, je me dis que je suis mal barré, à tous les points de vue !

– Je pensais qu'il avait, cinq pattes, c'est normal qu'il ait un « truc », aussi long ?

Franchement, je crois que non !

– Mattias, hoquète John, entre deux éclats de rires. Je vais vérifier les clôtures, et recompter les chevaux, tout seul. Mais qu'est-ce que tu m'as ramené, comme énergumène ? Oh mon Dieu ! J'en peux plus de rire ! Il dit être monté à cheval, mais je crois, qu'il n'avait jamais vu un cheval de sa vie !

Il s'éloigne, les mains plaquées sur ses joues, pour essuyer les larmes. Sauvé ! Pas question de monter sur le dos de cet animal, qui me regarde d'un air enragé !

– Mattias, je ne sais pas monter !

– Je sais, ricane-t-il, tu vas monter derrière moi.

Son cheval est magnifique, immense, un Andalou à la robe blanche et mouchetée. Comment imaginer un homme de sa stature, sur une monture, autre que celle-ci ! Ils en ont quatre, de cette race, là. Il me soulève d'une seule main, pour m'installer derrière lui. J'enroule mes bras autour de sa taille, en me laissant porter. Le paysage doit être magnifique. Mais je ne risque pas de le voir, trop concentré à tenir sur la bestiole. Quelques minutes de chevauchée tranquille, et il tire sur les brides de la monture, pour la faire stopper. Il m'aide à descendre, avant de sauter pour poser ses pieds à terre. Il accroche la lie à la branche d'un arbre, et m'invite à venir m'installer à côté de lui, sur l'herbe. Mais je préfère rester debout.

– Il va falloir que je revienne ici, deux mois, mon père a besoin de moi.

– Deux mois ? Et la société ?

– Je m'occuperais de l'administratif, d'ici, et Liam gèrera le reste.

– Moi j'espère pouvoir rentrer un jour, je lui dis en soupirant lamentablement. Sinon je contacterais Esté, pour qu'il nous rejoigne quelque part. Je ne veux pas vivre sans lui, Mattias, si je rentre, ils vont nous prendre Klara. C'est ma nièce, je ne veux pas l'abandonner.

– Tu as raison Tom, ça s'arrangera tu verras, on trouvera une solution.

– Je ne sais pas dans quel état d'esprit, je vais retrouver Esté. Peut-être qu'il ne voudra plus de moi, après que je sois parti comme ça, sans rien lui dire.

– Il comprendra !

– Je suis parti comme un voleur !

– Je sais.

– Oh mon Dieu !

Je m'adosse au tronc d'arbre, et prends ma tête entre mes mains. Je suis fatigué de tout ça. Zack nous a mis dans une situation inextricable. Moi, sa fille, Esté… et la famille de Mattias, qui nous a accueilli, en se mettant en porte-à-faux, pour nous aider. Je pensais avoir le courage nécessaire, pour assumer tout ça. Je me rends compte, que la seule chose que je suis parvenue à faire, c'est mettre les autres dans la panade. Mais je ne peux pas me résoudre à laisser Klara. C'est ma famille, je n'ai rien pu faire pour Zack, mais elle, je veux l'élever, même si je sais que ça ne sera pas rose, tous les jours. J'ai vingt-huit ans, je ne suis plus un adolescent. Mes erreurs, je peux les assumer. Laisser cette enfant derrière moi, pour la céder à des étrangers, j'en suis incapable. Je l'aime. Mais cette vie chaotique, ce n'est pas pour un enfant, je n'ai pas le droit de faire prendre des risques, à mes amis. Je me tourne vers Mattias, qui me regarde, en silence.

– Vous devez penser que je suis débile, hein ?

– Non, personne ne pense ça de toi Tom, tout le contraire.

– J'ai passé une bonne partie de ma vie sans me soucier de rien, à part peut-être, danser au club pour vivre. Et j'aimais ça, Mattias, je n'ai pas honte du job que j'avais ! Et Esté est revenu. Je pensais pouvoir continuer, comme les trois dernières années, que j'ai vécues sans lui. J'ai même pensé, que je ne l'aimais plus. Dans mes souvenirs, je ne revivais que le dernier jour, le reste… tout le meilleur, était bien caché, au fond de mon esprit. Quand je l'ai revu, je ne sais pas ce qu'il s'est passé, mais tout est revenu, d'un coup. Comme si sa seule présence, avait suffi à réanimer cette flamme, qui s'était évanouie. Quand il m'a dit qu'il allait perdre la vue, j'ai eu de la peine… c'est vrai ! Mais je me suis rendu compte, que l'amour était toujours là, bien caché au fond de mon cœur, comme s'il avait attendu de me retrouver face à lui, pour resurgir. Je n'ai pas apprécié qu'il me quitte pour cette raison, mais j'ai compris. Aujourd'hui, plus que jamais, je me rends compte que, sur un coup de tête, pour protéger quelque chose, ou quelqu'un, on peut partir sans regarder derrière soi, quitte à mettre aux oubliettes, tout ce qu'on a construit avant. C'est ce que je viens de faire, Mattias, alors qui suis-je, pour juger de son comportement, Hein ?

– Tu as raison Tom, pour protéger quelqu'un, on peut tout remettre en question.

– Tu es rentré à L.A, hier ?

– Oui, je suis allé voir Esté.

– Comment va-t-il, dis-moi ? Je lui demande en l'agrippant par le tee-shirt.

– Mal, si tu veux tout savoir mais je n'ai rien dit, rassure-toi.

Je m'assois contre le vieux tronc d'arbre, je suis dans une situation inextricable. Coincé dans un ranch, au milieu de nulle part ? Avec Klara. Mattias doit retourner à L.A, car il n'est pas question qu'il reste ici, plus longtemps, il a des affaires à traiter, et sa vie à faire, sans s'encombrer d'un fardeau. Un cheval qui arrive au galop, me fait me relever, en quatrième vitesse.

– Mattias, ton père vous demande de rentrer, immédiatement.

– Qu'est-ce qu'il se passe ? demande Mattias, en dénouant les rennes de son cheval.

– Je ne sais pas, il m'a juste dit ça.

– Allez Tom, on rentre, il doit y avoir un problème.

Il grimpe avec une facilité déconcertante sur l'équidé, et tend les bras, pour m'aider à m'installer derrière lui, en me soulevant par les aisselles. Dix fois j'ai manqué me vautrer, balloté comme une vulgaire poupée de chiffon, sur l'animal en plein galop ! Je suis certain, de laisser des bleus, sur le ventre en béton armé de Mattias. Je suis agrippé à sa peau à travers son tee-shirt, de toutes mes forces. Je crois même, que j'ai crié, car je l'ai entendu rire. Quand il tire sur les rennes, pour stopper l'animal, face à l'écurie, il descend naturellement, en passant sa longue jambe par-dessus la tête du cheval, atterrit sur ses deux quilles, en me tendant les bras pour m'aider à descendre. Mes jambes se dérobent, à la seconde où elles touchent le sol, et s'il n'avait pas été là, pour me retenir, j'aurais mordu la poussière. Je tremble comme une feuille, je ne tiens plus debout !

– Hé, Tom !

Il m'aide à m'asseoir doucement, en m'emmenant un peu plus loin. Je m'allonge, les mains sur le visage, en attendant que la nausée qui monte, me passe. Incapable de prononcer le moindre mot.

– Tom, ça va ?

Penché au-dessus de moi, il me regarde d'un air inquiet.

– Va voir ton père, je reste, là… un peu.

Je lui fais un signe de la main, lui intimant de s'en aller, en espérant rester seul un moment, pour récupérer de ma frayeur, et que le sang recommence à circuler normalement, dans mon cerveau.

– Surveille-le Mika, l'entends-je dire, d'une voix entrecoupée d'un rire.

Trou du cul !

ESTÉBAN

Les jours défilent les uns après les autres, ne me laissant entrevoir que solitude, désespoir et une peine innommable, qui ne me quitte plus. J'ai écoulé la dernière possibilité qu'il me restait, en faisant cette interview, criant mon homosexualité, parlant de Tom et de Klara, dans l'espoir que les choses bougeraient. Je me rends à l'évidence, cela n'a servi à rien ! Sauf, à me rendre compte, que révéler mon homosexualité, n'a pas été si grave que ça.

L'interview s'est faite en direct. Des milliers de personnes étaient devant leur écran, d'après les statistiques. Je ne sais pas si Tom l'aura vue, de là où il se trouve. Le pire dans tout ça, c'est l'appréhension qui me consume le cerveau. Mattias est passé me voir, avant de repartir à son appartement. Apparemment, il s'est arrangé avec Liam pour leur société, et il fait des aller-retour, pendant quelques jours. Il m'a rassuré sur Tom et Klara, alors, tout va bien dans le meilleur des mondes. Je n'appelle personne, et ne réponds pas au téléphone, non plus, pas envie.

Je me lève du canapé pour me diriger vers le sous-sol, en descendant les marches d'un pas mal assuré. Plusieurs nuits sans coller l'œil, ça n'aide pas. Je suis épuisé, moralement et physiquement. Sous le bar de la salle de jeux, j'attrape une bouteille de whisky et direction la salle de musique, le seul endroit, où j'arrive à me sentir chez moi. Ma grotte, mon refuge. Je tombe sur le canapé, emportant avec moi ma guitare. Je la retourne, pour regarder à l'arrière le « je t'aime », et la signature de Tom, que je caresse du bout des doigts. Les larmes montent. Au sol, il reste encore le petit tapis où nous nous installions avec Klara, pour jouer avec elle. Le petit module lumineux, est posé dessus. La barre de pole danse me nargue, elle aussi. La première goulée d'alcool me brûle la gorge, mais la deuxième passe mieux.

– Je me doutais, que tu serais là !

Je ne me retourne pas, Silas arrive devant moi, la mine sombre, les traits déformés par la colère que je sens monter. Sans le regarder, je prends une autre lampée du breuvage, en fermant les yeux et en secouant la tête, dans l'espoir d'enrayer la brûlure, provoquée par l'alcool.

– Tu ferais bien de lever ton cul, des centaines de personnes manifestent devant le tribunal pour enfants.

– Hein ?

– Lève-toi, abruti, on y va. Allez !

– Quoi faire ?

– C'est à la suite de l'interview, c'est pour toi, qu'ils sont là-bas, dépêche-toi.

– Pour moi ?

L'alcool commence à me monter à la tête, avec la fatigue. Silas s'approche de moi, m'agrippe par le bras sans ménagement, en m'obligeant à me remettre debout, tout en m'arrachant la bouteille des mains.

– Viens te passer de l'eau sur la figure, allez, viens.

Il me tire derrière lui par le poignet jusqu'à la salle de bains, et me passe la tête sous le robinet du lavabo, en grognant.

– Putain, j'espère que t'es pas plein, ce n'est pas le moment !

– C'est bon, ça va aller, lâche-moi merde !

Il ne m'écoute pas, va dans la chambre, ouvre le placard pour en sortir un tee-shirt. Je me débarrasse de celui que j'ai dessus, en le faisant passer par-dessus ma tête, et il m'aide à enfiler celui qu'il a récupéré, sans attendre. Le tee-shirt est trop petit et colle à mon torse, comme une seconde peau, sans compter, qu'on voit la ligne de poils, qui descend sous mon nombril. Je lâche un rire qui n'atteint pas mes yeux, quand je me rends compte qu'il s'agit d'un tee-shirt de Tom, et pas le plus discret. Il arbore sur le devant, une bande en lamé argent qui scintille et devient de toutes les couleurs, quand elle est face au soleil.

– C'est le tee-shirt de Tom.

– On en prend un autre, me dit-il en riant.

Je l'enlève parce qu'il est trop court, sinon, je l'aurais gardé sur moi, juste pour ce qu'il représente. Au dernier moment, je me ravise, le redescends sur mon buste et en enfile un à moi par-dessus. C'est symbolique à mes yeux, je ne sais pas trop pourquoi les gens manifestent, mais au point où j'en suis, autant manifester avec eux. Je n'ai plus rien à cacher, en plus, là, tout de suite, je me fous de tout. La seule chose qui m'importe, c'est de profiter de la moindre occasion pour me faire entendre, et garder un petit d'espoir, même infime. C'est toujours ça, pour m'éviter de sombrer.

Silas roule sur Commonwealth Avenue. Le parking du tribunal est noir de monde. Certains hissent des drapeaux arc-en-ciel, d'autres des pancartes, les gens crient. Des journalistes, caméras en mains, filment la scène. Je reste estomaqué !

– C'est quoi, tout ça ?

– Ton passage à la télé a porté ses fruits, je crois, me lance Silas, avec un petit rire.

Il doit faire deux fois le tour dans plusieurs ruelles, pour trouver une place et se garer. Une bouffée d'adrénaline s'empare de moi, je m'extirpe du véhicule, sans casquette et sans lunettes. Il n'est pas question de me cacher et je pars en courant, dévalant les rues sans m'arrêter, Silas sur les talons.

Quand je parviens, essoufflé, au niveau des manifestants, certains me reconnaissent immédiatement et se rapprochent, pour me donner une tape sur l'épaule ou me serrer la main, avec des mots d'encouragement. Je les remercie les larmes aux yeux. Un journaliste me repère et s'avance, le micro tendu devant lui, aussitôt suivi par plusieurs autres, qui s'agglutinent autour de moi. Certains manifestants, hommes pour la plupart, s'avancent en scandant des slogans, drapeaux fièrement levés, pancartes bien en face des caméras. Eux aussi, semblent en colère.

– Monsieur Blake, ces personnes sont là, à la suite de votre passage dans l'émission today. Pouvez-vous nous faire part de votre ressenti ?

– Tout ce que je peux vous dire, c'est que mon compagnon a disparu avec sa nièce, parce qu'un juge s'octroie le droit de nous l'enlever, pour des raisons inacceptables.

– Vous croyez que votre homosexualité, a joué en votre défaveur ?

– Oui, j'en suis certain, aucune autre raison, n'a pu lui faire prendre cette décision. Mon compagnon réunit tous les critères requis, pour élever la petite.

– Vous avez là, beaucoup de monde, qui exprime son mécontentement.

– Vous trouvez normal que parce que vous êtes gay, une demande d'adoption soit reléguée sous la pile des dossiers ? Vous trouvez normal, qu'un couple gay n'ait pas droit de fonder une famille ? Vous trouvez normal, que les associations privées, d'adoption de Californie, déménagent, les unes après les autres, poussées par les différentes communautés religieuses ? Vous trouvez normal, qu'il faille débourser jusqu'à cent trente mille dollars, pour une GPA ? Si vous êtes gay et de classe moyenne, c'est pratiquement le prix d'une hypothèque ! Qui peut verser des sommes pareilles, si vous n'êtes pas riche ?

– Merci, Monsieur Blake.

– Merci à vous.

Je fais demi-tour, Silas se met à mes côtés, un bras sur mon épaule, et je m'engage au milieu de la cohue, plus décidé que jamais à me faire entendre. Une femme me tape sur l'épaule, je me penche vers elle et elle me propose son drapeau. Je l'accepte, avec un sourire, en l'embrassant sur les joues pour la remercier. J'avance. Toute ma vie je me suis caché, à partir d'aujourd'hui, c'est terminé, je n'ai pas à avoir honte de ce que je suis. Tout d'un coup, les gens autour de moi commencent à se disperser et à courir dans tous les sens, mais sans quitter le parking. Je tourne la tête en apercevant les forces de l'ordre, qui arrivent par dizaines autour de nous. Tant pis, l'euphorie, mélangée à l'alcool, que j'ai ingurgité un peu plus tôt, me donne des ailes, je n'ai rien à perdre. J'ai déjà perdu ce que j'aimais le plus, sans espoir de les revoir peut-être un jour, si la situation ne s'arrange pas. Je fonce droit devant les portes du tribunal, en échappant à la poigne de Silas, qui tente de me retenir. Je pousse les portes, mais elles ne s'ouvrent pas. Les travailleurs de l'état se sont enfermés à l'intérieur, comme des lâches. La rage prend le dessus, je lève le drapeau à bout de bras, avec lequel je frappe en hurlant, contre les portes vitrées, sans discontinuer, un coup après l'autre. Tellement fort, que le manche du drapeau se brise en deux. Je ne lâche rien, en continuant de m'acharner, avec ce qu'il reste du morceau de bois, que je tiens entre mes mains. Je ne me reconnais plus, la hargne devient incontrôlable, je suis incapable de m'arrêter. Un coup m'atteint du côté droit du visage, puis un coup de pied dans les côtes finit par me mettre à terre, me coupant la respiration. Je bascule en titubant. Je tente de me relever, mais je suis sonné et un liquide chaud, et gluant coule le long de mon visage. Je pose ma main sur ma joue, hagard, pour vérifier. C'est du sang, deux mains solides m'empoignent sous les bras, en me tirant en arrière pour m'éloigner des portes. Je me recroqueville, en entendant les cris des manifestants qui se rapprochent. J'ai juste le temps de voir qu'une bagarre générale se profile, en apercevant plusieurs personnes blessées, qui crient en fonçant dans la mêlée. Puis, ce sont d'autres fourgons de police qui arrivent, là, tout le monde se disperse. Les menaces d'un retour à manifester pleuvent, de tous les côtés. Je me relève aidé par un type qui court hors du parking, en m'entraînant avec lui. C'est deux rues plus loin, que nous nous arrêtons, suivis d'autres personnes qui courent dans tous les sens, pour échapper aux coups qui pleuvent.

J'ai le souffle court, le visage ensanglanté. Le sang s'écoule sur le devant de mon tee-shirt, l'œil droit me fait un mal de chien, et je ne parle même pas de mon flanc droit. Je m'arrête, pour m'adosser au mur d'un immeuble, et reprendre mon souffle. Seigneur !

J'ai toujours manifesté en Espagne, quand j'étais plus jeune. Tous les rassemblements étudiants, j'y ai participé. Plusieurs fois, j'ai ramassé des coups, mais pas aussi violents, là, j'ai l'impression, qu'un pouls bât à l'intérieur de mon crane. Je dois être coupé au-dessus de l'arcade, et la pommette m'envoie un élancement, jusqu'à l'œil. J'attends patiemment, en me préparant à revenir sur le parking, quand je vois Silas arriver en courant, dans ma direction. Son tee-shirt est déchiré.

– Putain, on a dérouillé !

– Tu peux le dire !

– On doit rentrer, pas la peine de rester ici.

– Ok, on ne peut rien faire de plus, de toutes manières.

***

Le miroir de ma salle de bains me renvoie l'image d'un type, qui semble être sorti d'une bonne bagarre. C'est le cas, mais, je n'ai eu aucune possibilité de rendre les coups qu'on m'a donnés. Ça, ça me fait chier ! Je ne suis pas du genre à garder mes mains dans les poches, quand on m'agresse. Tout mon corps me fait mal. Je passe mon tee-shirt par-dessus ma tête, et un hématome énorme, commence à apparaître sur mon flanc droit. Mon arcade est ouverte, ma pommette bleue, et j'ai la lèvre fendue. Je me déshabille précautionneusement, en grimaçant, pour me faufiler sous la douche. L'eau chaude me brûle le visage, je laisse l'eau s'écouler le long de mon corps, pour me débarrasser de la transpiration, et du sang, avant de m'emparer du gel douche.

TOM

Assis sur le canapé, je regarde l'écran face à moi, sans en croire mes yeux. Esté répond aux journalistes qui l'entourent, avec une assurance et une colère, que je n'ai jamais soupçonnées chez lui. Qu'est-ce qu'il fout là, au milieu de cette manifestation, et devant le grand bâtiment du tribunal, en plus ? Je me tourne vers John, assis à l'autre bout du canapé qui m'adresse un clin d'œil, en secouant une main de gauche à droite.

– Qu'est-ce qu'il fait là, John ?

– Il manifeste, ça ne se voit pas ?

Soudain, tout part en vrille, les manifestants courent dans tous les sens. Esté cogne avec un morceau de bois surmonté d'un drapeau arc-en-ciel, sur les portes d'entrée, certainement bloquées, pendant que les forces de l'ordre, frappent tout ce qui est à leur portée. Les caméras montrent des images chevrotantes, dues à la course du caméraman, qui tente, par tous les moyens, de capter le maximum de l'échauffourée. C'est là, qu'un gros plan apparaît sur Esté, traîné et frappé à terre, comme un animal, et il n'est pas le seul.

Je suis atterré devant tant de violence, et de voir, que mon homme, se trouve au milieu de ce chahut, mon cœur rate un battement. La caméra fait un autre zoom sur lui, quand un flic le frappe au visage, et lui assène un coup de pied avec ses bottes, sur le flanc. Je le vois tomber à terre, le visage en sang, tandis qu'un homme l'aide à se relever, et l'entraîne à sa suite, hors du parking. Le sang déserte mon corps, je me rassoie lourdement, me recroqueville sur le canapé les genoux pliés, encerclés de mes bras. Je ne veux plus regarder la télévision. Je tremble comme une feuille, je suis parti en le laissant seul, face à cette merde.

– Tom, ça va aller.

– Je dois rentrer.

– Attends encore un peu, Tom.

– Non, ça ne sert à rien, en voyant ça, je me rends compte qu'il faut que j'affronte les problèmes. Je n'ai aucune échappatoire et Klara un avenir incertain, ce n'est pas ce que je souhaite pour elle. Non, pas ça !

– Fais ce que tu crois être le mieux, alors, mais attends que Mattias revienne.

– D'accord, merci John.

C'est avec un poids énorme qui pèse sur mes épaules, que je me lève pour emprunter les escaliers et entrer dans ma chambre. Klara dort tranquillement dans la sienne. Je m'avance vers le petit lit pour la border, sans la réveiller. Envahi par l'émotion, je retourne dans la mienne pour me vautrer sur mon lit à plat ventre, la tête entre les mains, dégoûté, par la tournure qu'ont pris les évènements. J'ai réfléchi comme un con, j'ai pensé qu'il me suffirait de partir en catimini, mais non, j'ai laissé Esté seul avec ce putain de combat, brandissant un drapeau qui dénonce son orientation sexuelle, alors qu'il a passé une bonne partie de sa vie, à se cacher. Longtemps, j'ai pensé que les personnes chères à mon cœur, me prenaient pour un hurluberlu. Aujourd'hui, je pourrais me cogner la tronche contre les murs, des milliers de fois, pour me punir de la connerie que j'ai faite. Je n'en peux plus, ces quelques jours dans ce ranch, au milieu de ces gens formidables, qui m'ont soutenu sans me juger, m'ont été bénéfiques. Pas que pour me cacher et mettre Klara dans un endroit sûr, mais aussi, parceque sans eux, Dieu sait où j'aurais atterri, avec un bébé. Mais quel con !

Je ne sais pas combien de temps, je reste dans la même position. Toutes sortes d'émotions me traversent l'esprit. Principalement, celles qui concernent l'homme que j'aime, sont les plus douloureuses. Je pense à tout ce qu'il a fait, pour rester dans l'ombre, tout ce qu'il a enduré, depuis que ses parents l'ont rejeté. Les fois où nous déambulions dans les rues de L.A, il y a quelques années, sans imaginer une seule seconde, que sa discrétion était due au rejet, qu'il s'infligeait lui-même, face à son homosexualité. En tout cas, à l'extérieur, parce qu'en privé, Esté est tout le contraire, un homme démonstratif, possessif, et amoureux. Très amoureux. Moi, je n'ai jamais caché ce que je suis, je n'en ai aucune honte.

Que va-t-il advenir de notre couple ? Je ne sais pas si j'aurais pu supporter de vivre, avec un homme qui m'aurait gardé, caché. Non, certainement pas ! Je préfère encore continuer ma vie comme avant, même si mon amour pour lui est fort, je n'aurais pas vécu comme ça. Mais qu'il ait pris mon parti, en se rendant à cette manif, ça me laisse perplexe. Je n'y comprends plus rien.

Cela fait neuf jours que je suis parti, et la diffusion télévisée que j'ai regardée à la télé, je ne sais même pas si c'était du direct !

Klara chouine dans la chambre. Je me lève pour la rejoindre et la sortir du lit, en la prenant contre moi. Je ne sais pas ce qu'elle va devenir. J'embrasse ses joues potelées. Son regard s'accroche au mien quelques secondes, faisant monter mes larmes. Mon cœur bat dans ma poitrine, de plus en plus fort, et une boule dans la gorge, m'empêche presque de respirer. Mon bébé qu'on va m'enlever, je la serre contre moi avec un gémissement douloureux. Je n'ai pas le choix, mais elle est bien trop petite, pour lui expliquer les choses.

Je m'assois sur le lit, en la calant sur mes genoux, lui mets dans sa petite main un biscuit, posé sur la table de nuit, et je commence à lui parler.

– Nous devons rentrer à L.A, choupette. Tonton Tom, a fait une bêtise en t'emmenant avec lui. Tonton Esté est tout seul là-bas, et je pense qu'il fait des bêtises, lui aussi. Quand nous serons là-bas, peut-être qu'un monsieur viendra te chercher, pour t'emmener avec lui, ou une dame, je ne sais pas. Un gentil monsieur. Ensuite, il t'emmènera dans une gentille famille, qui prendra soin de toi. Je viendrais te voir, autant que je pourrais, si on me le permet, mais pas tout de suite. Plus tard, quand tu seras plus grande, tu pourras venir me voir, toi aussi, si tu en as envie. Papa Zack m'a demandé de m'occuper de toi, mais je n'ai pas réussi à te garder. Je t'aime mon bébé, pardonne-moi.

Les larmes amères, roulent sur mes joues, sans discontinuer. Je me sens misérable, pire que le dernier des bons à rien. Jamais, je ne me pardonnerais tout ça. Et elle, qui me regarde avec ses grands yeux dorés, tout en grignotant son gâteau, comme si elle comprenait la situation.

– Non, Tom. Tu la gardes pour toujours.

Cette voix… Je me lève, Klara dans les bras et je m'avance vers lui, timidement. Mattias se tient contre le chambranle de la porte, souriant. Il se décale, arrive face à moi, prends Klara dans ses bras et pose affectueusement, une main sur mon épaule.

– Je descends avec la petite, à tout à l'heure.

Il m'adresse un clin d'œil, moi, je ne réagis toujours pas, quand il fait demi-tour, en refermant la porte derrière lui, et que je me retrouve, face à Esté. Mes larmes redoublent, je rentre les épaules, quand je vois l'état de son visage. Sa pommette est bleue, l'arcade est recouverte d'un pansement qui laisse deviner, dessous, quelques points de suture. Mais le pire, c'est son œil droit. On ne voit plus le blanc, ce n'est plus qu'une bille, entièrement rouge. Même le vert de son iris, je ne le vois pas. Il est presque fermé. Il s'élance vers moi, et me prends violemment dans ses bras.

– J'ai cru que je ne te reverrais jamais, mon amour.

– Excuse-moi, Esté.

Je sanglote en m'agrippant à lui, les bras enroulés autour de son cou, en le serrant tellement fort, qu'il esquisse un petit mouvement de recul, et qu'une petite plainte, sort de sa gorge. Je le relâche, pour encadrer son visage de mes mains, afin de constater de plus près, l'état de son visage.

– Ton œil !

– Je sais, ce n'est rien.

– Non, ce n'est pas rien !

Je passe la pulpe de mes doigts sur sa joue, redescends, sur le coin de sa lèvre tuméfiée. Ses lèvres se rapprochent des miennes, pour les effleurer.

– Tu vas récupérer Klara, Tom, ça valait le coup, quelques bleus.

– Mais, comment…

Je le fixe, comme s'il lui poussait un troisième œil, sur la figure.

– Oui, elle est à toi, mais tu vas avoir des problèmes, ta fuite, le juge ne va pas passer outre.

– Oh mon Dieu, Esté, explique-moi.

Je l'emmène au bord du lit pour l'obliger à s'asseoir. Il esquisse une grimace en mettant sa main sur son flanc, signe qu'il souffre, et qu'il a été frappé, violemment. Je me mets à genoux entre ses cuisses, face à lui.

– Raconte-moi Esté, ce qui peut m'arriver, à moi, ça n'a pas d'importance. Dis-moi que ma fuite ne va pas gâcher, tout ce que tu as fait pour nous. Dis-le-moi, Esté !

– Viens près de moi, que je te raconte…

ESTÉBAN

3 jours avant…

Après avoir pris une douche, pour nettoyer le sang séché, collé à mon visage, sur mes cheveux et sur mes mains, Silas ne m'a pas laissé le choix, quand il m'a vu sortir de la salle de bains. Mon œil droit n'est pas beau à voir, il est injecté de sang, et ma vision n'en est que plus réduite. Le docteur Schwartz m'a reçu en urgence, entre deux patients. Après un examen minutieux, il s'installe à son bureau.

– Je ne peux rien dire pour l'instant, Mr Réal, tant que tout le sang, accumulé sous l'œil, ne se sera pas résorbé, je ne peux pas approfondir l'examen.

– Vous pensez, que ça peut aggraver la maladie ?

– Oui, le coup que vous avez reçu, peut avoir des conséquences.

Je tourne la tête pour fixer le mur derrière lui, en silence. Des affiches en plexi, montrent des images avec des découpes d'yeux, et les explications. Je focalise dessus, mais mon esprit est ailleurs. Si ma vision est altérée encore un peu plus, ça va être terrible. Mais je ne peux pas choisir, le destin décidera pour moi.

– Mr Réal, je préfèrerais vous hospitaliser jusqu'à demain, pour vérifier que la tension oculaire, reste stable.

– Non, je préfère rentrer chez moi.

– D'accord, je vais vous faire une ordonnance d'anti-inflammatoires, je veux vous revoir dans huit jours. Je vous conseille de passer par les urgences, la plaie que vous avez à l'arcade est profonde, il faut recoudre.

– Je vais y aller, merci.

– Si dans deux jours, la douleur à l'œil ne s'est pas atténuée, ou empire, venez me voir tout de suite.

Passage aux urgences, saturées comme d'habitude, j'ai fait demi-tour, optant pour un cabinet médical à Venice, situé dans mon quartier. Le médecin m'a posé quatre points, désinfecté la coupure à la lèvre, et vérifié l'état de mes cotes, après avoir passé une radio dans le même bâtiment. Le tout, plié en une heure, moyennant cinq cent cinquante dollars. J'avais déjà laissé, quatre cents dollars à l'ophtalmologue de l'hôpital, cette spécialité n'étant pas prise en charge par mon assurance. Celui qui a une assurance maladie se fait soigner, les autres, n'ont plus qu'à crever la gueule ouverte. Et il y en a plus qu'on ne l'imagine. Certains contractent des prêts auprès des banques pour payer leurs traitements, quand celui-ci nécessite des années de prescriptions. Une autre aberration aux USA, celle de la prise en charge de la santé, fournie, dans la plupart des cas par les employeurs. Mais qui ne couvre pas la totalité des soins, tout le monde n'a pas les moyens de prendre une mutuelle privée en supplément. Je m'en sors bien, rien de cassé, mais bon sang, qu'est-ce que ça fait mal ! Silas me dépose chez moi, après le passage à la pharmacie, et je m'empresse d'avaler les cachets prescrits par l'ophtalmo, en attendant que Silas aille prendre la température, du côté du tribunal.

Si les manifestations continuent, je compte bien y retourner, en espérant qu'il n'y ait plus de débordements. La chaine info, diffuse en continu, les images de centaines de personnes, toujours au même endroit, ils sont bien plus nombreux que la veille. Les forces de police se tiennent en retrait. Certainement invitées par le procureur, à surveiller sans intervenir, tant que cela reste pacifiste, après les violences d'hier, qu'ils ont initiées eux-mêmes. C'est le cas. Les drapeaux colorés sont toujours hissés, les pancartes levées, mais en silence. L'émotion s'empare de moi, quand deux hommes se tenant par la main, accompagnés d'un garçon d'une dizaine d'années, brandissent fièrement, devant la caméra un encart avec « Rendez l'enfant à sa famille », pendant que celle, que tient leur fils indique, « Je suis élevé par deux pères et je vais bien, merci ».

Je suis retourné à la manifestation, immédiatement, remerciant au passage, autant de personnes que je peux. Beaucoup s'approchent, pour me donner une tape sur l'épaule, ou me serrer la main, en signe de soutien. Aujourd'hui, je ne suis plus un chanteur connu, simplement un homme qui cherche des réponses, au milieu hommes et de femmes qui font entendre leurs voix. Des êtres humains, qui revendiquent leur droit à devenir parents, et vivre leur vie tranquillement, sans être jugés pour ce qu'ils sont. C'est avec fierté, que je me montre, que j'aime les hommes. Un en particulier, Tom, mon homme. Grâce à lui, j'ai enfin ouvert les yeux, et j'assume devant le monde entier, l'amour que je lui porte, sans me cacher. Les paparazzis nous foutront la paix, si je ne reste pas dans l'ombre. Ils aiment les scoops, je n'aurais plus rien d'intéressant à leurs yeux. Sinon tant pis, qu'ils aillent tous se faire foutre, eux, mes parents et tous les homophobes, qui continuent de nous pourrir la vie.

Le téléphone vibre dans la poche arrière de mon jean. Je le récupère, en le fixant de mon œil gauche, c'est mon avocat. Je décroche en soupirant, en attente des remontrances, qui ne vont pas tarder à pleuvoir.

– Oui !

– Ylan Scott, le juge vient de m'appeler, rentre chez toi, j'arrive.

– Qu'est-ce qu'il voulait ?

– On en parle plus tard, j'arrive.

Je salue quelques personnes collées à moi, avant de partir, ainsi que les journalistes qui me suivent sur le parking, en leur expliquant, ce que mon avocat vient de m'annoncer. Je leur assure que tout changement de situation, leur sera transmise par moi-même. Je récupère leur carte en leur promettant des nouvelles, aussitôt mon entretien terminé avec Ylan Scott. En route, j'appelle Jax au cabinet, qui a tenté de me joindre vainement, à plusieurs reprises, en me laissant des messages vocaux, pour les rassurer sur mon état.

– Le juge a signé l'accord, m'apprend l'avocat en souriant.

– Tout ?

– Tout, il accorde même l'adoption à Tom, vu que Zack ne sortira jamais de prison. Ça a payé Estéban !

Des pleurs silencieux secouent mes épaules, dans la cuisine je prends le rouleau d'essuie-tout, que je ramène avec moi, ainsi que deux tasses de café. La tension retombe lentement, pendant qu'Ylan attend patiemment, que la crise de larmes se tarisse.

– Je ne peux pas le prévenir, je ne sais pas où il a foutu le camp, cet abruti.

– Tom sera arrêté, à la minute où il remettra les pieds ici. Pas longtemps, mais vu la merde que les médias sont en train de remuer, mais il le sera, pour l'exemple.

– Merde.

– J'espère qu'une caution sera demandée, retrouve-le Esté, il doit rentrer maintenant, et assumer, c'est le mieux.

– Son téléphone est éteint, je ne sais pas où chercher.

Je n'ose pas dire à l'avocat, que je sais où se trouve Tom. Mais son regard acéré ne trompe pas. Je suis quasiment certain, qu'il se doute de quelque chose. Je me fige en entendant la voix de Mattias, qui arrive à grandes enjambées dans le salon.

– Viens avec moi au ranch, ce soir, il est temps d'en finir avec ça. Mr Scott, Tom est chez mon père, plus la peine de vous le cacher. Je vous le ramène, après-demain.

Je me lève pour lui faire une accolade, cela fait quelques jours, que je ne l'aie pas revu. Il avait quelques problèmes à régler au ranch, d'après ce qu'il m'a dit au téléphone, et que Liam m'a confirmé. En voyant l'état de mon visage, il me repousse de ses deux bras, pour me regarder.

– Merde Esté… qu'est-ce qu'ils t'ont fait ?

– Quelques coups mal placés.

– Ça va ? Ton œil bordel !

– Oui, ça va aller, je suis allé voir l'ophtalmo à l'hôpital, avec Silas.

– Putain ! Prépare un sac, je reviens te prendre vers dix-sept heures.

– Est-ce que tu as dit quelque chose à Tom ? Je lui demande.

– Non, tu lui diras, toi-même. J'ai entendu ce que Mr Scott t'a dit, je suis heureux pour vous, Esté. Il était temps, Tom allait rentrer, de toutes façons.

– Je suis soulagé de savoir que Mr Kolinski, est à l'abri, lâche l'avocat en se levant pour récupérer sa sacoche. Tu peux partir une nuit, pour te changer les idées, on n'est plus à deux jours près, mais pas plus.

Je soupire de dépit, angoissé, soucieux, tourmenté, et que sais-je encore. Plusieurs nuits sans sommeil, les coups et les soucis, m'ont laissé plus vulnérable que jamais. Mais je suis soulagé d'aller le retrouver, même si la menace la prison lui fait de l'œil.

***

John m'accueille avec une joie qui me fait chaud au cœur. Je lui raconte les derniers évènements, qu'il écoute avec ce calme qui le caractérise. La maison est silencieuse, paisible, cet endroit est un paradis, l'endroit ou Mattias reviendra un jour, pour y rester définitivement. Il me l'a répété, cent fois. Et je ne vois Tom, nulle part.

– Mattias, dit John en clignant un œil. Montre-lui la chambre, en attendant que Lucia termine de préparer le dîner, il a besoin de repos, je crois.

– On y va papa.

Étonné, j'ouvre la porte de la chambre qu'il me désigne, l'ancienne chambre de son père, qu'il n'occupe plus, depuis la mort de sa femme. Les mots restent bloqués dans ma gorge quand j'ouvre, et aperçois Tom, assis sur le lit qui parle à Klara, en nettoyant de ses doigts, quelques miettes accrochées à son menton. Il ne m'a pas entendu ouvrir la porte. Mon cœur rate un battement, en les découvrant là, tous les deux. Je regarde Mattias, qui me sourit, en me faisant un signe de la tête. Il m'attrape par le bras, voyant que je manque de m'effondrer, tant le bonheur de les voir, m'envahit. Mon soulagement est tel, que les explications peuvent attendre. C'est la peine, en entendant Tom, demander à la petite de lui pardonner de ne pas pouvoir la garder, et le rictus de souffrance imprimé sur son visage, qui me poussent à réagir.

– Non, Tom, tu vas la garder pour toujours.

TOM

Il m'avoue que Mattias et lui s'étaient mis d'accord, pour me surveiller et me ramener chez John. Il a toujours su que j'étais là, et j'avoue que j'en suis soulagé. Il me raconte la manif, la visite chez l'ophtalmo, celle d'Ylan Scott, pour lui annoncer la décision du juge, de me laisser définitivement Klara, sans omettre les poursuites, à mon encontre. Jamais, je n'aurais imaginé, qu'il soit capable d'aller jusque-là, pour moi, pour nous. Quand je pense que j'ai douté de lui, ça me fait mal. Je m'allonge sur le lit, face à lui, pose mes lèvres sur les siennes, pour en tracer le contour du bout de ma langue. Il se laisse faire sans bouger, me laissant prendre l'initiative. Son visage et son regard expriment tant de tendresse, que je m'y noie, laissant mes émotions, prendre le dessus sur tout le reste. Mes doigts se faufilent dans ses cheveux, pour balayer en arrière, ses mèches brunes qui reposent sur son front, et sur son œil maltraité. Putain, un sentiment de colère me fait frémir, en imaginant les conséquences d'un tel dégât, à l'endroit qu'il a de plus vulnérable. Mes yeux s'abreuvent de lui. Mes bras s'enroulent autour de ses épaules, pour le serrer contre moi. Je tremble, secoué par toutes sortes d'émotions, qui se bousculent dans ma tête. Un autre sentiment, bien plus fort celui-là, s'immisce brusquement dans mon cœur, qui palpite frénétiquement, comme un coup de foudre, me faisant reculer brusquement. C'est ça, oui, un coup de foudre, qui balaie l'ensemble des doutes qui envahissaient mon esprit, depuis que j'ai accepté de donner cette deuxième chance à notre amour. Tous les doutes s'envolent, je ne vois plus que lui, moi, et Klara.

Je me décale doucement, pour le renverser, et me mettre à califourchon sur lui, agrippant l'ourlet de son tee-shirt, pour le passer par-dessus sa tête, suivi de son jean, entraînant son *boxer* dans la descente. Un hématome énorme recouvre son flanc droit. Je souris tout de même, face à l'érection triomphante, plaquée contre son ventre. Mes vêtements dégagent à la vitesse de la lumière aux pieds du lit, et mes mains remontent le long de ses jambes, pour m'emparer de son sexe, qui attend. Je me place à califourchon sur ses cuisses, sans lâcher sa hampe qui pulse dans ma paume. Ma main libre effleure son ventre, avant de m'étendre sur lui, pour recouvrir son corps brûlant avec le mien. Ma bouche prend le relai, pour goûter la saveur de sa peau, me délectant de son goût si particulier, qui n'appartient qu'à lui. Ses gémissements m'excitent, au point que je ne peux plus attendre. Je me lève, pour atteindre la salle de bains et prendre une poignée de préservatifs, et le lubrifiant que je jette sur le lit. Ma bouche s'approche de sa longueur qui palpite, pour l'encercler de mes lèvres et le sucer, comme si ma vie en dépendait. Il s'assied brusquement pour me ramener vers lui, en m'embrassant sans tenir compte de sa lèvre meurtrie. Je me laisse aller à ce baiser dévastateur, envahi par la passion. Je m'arrache à sa bouche, en passant la langue sur mes lèvres, pour me remettre à cheval sur ses cuisses. Il s'empare de ma queue qui n'en peut plus, pendant que je déchire un sachet de gel, que je dépose sur mes doigts, me préparant tout seul quelques secondes, sans le quitter des yeux. Sa tête se redresse, pour regarder mes doigts se perdre dans mon antre, un juron sort de sa bouche, pendant que mes halètements emplissent le silence de la chambre. J'enduis rapidement sa hampe de produit, avant de me positionner sur lui, les mains de chaque côté de sa tête, pour m'empaler dans un cri, ignorant la brûlure que me procure son sexe palpitant, quand il arrive au fond de moi. La sensation est indescriptible, comme une renaissance. Encore une fois, je me donne à lui, comme si c'était la première fois, pour moi, avec la certitude, de lui appartenir pour toujours. Je monte et descends sur lui, frénétiquement, prenant soin de ne pas toucher ses cotes, susurrant contre sa bouche, toutes les paroles d'amour, qui ne demandaient qu'à sortir de mes tripes. Je l'aime tant ! Son bassin imprime la même cadence que le mien, pour se rejoindre à mi-chemin en claquant. Il me repousse sur le côté, sans sortir de mon corps, et prends la direction de notre étreinte, en agrippant mes fesses de ses mains, pour coller son bassin encore plus fort contre le mien, en ondulant. Un soupir m'échappe, mes bourses se rétractent douloureusement et les jets de semence giclent entre nos deux corps, pour se déposer par saccades sur nos torses et nos poitrines. Son corps se tend, tremble. Il lâche un juron, colle son pelvis au mien avec force, et je sens les tressaillements de son sexe, à l'intérieur de moi, quand il se déverse dans le préservatif.

Agrippés l'un à l'autre, nos visages calés contre nos cous, nous laissons retomber les relents de notre jouissance. Nos mains caressent, palpent. Plus rien ne pourra venir m'enlever ce bonheur.

– Plus jamais je ne fuirais, mon amour.

– Moi non plus Esté, je t'aime. Promets-moi que tu ne partiras jamais, sans moi.

– Jamais, ni sans toi ni sans Klara !

Je l'aide à se lever, l'entraîne dans la salle de bains pour le nettoyer. Nos mains, nos bouches, se perdent, encore une fois, dans le corps de l'autre, excités par ce besoin de se redécouvrir. Un bon moment plus tard, nos besoins assouvis, épuisés, nous nous séchons mutuellement, avant d'enfiler des vêtements propres, pour descendre main dans la main rejoindre John, Mattias et Klara. Nous les retrouvons, attablés devant leurs assiettes, autour de la grande table. Ils nous regardent arriver en silence, mais avec une expression de joie.

– Excusez-nous, dit Esté l'air penaud.

– C'est bon, rigole John. Le dîner arrive, installez-vous.

Esté s'approche de Klara, qui le regarde, prête à pleurer d'être éloignée de son assiette de pâtes-jambon, pour la soulever, et l'embrasser avant de la remettre, à sa place avec un rire.

– Décidemment, la bouffe passe avant nous !

Nous prenons place devant nos assiettes. Esté se tourne vers Mattias, qui semble attendre, tranquillement.

– J'ai dit à Tom, que je savais qu'il était là, dit Esté à Mattias, en se tournant vers lui.

– Tu as bien fait, mais il a eu raison de vouloir partir.

– Oui, je sais, mais il aurait foutu le camp Dieu sait où, si tu ne l'avais pas surpris, rajoute-t-il, en se tournant vers moi.

Je les regarde tous, d'un air déterminé. Ils peuvent toujours analyser la situation, ce qui est fait, est fait. Je ne regrette rien !

– J'ai préféré t'emmener ici, Tom, n'en veux pas à Esté. Vous devez laisser cette histoire derrière vous. Tu as cherché à garder Klara, et toi, Esté, tu as fait ce qu'il fallait.

Esté hoche la tête pour lui signifier qu'il est d'accord, mais je sais que son calme n'est qu'apparent. Il appréhende le retour à L.A.

– Je vous remercie tous, j'ai eu quelques jours compliqués.

Je pose ma main sur son avant-bras, pour tenter de le calmer.

– Esté, ce qui se passera après, on verra. Il faut que tu soignes cet œil. Si Mattias n'était pas arrivé… je comptais partir à Seattle.

– Seattle ?

– Oui, enfin… je ne sais pas, où je voulais aller, je ne voulais attirer d'ennuis à personne, et à toi, encore moins. Les médias… enfin, tu les connais.

Je passe la main sur mon front, puis sur mon visage, avant de sentir la main d'Esté sur mon poignet.

– C'est bon Tom, on discutera un autre jour, ne t'en fais pas, je comprends.

Je le remercie du regard en soupirant. John se contente de suivre la conversation, les mains croisées sous le menton. Son air soucieux, différent de celui qu'il affiche habituellement, durcit ses traits, quand il s'adresse à son fils.

– Il faudra que tu viennes bientôt, Mattias.

– Je sais papa, ne t'en fait pas, tu peux compter sur moi.

Je les regarde tous les deux. Depuis quelques jours, presque depuis le début, que je me trouve ici, les ennuis s'accumulent, au ranch. Deux chevaux, un Andalou magnifique et dressé, ainsi qu'un quater horse, entraîné pour la course, ont été blessés après une tentative de vol, avortée, par l'arrivée inattendue, du vétérinaire et, de John. Sans compter, celui qu'on leur a volé, avant notre arrivée. Mattias est dans tous ses états, depuis. John, doit partir deux mois dans son pays, régler une affaire familiale, et il compte, sur le seul fils qu'il a, pour prendre le ranch en charge. Je me demande comment va faire Mattias, pour gérer tout ça

– Mattias, tu sais si Brandon est arrivé ? Je demande.

– Liam m'a dit que oui, il est dans ton appartement, il n'a pas voulu s'installer chez eux.

– Tant mieux, je réponds avec un sourire. Si Esté est toujours d'accord, je déménage toutes mes affaires chez lui, et il peut reprendre le bail, je lance, avant de me tourner vers Esté. Mais, il faut que je te dise quelque chose, avant.

Esté se tourne vers moi, retourne ma chaise pour me mettre, face à lui. Il m'enlace de toutes ses forces.

– C'est oui alors ? Je demande la voix étouffée.

– C'est oui.

ESTÉBAN

Nous passons les portes du tribunal, accompagnés de Me Ylan Scott, que nous avons prévenu de notre arrivée, et qui s'est chargé d'en avertir, à son tour, le cabinet du juge. Mattias nous y a déposés directement, dès notre arrivée, nous assurant qu'il ramènera les sacs, directement chez nous, après être passé à son appartement. D'une démarche traînante, et mal assurée, nous longeons les couloirs, avec Tom, qui porte Klara dans ses bras, vers le bureau du magistrat. Une greffière nous ouvre la porte, nous invitant à entrer. Tom est d'une pâleur cadavérique, je ne suis pas mieux. La peur d'être séparé de lui, me broie les entrailles, sans compter l'appréhension, de ne pas savoir, si Klara va pouvoir rester avec moi, le temps que l'affaire soit jugée. Ylan nous a mis en garde, nous invitant à faire profil bas, en allant dans le sens du juge, quoi qu'il dise.

– Mr Kolinski, commence le vieux monsieur, assis dans son fauteuil, séparé de nous, par un bureau imposant. J'ai changé d'avis. Mais n'allez pas imaginer, que c'est dû à la notoriété de votre compagnon. Ne croyez pas, que son passage dans cette émission télévisée, ou la manifestation devant ce tribunal, y sont pour quelque chose. Moi seul prends les décisions, en mon âme et conscience. J'espère que cette enfant sera heureuse, avec deux pères. Néanmoins, votre fuite va vous emmener, directement en détention, tant qu'un de mes collègues du Tribunal civil, n'aura pas statué sur votre cas. C'est clair ?

– Oui monsieur, et la petite, en attendant ?

– Votre compagnon peut la prendre en charge, dit-il, le regard affuté, en se tournant pour s'adresser à moi. N'est-ce pas, monsieur Réal, c'est oui, ou c'est non ?

– Oui monsieur, je peux m'en occuper, merci beaucoup.

– Sachez, que je vous fais une faveur, vous n'êtes pas mariés, et rien ne m'oblige à vous la confier. Mr Kolinski, est son seul et unique tuteur.

– Merci monsieur, répond Tom, la voix chevrotante.

– Très bien, vous verrez pour le reste avec votre avocat.

Il appuie sur l'interphone de l'appareil téléphonique installé sur son bureau, et j'entends « faites-les entrer ». La porte s'ouvre, sur deux policiers qui investissent la pièce. Le juge ne prend pas la peine de se lever de son fauteuil, il nous dévisage froidement, pendant que les larmes débordent de mes yeux. Tom, lui, regarde dignement face à lui, sans en verser une seule. Nous nous levons tous les deux, suivis d'Ylan, Tom me tend Klara, sans prononcer un mot, pendant que je le regarde se diriger vers les deux agents, qui l'attendent près de la porte. Ils lui passent les menottes, les bras derrière le dos, comme à un vulgaire criminel. Je ne le quitte pas des yeux, pendant que les sanglots silencieux, restent bloqués dans ma gorge. Mes épaules tressautent, pendant que je serre la petite contre moi, pour me raccrocher à quelqu'un. Tom me fixe, stoïque, les yeux secs, m'envoie un baiser silencieux, en remuant les lèvres, me sourit et fait demi-tour, tenu sous les coudes, par les deux flics. Ylan ne dit rien, jusqu'à ce que la porte se referme.

– Rentre chez toi, je règle les derniers détails avec Mr le juge, je file au commissariat, m'assurer que tout se passe bien pour lui, ensuite, je reviens directement au tribunal civil, régler cette affaire. Je te tiens au courant.

Je hoche la tête, incapable de parler. Klara commence à pleurer, contaminée certainement par ma détresse. Et, comme elle ne parle presque pas, c'est compliqué de savoir ce qu'elle a. Les examens, qu'on lui a fait passer chez le pédiatre, deux jours après son arrivée chez Tom, n'ont démontré aucun problème, sa santé est parfaite. Ensuite, nous l'avons emmenée chez le meilleur pédopsychiatre de L.A, qui nous a rassurés, en nous disant qu'il s'agissait d'un blocage, dû à la vie qu'elle avait eue dans le squat. Une manière de se protéger, en restant silencieuse, pour se faire oublier, mais qu'avec un suivi psychologique, et beaucoup d'attentions, elle reparlerait, quand elle l'aurait décidé.

Le retour à la maison avec un Uber, est sans surprises. Nous sommes tous les deux, avec Ana qui prend Klara en charge, pendant que je vais avaler les médocs, prendre une douche, et appeler Liam. Je dois lui faire part des derniers évènements, et lui demander de prévenir Jax, Brad et Orlando. Peut-être même, que Jax est déjà au courant, étant donné qu'il travaille avec Ylan. Brad et Orlando, je n'ai pas envie de les appeler un par un, pour répéter la même chose, Liam s'en chargera, ils adorent Tom, et je sais qu'ils attendent des nouvelles.

Tom m'a avoué avant de rentrer à L.A, avoir fait des lap dance privées, au Warehouse. J'ai cru que j'allais faire une attaque. Ça m'a fait beaucoup de mal, mais je ne peux rien lui reprocher. Je m'en sens même, un peu responsable, je lui ai promis que mon amour pour lui, ne changera jamais. Et c'est la vérité, je veux juste, qu'il soit près de moi.

Les deux jours suivants, je les passe dans un état léthargique, presque sans dormir dans l'attente. Je m'occupe de Klara, passe voir Silas avec elle, pour la sortir un peu de la maison, la dépose à la crèche, pour qu'elle joue avec d'autres enfants, et puisse vivre quelques heures, dans cette normalité qui devrait être la sienne, tous les jours. Celle d'une petite fille, avec une vie simple et tranquille. Mais non, elle n'a pas cette chance, après le squat, les problèmes que nous trimballons comme un boulet, l'entraînent avec nous dans une ambiance malsaine.

L'avocat m'a rassuré sur le moral et la santé de Tom, m'assurant qu'il fait face à la situation, avec un courage déconcertant. Jax, en a profité pour accompagner son patron, et lui rendre visite. Je me doutais bien, que rien n'arrêterait Jax. Il a connu la prison, et Tom l'a soutenu pendant huit ans. D'après Liam, il vit très mal l'arrestation, de son meilleur ami. Son frère Brandon vit chez Tom, mais ils ne se connaissent pratiquement pas, Tom arrive juste après Liam, dans le cœur de Jax. Moi, je n'ai pas le droit de lui rendre visite, ça me rend malade de me contenter de nouvelles sporadiques, de la part d'Ylan Scott, merde !

***

Assis sur le banc derrière lui, j'attends, le cœur battant la chamade, la décision du juge. Quand il réclame les quatre mois de prison avec sursis, accompagnés, d'une période probatoire d'un an, et qu'il annonce le montant, de soixante-quinze mille dollars de caution, je mords mon poing, pour m'empêcher de hurler de bonheur. J'aperçois mon homme, les épaules voutées, lancer un regard dépité, en direction de l'avocat, qui lui assène une tape sur l'épaule, en riant. Je ne sais pas ce qu'ils se disent, mais j'imagine, que c'est le montant de la caution, qui le dérange. L'avocat, a déjà tout ce qu'il faut, en sa possession, pour payer et qu'il puisse repartir avec nous, immédiatement. Jax me serre dans ses bras, les autres font de même. Il ne manque que Mattias, que je n'ai pas revu, depuis le soir de notre arrivée, quand il a déposé nos affaires, avant de repartir en trombe. Il m'inquiète, lui aussi.

Nous attendons patiemment, qu'Ylan règle les papiers, et effectue le paiement. Quand Tom apparaît devant moi, nous restons quelques secondes, immobiles, nous bouffant des yeux, avant de courir, pour nous jeter dans les bras l'un de l'autre, dans une étreinte désespérée.

– C'est fini, mon amour, c'est fini.

J'empoigne son chignon, en l'embrassant comme un désespéré, sans laisser à aucun des amis qui nous entourent, le loisir de s'en approcher, tant que je n'aurais pas pris ma dose de lui. Des rires étouffés, me font prendre conscience, de l'endroit où l'on se trouve. Mais aucune loi, n'interdit un homme, d'embrasser un autre homme, même dans l'enceinte d'un tribunal, alors j'en profite pour faire un pied de nez, à tout le système judiciaire. Aujourd'hui, notre vie va pouvoir commencer, enfin ! Je le laisse, aux bons soins de ses amis, pour rejoindre l'avocat qui arrive dans le couloir, souriant avec satisfaction. Je serre sa main entre les miennes.

– Merci Ylan, merci pour tout.

– C'est mon travail Esté, soyez heureux, me dit-il sans se départir de son sourire.

ÉPILOGUE — Tom

Il actionne la télécommande, pour éteindre l'écran, à la fin de l'émission. Nous venons de regarder le replay de l'interview, qu'Esté a accordée à la chaine Today. Je pleure. Eh oui, je n'ai pas pleuré, depuis que je suis rentré dans ma cellule, en débarquant à L.A, mais là, je pleure. Pas de peine, non, je pleure d'émotion et de joie. Deux semaines de bonheur complet. Tellement de bonheur, que j'ai peur tous les jours, qu'un fait nouveau, qui n'existe que dans mon imagination, vienne entacher notre félicité. Nous avons déménagé les affaires de mon appartement, pour laisser la place libre à Brandon, qui a repris mon bail. J'ai été heureux de le revoir, et lui aussi je pense, mais il n'a pas l'air dans son assiette. Mais comme Jax, rayonne d'avoir son frère auprès de lui, même si l'adaptation risque d'être compliquée, je suis content. Sans compter, que la visite chez l'ophtalmo, à laquelle j'ai tenu à l'accompagner a démontré, que son œil, n'a pas subi plus de dommages. Nous croyons à la chance, que sa vue restera tel quel, et que la maladie n'évoluera pas. Dans le cas contraire, nous y ferons face.

C'est dimanche, et comme les autres dimanches, avant ma fuite, ils sont tous venus pour le barbecue, auquel nous nous sommes habitués. Mattias arrive avec Brandon, ils sont voisins, maintenant. Les voir arriver côte à côte, m'impressionne. Non seulement, ils sont superbes avec leurs cheveux longs, mais leur allure empreinte de virilité, les rend encore plus beaux. Nous attendons qu'ils arrivent près de nous, et je constate, ahuri qu'ils sont marqués sur la mâchoire, tous les deux. Le visage de Brandon est nettement plus abîmé. Leurs mines sombres, n'inaugurent rien de bon. Surtout celle de Mattias. Bref, pour une fois, je me tais, c'est leur problème. J'attends qu'Esté se décide à parler, il a demandé à tout le monde de se taire. Sans que je m'y attende, il prend Klara dans ses bras, en se plaçant devant moi, pose un genou, à terre avec la petite dans les bras. Sa main fouille dans la poche de son jean, de laquelle il sort un petit coffret noir, qu'il ouvre en me regardant, droit dans les yeux.

– Mon amour, tu sais par quoi nous sommes passés, dernièrement. Épouse-moi, fais de nous les pères de Klara, tous les deux. Pour que personne ne puisse plus l'arracher à cette maison, pour tout légaliser, une fois pour toutes. Je t'aime par-dessus tout, Tom, dis-moi oui.

Mon cœur rate un battement avant de tambouriner sourdement dans ma poitrine. Je tombe à genoux devant lui, les yeux embués de larmes de bonheur. Je prends le coffret, pour regarder les deux anneaux entrelacés identiques qui reposent à l'intérieur de l'écrin, et qui, à eux seuls, représentent tout ce dont j'ai rêvé avec les deux êtres qui se tiennent devant moi.

– OUIIIIIII, je le veux !

REMERCIEMENTS

Brigitte, BB, Bridget, c'est au choix, mais bien une seule et même personne. Merci pour la couverture de ce tome. Encore une fois, merci pour ton soutien et ta confiance.

Alaïne, merci encore une fois, pour ta relecture et pour tes conseils, pour ta patience, merci d'avoir pris du temps pour Tom et Estéban. Sans toi, rien n'aurait été possible. Merci d'être là

DoRis, Ah DoRis, comment dire… tu es cette personne que beaucoup aimeraient compter dans leur cercle d'amis. Merci pour ta relecture, pour tes post de Jax et Liam, pour tes gentils commentaires. Mais surtout, merci pour ton soutien indéfectible jour après jour.

Merci à tous mes lecteurs et mes lectrices, sans vous, Tom et Estéban n'auraient pas eu leur histoire. Merci pour votre soutien, vos commentaires et vos encouragements. C'est grâce à vous que je continue.

MOT AUX LECTEURS ET AUX LECTRICES

Je remercie sincèrement les lecteurs et lectrices qui, de par leur intérêt pour Jax et Liam, ont permis à Tom et Estéban d'exister eux aussi. Et il y a Mattias, parce que Mattias a lui aussi, des choses à vous dire. À bientôt !

TOUTES LES ACTUALITÉS DE L'AUTEUR

Rendez-vous sur ma page **Facebook**
www.facebook.com/AngelinaGauteur

Ainsi que sur **Instagram**
www.instagram.com/angelinag_auteur/

Et sur Amazon
Angelina G

DU MÊME AUTEUR

ENVERS ET CONTRE TOUT

Tome 1 : Jax et Liam

Octobre 2019

Quand Jax et Liam se rencontrent dans un club gay de L.A, l'attirance est immédiate. Après un moment torride dans la backroom, Liam, le flic macho et sûr de lui, tombe irrémédiablement amoureux de Jax, cet homme magnifique mais solitaire, et cherche par tous les moyens à le revoir.

Jax, élevé par une mère droguée prostituée et alcoolique, ne vit que pour Tom, son ami d'enfance, auprès duquel il a trouvé un semblant d'équilibre, après vingt-quatre années douloureuses, et qui est devenu son ancre, sa seule famille.

Vingt-quatre ans de souffrances, quand on en a vingt-huit...

Quand Jax apprend que Liam est Lieutenant de police, ses vieux démons refont surface et il prend peur, d'abord parce que les flics, il les déteste. Ensuite par peur de s'attacher et d'être rejeté, une fois de plus. Mais Liam persiste, incapable de laisser partir l'homme qui a ravi son cœur.

Certain que leurs vies ne sont pas compatibles, et ne pouvant se résoudre à entacher la carrière de Liam. Il se résout à lui révéler une partie de son passé, avant de fuir pour préserver l'homme qu'il aime malgré lui.

Que fera Liam face à ses révélations ? Comment pourra-t-il vivre loin de l'homme qu'il aime envers et contre tout ?

Tome 3 : Mattias

Avril 2020

Le vrombissement d'une moto me fait tourner la tête. Le type passe sa jambe par-dessus l'engin, une magnifique Buell 1190 RS noire. Je lève la tête, hypnotisé par son allure. Il me regarde, esquisse un sourire en coin d'un air moqueur, tend une main devant lui en levant son majeur dans ma direction… il me fait un doigt d'honneur ou je rêve ? Quand Mattias entre dans le parking souterrain de son immeuble, il tombe sur un homme qu'il déteste au premier regard. Beau, mais saoul et violent. Le genre de type qui ferait fuir les plus endurcis. Mattias a un rêve, trouver l'amour absolu avec une femme et lui faire un enfant. Mais est-ce son rêve à lui ? Vraiment ? En attendant, ce type deviendra son pire cauchemar, car le destin s'acharne encore et encore à remettre cet homme sur sa route.

Tome 4 : Brad et Orlando

Août 2020

Je n'oublierais jamais notre enfance, nos jeux et notre complicité. Elle est restée la même depuis toujours. Orlando et moi avons le même âge à quatre jours près. Il est mon ami pour toujours, j'espère. Je ne sais pas quand, mais j'ai conscience que la vie nous séparera. Il rencontrera un homme avec lequel il fera son chemin, et moi une femme. Nous prendrons des chemins différents. Dans mon cœur, il restera ce frère qu'il a toujours été. Mon jumeau.

Je n'ai jamais connu la fin de l'histoire qu'il me racontait assis sur le palier de notre étage quand nous avions six ans. Mais en ce moment, je sais qu'elle parlait de nous…

Notre enfance, notre adolescence ont représenté une vie entière pour moi.

Nos chemins se sont séparés parce que lui et moi sommes très différents. Trop différents. Il ne me pardonnera jamais ce que je lui ai fait.

Sam mon frère est parti aussi, mais pas de son plein gré. La maladie m'a arraché la dernière arête du triangle que nous formions. Sam, Orlando et moi.

Ils m'auront appris qu'il ne faut jamais abandonner ses rêves… jamais !

JUSQU'A CE QU'IL CESSE DE PLEUVOIR

15 janvier 2021

L'Écosse n'était pas la destination rêvée d'Elias. Malheureusement, à quinze ans, on n'a pas d'autre choix que de suivre ses parents catholiques et ultraconservateurs. Il rencontre Levy, son voisin, un ado triste et timide qui vit avec sa mère dans la solitude. Une amitié inconditionnelle naît entre eux, mais le soir du jour de l'an, Elias commettra une erreur fatale. Un simple baiser et tout bascule.

Le destin s'acharnera sur Elias. La vie fera de lui ce dont elle a envie, sans attendre qu'il soit prêt à l'affronter.

Il se retrouve seul et est recueilli par un oncle qu'il ne connaît pas. Il prend la fuite pour retourner à Inverness même s'il n'y a plus rien pour lui dans cette ville. La rencontre de deux nonnes va l'aider à sortir de sa tristesse. Il a trouvé sa voie. Il décide de devenir prêtre pour aider les autres.

Neuf ans plus tard, après des études de théologie, il revient à Inverness. Le destin le remet par hasard face à Levy. L'ado terrorisé par la pluie est devenu un homme.

Comment faire quand l'amour est le plus fort ? Comment résister et tenir sa promesse de célibat, d'obéissance, de pauvreté et de chasteté prônée par l'institution ? Il devra faire un choix.

« Elias, tu es parti et tu m'as laissé. Mais en réalité, c'est moi qui t'ai abandonné le premier. Plus d'une fois. Je t'ai abandonné chaque fois que je ne t'ai pas dit que je t'aimais. Chaque fois que j'ai ignoré tes paroles et ta façon de me regarder. Je t'ai laissé, alors que toi tu restais à mes côtés les jours de grosse tempête. Tu restais, jusqu'à ce qu'il cesse de pleuvoir » — Levy

GARANTIE LIVRE
CO-AUTOÉDITÉ

www.ingramcontent.com/pod-product-compliance
Lightning Source LLC
LaVergne TN
LVHW041148150826
845673LV00001B/99

* 9 7 8 2 9 5 6 9 9 4 3 3 6 *